LE COSMONAUTE

PHILIPPE JAENADA

Le Cosmonaute

ROMAN

GRASSET

A Valérie, ma sœur.

PREMIÈRE PARTIE

L'agilité

1

— Sortez, Monsieur !

Moi ? Que je sorte, moi ? Oui, ça ne peut être que moi : il n'y a pas d'autre homme dans la pièce. Hormis l'accoucheur. Le type en sueur. Mais c'est lui qui a crié. Et c'était en me regardant (d'un air affolé et méchant). Il a sorti sa tête d'entre les jambes de Pimprenelle, sa grande pince de ferraille à la main, les yeux exorbités, a tendu le cou vers moi comme une tortue prise de panique (j'ai eu l'impression que ce cou tremblotant s'allongeait démesurément pour monter vers moi, ses épaules restant coincées entre les cuisses fines et pâles de ma belle fiancée souffrante — ce cou a littéralement propulsé sa tête jusqu'à la mienne, ahurie), et a crié :

— Sortez, Monsieur ! Ça risque d'être insupportable, pour vous.

Comment ça, insupportable ? Mais non. La femme que j'aime accouche, j'ai réussi par je ne sais quel miracle à faire un enfant à la femme que j'aimais, et que j'aime, nous avons vécu les neuf mois de grossesse ensemble, sans nous quitter une heure, nous sommes même allés nous enfermer à Veules-les-Roses pour mieux profiter de l'attente, c'était long, c'était troublant, c'était beau (c'était chiant mais c'était beau), notre enfant va voir le jour d'une minute à l'autre, il est là, notre premier enfant, notre seul enfant, Oscar, j'attends ça depuis neuf mois, le ventre qui gonfle, qui gonfle, qui gonfle, l'enfant qui va sortir, c'est sûr, c'est maintenant, la pression ne peut augmenter davantage, Pimprenelle est en salle de travail depuis douze heures, foudroyée de l'intérieur toutes les cinq minutes par des contractions de plus en plus violentes, qu'est-ce que je dis cinq minutes, on ne compte même plus, alors c'est maintenant ou jamais, il va naître, c'est sûr, cinq, quatre, trois, deux, un et tout à coup ce rustre en sueur qui veut que je sorte ? Pourquoi moi ?

Il ne me connaît pas, en plus, ce type-là. J'en ai vu, des trucs insupportables, dans ma vie. Je suis endurci. Je suis fort comme un Turc. Si je suis arrivé jusqu'ici, jusqu'à cette salle de travail au septième étage de la clinique Léonard-de-Vinci, après plus de vingt ans d'école (de brillantes études, avec un bac au passage, par ici la bonne soupe (et pas n'importe lequel, un bac C, comme on disait à l'époque)), après avoir terrorisé tous les militaires et tous les appelés du Centre des Trois Jours de Blois tellement j'avais l'air fou (un damné, un dément fort comme un Turc), surmonté les hontes et misères de professions aussi insupportables que rédacteur de fausses lettres de cul et de nouvelles au miel de rose, animatrice de Minitel, traducteur de Barbara Cartland et de ses cousines, créateur de slogans publicitaires misérables et détective de troisième zone raté, après avoir réussi à séduire une fille complètement cinglée dans une forêt allemande pendant un mariage barbare infesté de hell's angels, et avoir eu le courage de la mettre enceinte quelques mois plus tard malgré son comportement effarant, si je suis arrivé à la faire monter jusqu'au septième étage de la clinique Léonard-de-Vinci, dans le XIe arrondissement de Paris, ce n'est pas pour quitter la pièce au moment où mon fils Oscar, petit, inoffensif, va naître.

— Sortez, Monsieur. Tout de suite.

J'allais le faire, de toute façon. Pimprenelle semble sur le point de s'évanouir, elle a du sang dans les yeux, elle parvient encore à grogner quelques trucs haineux mais d'une voix de plus en plus faible. Oscar est coincé quelque part, bloqué entre deux os, son rythme cardiaque diminue de manière dramatique, l'accoucheur a dit tout à l'heure qu'il fallait impérativement qu'il soit sorti (il parle de ma fiancée comme d'un sac mortel) à 21 heures, or, à la pendule de cuisine fixée au-dessus de la tête de Pimprenelle, il est 21 h 05.

Je vais m'en aller, le miracle de la vie aura lieu sans moi. Tant pis, c'est pas grave. De toute manière, je me demande ce que je fais ici, en plein mystère de la vie. La salle de travail est minuscule, il y a des tas d'appareils partout, l'accoucheur qui gesticule avec sa pince énorme, la sage-femme à gauche de Pimprenelle (elle s'appelle madame Bouteille — avec tout ce que j'ai bu dans ma vie, c'est amusant de la retrouver ici), et moi je suis coincé de l'autre côté de la table, entre l'imprimante du monitoring et la fenêtre, je me fais le plus silencieux possible, le plus petit possible, je me contorsionne sans arrêt pour ne pas m'emmêler les bras ou les jambes dans les câbles, je courbe le dos, je lève un pied, je pivote sur moi-même — quand je regarde par la vitre, je vois, au dernier étage de l'autre côté de la rue, une femme avec des gants roses qui fait son ménage.

Je n'existe plus pour Pimprenelle qui accouche. C'est triste et déconcertant, car cela ne correspond pas du tout à ce qu'on voit au cinéma et à la télé (où le mari fait corps avec sa femme, elle s'agrippe à son bras, plante ses ongles et serre si fort que comme elle il en grimace de douleur (mais c'est de la bonne douleur, je t'aime), leurs regards sont soudés, leurs yeux rivés par des flux intenses d'électricité amoureuse, ils transpirent ensemble, crient ensemble, tous leurs muscles se crispent ensemble, exactement comme s'ils étaient en train de baiser (mais pas du tout), c'est l'harmonie parfaite, c'est la passion dont tout le monde parle, et l'homme joue le plus grand rôle de sa vie, vas-y ma chérie, pousse, pousse, oui mon ange, pousse, pousse, pousse, tu es formidable, oui, pousse, POUSSE ! — parfois, malgré la torture et l'angoisse, dans le masque de souffrance que chacun arbore se dessine un sourire complice, timide et incrédule). Nous, c'est moins spectaculaire : elle ne m'a pas regardé une fois depuis que l'accoucheur a commencé son travail d'extraction, elle a la tête tournée vers madame Bouteille et s'agrippe désespérément à son bras. Leurs regards sont rivés l'un à l'autre (la complicité instinctive entre les femmes, on dira ce qu'on voudra, c'est beau : c'est l'harmonie parfaite). Je me sens un peu à l'écart, encombrant, seul. (J'attends Oscar avec impatience, pour ce truc de complicité instinctive entre les hommes.) Le médecin a bien tenté de m'inciter à participer (« Aidez votre femme, Monsieur, parlez-lui, encouragez-la ! »), mais je n'y arrivais pas, malgré tous mes efforts intérieurs — une lutte terrible. J'aime Pimprenelle, je ne suis sur terre que pour elle, ce que je souhaite avec le plus de sincérité dans la vie c'est qu'elle n'ait pas mal, ou du moins pas trop longtemps, j'aime aussi Oscar par avance, bien sûr, je donnerais n'importe quoi pour qu'il apparaisse vite et sans problème, mais je ne me vois vraiment pas me mettre à hurler « Pousse, mon amour, pousse, POUSSE ! TU ES FORMIDABLE ! » alors que je suis à moitié caché dans mon coin et que personne ne fait attention à moi. Ils se retourneraient brusquement vers moi tous les trois, vaguement agacés. Et ça, je ne pourrais pas l'assumer, je connais mes limites. A un moment, histoire de ne pas passer pour un abruti qui se fout de la naissance de son fils, j'ai dit d'une voix étranglée : « Allez, pousse. » Mais je me suis trouvé tellement ridicule et pitoyable, à marmonner tout seul en hochant un peu la tête (comme un spectateur du Tour de France extrêmement réservé), que je n'ai pas recommencé — je crois que personne ne m'a entendu. Avant d'abdiquer, je suis même allé jusqu'à essayer un sourire complice et incrédule (qui s'est dessiné dans mon masque de déconfiture). Et puis là c'était bon, j'ai obéi au type et je suis sorti. Son forceps au poing, il fixait la pauvre chatte de Pimprenelle d'un œil fou. Cela s'annonçait vraiment insupportable. Tandis que je me dirigeais vers la porte, comme dans un cauchemar (l'élève chassé de la classe (mais en pire)), les jambes gazeuses, la tête vide, Pimprenelle et madame Bouteille ne se quittaient pas des yeux. Je n'existais plus.

J'ai posé la main sur la poignée (j'avais la main légère), avec le sentiment qu'il y avait un précipice derrière la porte et que je ne reverrais jamais plus personne.

J'étais presque mort. Adossé au mur blanc, je voulais écouter ce qui se passait dans la salle de travail, mais je n'y parvenais pas. Mes oreilles ne m'obéissaient plus (pourtant, avant, c'était du tac au tac). Elles entendaient les innombrables bébés qui braillaient devant moi. Il en est né vingt-sept, ce jour-là, à la clinique Léonard-de-Vinci — deux autres maternités avaient été fermées quelques jours plus tôt (dont l'une dans laquelle devait accoucher Pimprenelle) et une ribambelle de femmes prêtes à exploser accouraient ici, s'entassaient dans des chambres déjà pleines ou arrivaient parfois juste à temps, se dilataient à l'accueil en criant. Mais tous leurs bébés naissaient, parfois très vite et facilement (plop). Il y en avait deux en couveuses à un mètre de moi, sur ma gauche trois en rang d'oignons au fond de leurs caisses en plastique transparent, dans la petite salle vitrée où on venait de les laver, d'éponger le sang gluant, de les rincer et de les emmailloter rapidement, et dans le couloir devant moi d'autres me passaient sous le nez, vagissants et poisseux dans les grands bras d'infirmières trottinantes. Ça hurlait ça courait partout. Tout cela ne paraissait pas très réel. Le vrai monde, pour moi, c'était de l'autre côté de la porte : entre Pimprenelle, madame Bouteille et l'accoucheur énervé. La vie concrète était là-bas, inaccessible. Je n'arrivais pas à me concentrer, je m'évaporais. Je n'étais plus moi, je clignotais hors du monde.

Soudain, derrière moi, l'accoucheur a beuglé :

— Oh non, merde ! Mais qu'est-ce que c'est que ce bordel ?

En face, l'un des bébés dans sa couveuse bougeait doucement les bras et les jambes (l'autre restait inerte). Il a tourné la tête vers moi. Je me sentais glisser vers le carrelage blanc. De l'autre côté, Pimprenelle se débattait encore, mais poussait des cris de plus en plus faibles, de plus en plus désespérés. L'accoucheur paniquait :

— On n'y arrivera pas, bordel de merde !

J'ai voulu me redresser, me tourner vers la porte, entrer peut-être, mais je ne contrôlais plus rien, je n'avais plus de corps, juste les yeux morts posés sur le bébé au chaud dans sa bulle qui remuait mollement. Je glissais. Je ne sais pas pendant combien de temps encore Pimprenelle a gémi, et moi glissé. Le médecin terrifié, perdant manifestement ses moyens, lui a ordonné de se taire :

— Arrêtez, Madame, maintenant ! Ça suffit comme ça !

(Il avait réussi à me virer, mais elle, ça allait être plus dur.) L'autre sage-femme du service, qui passait dans le couloir, a regardé vers la porte. Elle s'est figée une seconde, l'air grave, puis a repris son chemin vers la pièce où on lavait les bébés. Par la baie vitrée, je l'ai vue jeter un rapide coup d'œil aux trois qui attendaient là, seuls au monde, et se pencher calmement sur l'un d'cux. Dans mon dos, Pimprenelle protestait toujours, malgré le coup de colère de l'accoucheur, épuisée mais sauvage. Oscar était coincé. Ça a duré encore un peu. Des hurlements, des grognements, du mouvement. Et soudain, le silence m'est tombé dessus par-derrière.

Le vide venait de se créer dans mon dos — ce n'était pas une sensation de mutisme, mais d'absence. Et devant, je ne voyais plus rien. Plus de bébé dans la couveuse, plus de baie vitrée, plus de brochette de nouveau-nés en attente, plus de sage-femme, plus d'infirmières : j'ai le souvenir d'un écran blanc. J'étais seul et vaporeux, debout, face à un écran blanc, le dos au néant.

Puis Pimprenelle a poussé un cri déchirant qui a retenti dans tout l'étage, peut-être dans toute la maternité, peut-être jusqu'aux oreilles de la femme aux gants roses, de l'autre côté de la rue. Ce n'était pas un cri de souffrance, ni de rage, encore moins de joie : c'était un long cri de désespoir, un cri de bête qui va mourir, un long cri de malheur et de haine. Derrière moi le vide s'est rempli de ce cri, devant moi l'écran blanc a explosé, j'ai vu le bébé minuscule sursauter dans sa couveuse, la grande sage-femme brune tourner la tête derrière la baie vitrée, j'ai senti mon corps glisser encore, disparaître, et je suis tombé comme un sac vide sur le carrelage blanc.

Je me souviens d'avoir attendu la voix d'Oscar, par terre. Tout ce qui me restait d'esprit, d'âme ou de je ne sais quoi, est resté concentré sur ce point de vie entre Pimprenelle, madame Bouteille et l'accoucheur, de l'autre côté de la porte, ce point de nouvelle vie qui avait dû apparaître là, petit, agité.

Mais plus aucun son ne me parvenait de l'intérieur. Oscar ne criait pas. J'écoutais désespérément, je n'avais plus que des oreilles. J'étais affalé au sol et j'attendais. Où était Oscar ?

La porte de la salle de travail s'est ouverte, j'ai levé les yeux et j'ai vu la sage-femme sortir au ralenti, centimètre par centimètre, je l'ai vue passer géante au-dessus de moi très lentement, tenant dans ses bras le corps inerte du bébé, il avait des cheveux et sa tête ballottait en arrière dans le vide, avec un trou dedans par où s'écoulait abondamment son début de vie, rouge vif. Le sang tombait sur le carrelage.

Mort, non. Oscar ne peut pas être mort. Il est simplement immobile pendant quelques instants, il va se mettre à bouger et à crier tout à l'heure. Je vois madame Bouteille s'éloigner et entrer dans la pièce aux baies vitrées, celle où on accueille les nouveau-nés dans le monde, celle où on les lave pour les présenter propres aux parents soulagés.

2

Quand j'ai rencontré Pimprenelle, vers la fin du XXᵉ siècle dans une forêt allemande, il m'était déjà arrivé pas mal de trucs mais rien qui ait un rapport aussi direct avec la vie, le cœur de la vie enivrante et redoutable, que Pimprenelle elle-même (sans parler du fait qu'ensuite Pimprenelle elle-même est tombée enceinte par le biais d'un de ces tours de passe-passe dont j'ai le secret, son ventre a grossi considérablement, ce qui a un rapport très direct avec la vie enivrante et redoutable (on ne peut pas mieux faire, question rapport direct : j'étais juste en face, à un mètre, après trente-six ans à me promener de-ci de-là)). Ce que j'avais vécu jusqu'alors, si on fait abstraction de l'enfance (je n'ai quasiment aucun souvenir antérieur à mes 15 ans (je m'appelle Hector, je suis né à Sainte-Geneviève-des-Bois, depuis ce jour-là mes parents ont été remarquables, toujours présents, lumineux d'amour et d'intelligence (c'est sans doute pour cela que j'ai tout oublié, car le bien-être étourdit), je me rappelle vaguement avoir fait peur à ma petite sœur Armelle en lui faisant croire qu'un grand manitou mort était caché dans le mur de notre chambre, avoir vu notre hamster Billy se suicider en se jetant du haut d'un mur qu'il avait escaladé, et avoir joué dans une pièce de théâtre consternante le jour de ma communion — et soudain je me suis retrouvé la tête entre les jambes largement écartées d'une blonde vulgaire et mal lavée qui rotait en rigolant pendant que je m'appliquais à la satisfaire, ébahi et tremblant, à côté de mon copain Joël qui besognait fièrement une brune dont le tampon avait atterri dans notre paquet de galettes Mont-Saint-Michel, sous une petite tente pleine de bouteilles vides et de sachets de crêpes caoutchouteuses, au camping de Primel-Trégastel, j'avais 15 ans, les yeux rouges et la bouche trempée, je me réveillais brusquement et entrais d'un coup dans la vie, la chatte de cette grosse blonde écrasée sur la figure)), ce que j'avais vécu entre 15 et 36 ans avait principalement rapport avec le travail, l'espoir, l'alcool, la fatigue, le désir, la chance ou la malchance, le cul, les voyages, le jeu, la peur, la mort, toutes ces choses qui gravitent dans la vie ou sur ses bords, disons qui la composent, mais dont on sent qu'elles ne la définissent que très imparfaitement (voire pas du tout, comme le gruyère, ou plutôt la matière fromagère d'un petit cube de gruyère, de sept ou huit petits cubes de gruyère, ne dit rien de ce à quoi peut ressembler un gros morceau de gruyère (et allez définir les trous)), la somme de tout ce qui compose la vie n'étant pas la vie. Bref, j'avais exercé toute une guirlande de métiers, beaucoup fréquenté les bars et les appartements de mes amis, connu toutes sortes d'angoisses (la crainte d'être un raté, de me faire écraser par une voiture ou transpercer par une balle, de tomber gravement malade, de devenir fou (à une époque, je voyais apparaître des lapins partout), de passer plusieurs années en prison, de ne jamais trouver de femme à aimer sincèrement), je m'étais heurté de front à l'injustice et à la poisse (moi si gentil, si naïf et doux, je m'étais pris en pleine poire, par vagues successives, la colère et la méchanceté d'une ribambelle d'abrutis, comme tout le monde, et de temps en temps, en prime, une bonne baffe des circonstances malheureuses, qui ne plaisantent pas), j'avais beaucoup joué aux courses et visité plein d'endroits (l'Espagne, Rome, Amsterdam, Tokyo, Renaix en Belgique, le Sénégal, quelques îles des Caraïbes, le sud de l'Angleterre, l'autoroute A6 et ses environs, la vallée du Nil, New York et Veules-les-Roses), baisé plein de filles dont la plupart une ou deux nuits, j'avais pleuré souvent sur mon sort de misérable solitaire alcoolique, puis, enfin, j'avais découvert par hasard à la télé une méthode pour affronter la vie en toute sérénité, celle du chameau sauvage d'Australie (lors des duels, qui se déroulent toujours sans violence (ce sont des sortes de parades parallèles), il décide lui-même s'il a « gagné » ou non, en se couchant sur le flanc, sans se soucier de son adversaire). J'avais été si surpris par cette ingénieuse technique pour triompher de l'ennemi que, réconforté dans le malheur de mon existence pitoyable à la perspective de pouvoir faire face d'une manière nouvelle (c'est-à-dire victorieusement) aux gens et aux choses, j'étais parti m'enfermer quelques mois dans une maison à Veules-les-Roses pour écrire un livre autobiographique et optimiste. Un éditeur plus courageux que les autres avait accepté de le publier, et il avait connu un petit succès (ce qui m'avait permis d'arrêter de travailler pendant quelques mois : j'étais dans la publicité, à l'époque, et j'avais pu prendre le temps de chercher et trouver un emploi qui me convenait mieux, détective de bas étage dans une agence miteuse).

Depuis cette rencontre avec le chameau sauvage, j'étais donc devenu un vrai costaud. Plus personne ne pouvait me faire de mal (ou du moins je m'en remettais vite), plus rien ne pouvait sérieusement m'atteindre, il suffisait que je me couche mentalement sur le sol, me déclarant ainsi le plus fort, et mes adversaires ne comptaient plus, mentalement (la plupart du temps ils ne s'en rendaient pas compte et me balançaient sur le crâne tout ce qu'ils avaient à portée de la main, mais dans mon esprit, ils s'en allaient tête basse en maugréant qu'ils étaient nuls). Donc j'étais invincible. Ce qui m'a échappé dans cette histoire de technique formidable, c'est qu'elle ne fonctionne que chameau contre chameau : le jour où le chameau sauvage d'Australie croise un tigre du Bengale qui veut lui faire un sort, ou bien, pour que l'exemple soit plus parlant, le jour où le brave chameau sauvage d'Australie (moi) croise cent tigres du Bengale très groupés (Pimprenelle) qui veulent lui faire un sort, il aura beau s'allonger serein sur le sol, il se fera déchiqueter quand même. Ça fera de la peine à voir. Il se fera d'ailleurs déchiqueter d'autant plus qu'un chameau sereinement allongé est encore plus vulnérable qu'un chameau debout (sur ses quatre pattes, je veux dire (parce qu'un chameau vraiment debout, tout de même, ce doit être impressionnant)). Les tigres ne tiennent pas trop compte de tout ce qui est mental.

Le jour où j'ai croisé la belle Pimprenelle dans une

forêt allemande, près d'une autoroute, après un long chemin seul en voiture dont l'insouciance célibataire et vaguement asthénique m'apparaît aujourd'hui comme la disposition d'esprit la plus proche du bonheur terrestre, j'étais loin de penser, évidemment, que je mettais joyeusement ma vie entre les mains d'un monstre à cent têtes qui allait la massacrer. Au contraire.

3

Un après-midi de décembre, j'étais seul dans le deux-pièces du 27 rue Gauthey, sur le fauteuil noir devant la télé : j'essayais de me remonter le moral ou du moins de me distraire, après une bagarre féroce avec Pimprenelle, en regardant les courses sur la chaîne Equidia (rien ne me sort du monde et de ses incessants combats sordides aussi efficacement que les courses de chevaux, les paris et les arrivées disputées (je serais capable de crier « Vas-y mon petit, envoie maintenant, va me chercher ça, va au bout ! » alors que ma voiture vient d'exploser et que mon père vient de quitter ma mère)), je regardais Ernest le Rebelle perdre pied dans la ligne droite, fataliste, en buvant du bon jus d'orange gorgé de vitamines, de soleil et d'antiradicaux libres. Je ne savais pas ce qu'étaient ces antiradicaux libres, mais ça ne pouvait que me faire du bien (la pub n'en parlerait pas si c'était dangereux, il me semble (« Mordez la vie à belles dents, dégustez un bon jus d'orange gorgé de vitamines, de soleil et de cyanure ! »)). Déjà, les radicaux libres, je me demandais un peu. Depuis, pour savoir ce qu'a détruit en moi ce bon jus d'orange, j'ai jeté un coup d'œil dans le Robert. Eh bien ça existe, les radicaux libres. Ces types qui font le jus d'orange (qui n'ont l'air de rien) sont des têtes. Les radicaux, ce sont des groupements d'atomes qui conservent leur identité au cours des changements chimiques qui affectent le reste de la molécule. Ils sont dits libres lorsqu'ils ne sont pas combinés à d'autres atomes ou groupements d'atomes. Voilà. Les antiradicaux libres, donc, on comprend à quoi ça sert : pendant qu'Ernest le Rebelle s'emmêlait les pinceaux en secouant rageusement la tête, dépassé par tous ses adversaires, et que du coup, détaché de la course, je me remettais à maudire la folle Pimprenelle qui m'avait mis un coup de poing dans la tête quelques heures plus tôt simplement parce que j'avais répondu au téléphone, je détruisais mes radicaux libres sans le savoir. Si j'avais été au courant, cela m'aurait sans doute mis du baume au cœur. (Quoique, quand on y réfléchit, c'est pas terrible, cette histoire d'atomes libres et résistants qu'on anéantit...) Mais je n'avais aucune idée de tout cela, je buvais mon jus d'orange et me demandais ce qu'allait devenir mon existence. Depuis que Pimprenelle avait commencé à changer, à ne plus être seulement une belle fille, grande, blonde et mince, drôle et triste, qui se déshabille n'importe où, danse dans les bistrots, raconte des choses inavouables à des inconnus, n'a aucune notion de pudeur ni de morale et se fout de la conséquence de ses actes, mais aussi dorénavant une femme possessive et maniaque, j'avais plusieurs fois essayé de la quitter, de me sauver. Mais c'était impossible : j'étais profondément amoureux d'elle. Après une journée de séparation, je me souvenais d'elle dans ses robes épatantes, je la voyais danser sans toucher terre, traverser rapidement une foule comme une flamme de bougie, je pensais à sa tête de gamine quand elle faisait le clown, je l'entendais parler en souriant de cette enfance calamiteuse qui l'a déglinguée pour la vie, je la revoyais aussi m'offrir son cul quand je voulais, sans se poser de questions, avec cette innocence qui illuminait chacun de ses gestes, et je me disais bon, elle est bizarre, c'est pour ça que je l'aime, son intolérance, ses obsessions et sa violence font partie de cette étrangeté qui me plaît, qui me fascine, elle ne se laisse pas faire, elle mord, elle frappe, elle crie pour se débattre (je ne serais pas amoureux d'une molle), elle ne ressemble pas aux autres, alors qu'est-ce que je fais sans elle, et je revenais toujours, ou je lui demandais de revenir.

Je suis allé chercher dans la cuisine mon tournevis à je ne sais combien de tiges (c'est pratique, ces trucs-là), pour démonter le magnétoscope qui ne marchait plus. On commençait à s'ennuyer, Pimprenelle et moi, le soir en revenant du restaurant, et je pensais prendre un abonnement pour un de ces distributeurs de vidéos qui apparaissaient partout. Je me sentais inquiet, depuis quelque temps : ça n'allait pas comme je voulais. Mes jours, dans les mains de Pimprenelle, ne m'appartenaient plus, je me rendais compte que je n'avais plus aucune possibilité d'influer sur mon avenir (j'imagine qu'on n'en a jamais, ou quasiment, mais l'illusion est un sentiment précieux). Elle venait de me décocher un direct du droit dans la tête (fragile), elle faisait tout ce qu'elle pouvait pour me couper du monde, donc de la vie, et cet après-midi-là, elle était partie faire une échographie afin de s'assurer qu'elle était bien enceinte. Le test d'urine avait été positif (le petit trait bleu, bonheur et cauchemar), mais à cause d'une grossesse extra-utérine quelques années plus tôt, la gynéco lui avait conseillé de vérifier tout de suite si tout allait bien. (Si tout allait bien ? Les gynécos se rendent-ils compte des drames qui se trament ?) En pensant à ce début d'enfant qui s'installait probablement dans son ventre, au masque de père qu'on me tendait, je me suis rappelé une scène horrible que j'avais vue à la télé. Sur Equidia.

LE CHEVAL ET SON BONNET

Au départ d'une course de plat, on met les chevaux un à un dans des stalles de départ, des sortes de petites cages métalliques qui s'ouvrent ensuite toutes en même temps. Il arrive que certains rechignent à entrer (lors de leurs premiers pas en compétition, par exemple, ou bien s'ils ont mauvais caractère, ou n'ont pas envie de se mettre à courir comme des forcenés jusqu'au poteau d'arrivée (car ça sert à rien)). Dans ce cas-là, de robustes gaillards, les pousseurs, se chargent à deux, trois ou quatre de les faire pénétrer de force à l'intérieur. Ils les empoignent, tirent sur la queue, poussent de l'épaule, vont parfois jusqu'à les soulever et parviennent en général à leurs fins, même si l'animal résiste des quatre fers, s'arc-boute, se tord dans tous les sens. Mais parfois, rien n'y fait : le coriace n'entrera pas, les pousseurs peuvent toujours courir. Il s'agit souvent de pur-sang qui gardent un mauvais souvenir d'une course passée, d'un jour où ils se sont fait mal dans une stalle (on dit toujours que les chevaux ont une mémoire du tonnerre, mais il ne faut quand même pas être un phénomène de foire pour se rappeler qu'on s'est bousillé les reins dans une petite cage...). Pour ceux-là, il ne reste plus qu'une solution : on leur met sur la tête ce qu'on appelle un bonnet (non pas un petit bonnet comme aux sports d'hiver, ce serait ridicule, mais une cagoule, qui les aveugle). Puis on fait tourner le récalcitrant plusieurs fois sur lui-même, afin qu'il perde le sens de l'orientation, et on l'approche lentement de la stalle (« Où m'emmènent-ils, nom d'un chien ? »). Les jockeys déjà prêts à partir se taisent, pour qu'il ne se rende pas compte qu'on est en train de le rouler dans la farine (les chevaux se font également silencieux, car il n'y a pas de raison que ce gros malin échappe à l'exercice). La plupart du temps, ça marche, il se retrouve enfermé sans avoir rien senti venir (« Non, c'est pas vrai, quelle poire ! »).

Mais un jour, l'un de ces chevaux aveuglés, ayant sans doute compris juste à temps le subterfuge, s'est cabré brusquement à un mètre de la stalle. Lorsque cela arrive (il est cependant assez rare qu'un cheval se débatte quand il ne voit rien), le premier réflexe du jockey, avant de tomber, est de tirer sur le bonnet pour l'enlever. Mais cette fois, le brave garçon a été pris par surprise et projeté en arrière avant d'avoir pu remuer un doigt. L'homme de piste qui tirait le cheval ne s'y attendait pas non plus, et a lâché la corde. La pauvre bête affolée est partie au grand galop sur la piste, son bonnet sur la tête.

Sur mon fauteuil, j'étais pétrifié. Le cheval courait aussi vite qu'il pouvait, sans rien voir. Un cheval qui a peur ne commence à ralentir que lorsqu'il est vraiment épuisé. Mais pour celui-ci, on savait que l'arrêt serait beaucoup plus brutal. C'était difficile à regarder, cet animal comme fou qui fonçait dans le noir et allait immanquablement s'écraser sur quelque chose. Personne ne pouvait plus rien faire pour lui, il était seul et se précipitait vers une mort certaine, et atroce. Je crois que tous ceux qui assistaient à cette scène, sur le champ de courses ou devant leur télé, ressentaient la même chose que moi : une sorte de vide à l'intérieur, l'envie d'arrêter le temps tout de suite, un sentiment de panique et de totale impuissance. Le cheval a percuté une barrière de plastique à toute vitesse, a roulé plusieurs fois sur lui-même avant de se relever pour repartir encore plus terrifié, encore plus vite, de percuter une autre barrière, de se relever à nouveau et de s'élancer à fond dans une autre direction, enflammé par la peur. Personne ne tombait du ciel pour venir lui ôter son bonnet. On l'a alors vu galoper, plus vite qu'il n'avait jamais galopé, vers le petit bois de l'hippodrome.

A ce moment, je crois que pas un seul des spectateurs n'a pu s'empêcher, furtivement, de s'imaginer à sa place : courir sans rien voir, sans savoir où l'on va, courir à toutes jambes, aveugle et terrifié, sur un terrain inconnu dont on sait seulement qu'il est semé de pièges et d'obstacles mortels qu'on peut percuter à tout instant, dans une fraction de seconde.

Il s'est écrasé contre un arbre. Tout le monde a dû ressentir le choc, physiquement, dans tout le corps. Il s'est encore une fois relevé, je ne sais comment, aidé par quelle force de survie, de désespoir, mais il ne tenait plus sur ses jambes. Il a essayé de se remettre à courir, de continuer sa route folle, mais il zigzaguait, il trébuchait, chancelait, s'est empêtré dans des buissons et s'est effondré, au bout de son chemin, abattu.

Un quart d'heure plus tard, Laurent Bruneteau, le journaliste d'Equidia, a annoncé qu'il n'était pas mort.

Quand j'ai entendu Pimprenelle ouvrir la porte d'entrée de l'appartement, j'étais à genoux devant le magnétoscope, humblement, et je pensais : qui sont ces trous du cul qui utilisent des vis cruciformes pour fabriquer leurs appareils ? Autant les types qui font le jus d'orange sont des génies, autant eux, moins. Parce qu'on voit les appareils finis, comme des fleurs ou des chats, disons, mais il y a des gens qui les fabriquent, qui décident de se servir de telle ou telle pièce, des gens comme vous et moi qui prennent leur petit déjeuner le matin en pyjama, se recoiffent dans les toilettes du bureau, et à un moment de la journée, choisissent de mettre une vis cruciforme plutôt qu'une autre. (Pimprenelle n'a pas dit bonjour en rentrant.) C'est tellement pratique, une vis normale : on prend un tournevis, on tourne, et c'est dans la poche. Mais une vis cruciforme... (Pimprenelle enlevait son manteau dans la chambre.) D'abord, il faut avoir un cruciforme chez soi. Moi j'ai de la chance, avec mon tournevis à je ne sais combien de tiges, il y a bien sûr un cruciforme dans le tas, je suis un as du bricolage, mais même une fois qu'on a son cruciforme en main et qu'on se dit que s'ils croyaient nous prendre au dépourvu ils se fourraient le doigt dans l'œil, on ne va pas bien loin : ce n'est jamais tout à fait le bon cruciforme, car il y a différentes sortes de croix, plus ou moins profondes, ça n'accroche pas bien, ça dérape, quand on s'est énervé quinze secondes le métal commence à s'user, ça tourne dans le vide, c'est foutu, ça y est, on n'y arrivera plus. (Pimprenelle se lavait les mains. Elle était enceinte ou pas ?) Mon cruciforme patinait. Il faut être particulièrement sournois et aigri, poussé par le besoin malsain de nuire à son prochain, pour se dire « Tiens, là, je vais mettre des vis cruciformes ». Alors qu'une vis normale, c'est tellement pratique.

Pimprenelle est entrée dans la pièce, tenant une grande enveloppe blanche, aux armes du laboratoire. Elle a posé son sac US près du téléphone, et m'a tendu son butin avec un regard provocateur et froid :

— Je suis enceinte.

Je n'ai pas réagi. Je m'y attendais, bien sûr. Mais surtout, ça ne représentait pas grand-chose pour moi. Toutes les femmes de la planète sont enceintes, quasiment, tous les hommes entendent un jour ces trois mots — bon, elle est enceinte, la première chose qui me vient à l'esprit c'est que cela va m'attirer beaucoup d'ennuis. Cette fille que j'aime en veut à ma vie, hurle et cogne quand je résiste, me ficelle et m'aspire jour après jour, inéluctablement, puis soudain m'annonce qu'elle a un peu de moi en elle, et que ça va grandir. Avec son ventre que j'imagine déjà gros, à hauteur de mes yeux (je suis toujours à genoux), elle me tient : à moins d'être un sale type, ou de renoncer la mort dans l'âme à vivre auprès d'une partie de moi (ce qui ne doit pas être agréable), je suis coincé, foutu, rôti. Elle n'a plus qu'à me rouler sur le dos, à me replier les jambes, à m'enfiler des papillotes blanches autour des chevilles et je suis le parfait poulet.

J'ai pris l'enveloppe, je suis allé enfiler ma veste, mettre mes chaussures, mon sac matelot en tissu écossais a sauté sur mon épaule et je suis sorti sans dire un mot. De toute façon, elle ne m'aurait pas entendu, elle était partie s'allonger dans la chambre, fermée (Pimprenelle, pas la chambre). Ce que j'éprouvais n'avait rien à voir avec l'indifférence. Je ne suis pas un tabouret de cuisine, je sais que la vie est belle, que même si toutes les femmes sont enceintes cela n'enlève rien à l'extraordinaire de la chose (c'est comme la mort), mais en refermant la porte de l'appartement derrière moi, je constatais que j'étais saisi par une sorte d'absence de sentiments, et même de sensations. Aveugle, sourd, et dense à l'intérieur, à peine électrisé par une impression diffuse de panique (légère, vaporeuse), je me suis engagé dans l'escalier pour descendre quatre étages, un peu à la manière du cheval avec son bonnet, mais plus lentement, plus calmement.

Je ne savais pas quoi faire, ni où aller, avec mon enveloppe blanche (que je ne songeais même pas à ouvrir (je la portais comme un fardeau dont la nature importe peu)). Je n'avais pas envie d'entrer dans l'un des deux cafés, le Soleil et le Saxo Bar, où je traînais de longues heures autrefois, au temps de la désinvolture, et dans lesquels, depuis que j'avais emménagé avec Pimprenelle, je ne passais plus que furtivement, en revenant du Super U les mains chargées de sacs, pour boire une bière avec les habitués dont je ne faisais plus partie qu'en mémoire de mon fabuleux passé. Je me sentais seul et dépendant, sans marge de liberté ni ressources d'autonomie, privé de presque tous mes radicaux libres (or ce sont eux qui permettent d'aller vers les gens, ce sont eux qui les intéressent, les gens, et permettent de s'y intéresser, aux gens — cochonnerie de jus d'orange, tiens, finalement ses concepteurs ne valent pas mieux que les vicieux du cruciforme, la terre est peuplée de malveillants). Alors j'ai remonté un peu l'avenue de Clichy et je suis allé m'accouder au comptoir du Cri-Cri, un café neutre et triste éclairé aux néons, comme il en existe d'innombrables à Paris, qui me convenait parfaitement.

Quelques vieilles femmes seules et grises (bien qu'apparemment désormais indépendantes) parsemaient la salle blafarde, les mains de part et d'autre de leur tasse de café ou de leur ballon de rouge vide, les yeux dans le vague, vers la rue. Il y avait aussi près des toilettes un vieil Arabe perdu quelque part dans son existence antérieure, qui leur ressemblait, et assis à l'une des tables proches de la baie vitrée, un couple étrange, composé d'un vieil aveugle dont la perruque couleur corbeau glissait dramatiquement sur l'oreille gauche, et d'un vieil ex-adjudant (je suppose) à la stature encore imposante, le crâne entièrement bandé (cinq bons mètres de Velpeau maintenus par une épingle à nourrice), qui ressemblait de façon étonnante au tennisman Henri Leconte. En plus âgé, bien sûr. Il prodiguait toutes sortes de conseils à son partenaire à lunettes noires :

— Faut faire attention, mon petit vieux. Parce que vous voyez rien, là, vous. Faut pas vous embarquer dans des trucs pareils ! Hein ? Dites ? Heureusement que vous êtes tombé sur moi, je vais vous dire, parce que sinon, je me demande bien ce que... Mais oui, mon vieux, mais faut quand même avoir un peu de jugeote, dans la vie ! Allons ! C'est pas sérieux, ça, quand même. Hein ? Vous pouvez m'expliquer ce que vous aviez l'intention de faire, là ? Dites ? Non parce que faut pas croire qu'il y aura toujours quelqu'un comme moi sur votre route, mon garçon. Et puis si vous croyez que ça m'amuse, moi... Comme si j'avais que ça à faire. Non mais c'est vrai, faut pas vous lancer comme ça, à la va comme je te pousse. Enfin, mon petit vieux ! Vous êtes aveugle, je vous signale, vous y voyez rien du tout !

L'autre, la perruque en équilibre, ne répondait pas. Immobile, la tête baissée, légèrement tournée dans la direction du vieil Henri Leconte au crâne bandé, il encaissait les reproches.

Le patron, un gros type mal rasé dont le corps dégorgeait quelques gouttelettes de vinasse à chaque pas, a déposé devant moi le demi d'Amstel que j'avais commandé. J'ai placé l'enveloppe blanche à côté. Le comptoir était plus animé que la salle. C'est là que se trouvaient les valides, les solides gaillards : une brochette de cinq ou six poivrots désespérés, qui parlaient fort et rigolaient fort, la gorge pleine de bière ou de côtes-du-Rhône, et se balançaient des blagues gluantes en se poussant du coude, les yeux rouges, la bouche grasse et déformée par le rire (mais en fait ils pleuraient). Parmi eux, se trouvait un hindou traditionnel, en costume tout à fait typique (je ne sais pas comment ça s'appelle, la longue chemise et le pantalon bouffant, très pittoresque), avec un turban jaune et le visage émacié, sombre et impassible du gars qui réfléchissait à un truc important sur les bords du Gange, trois secondes plus tôt, et vient d'être victime d'une grave anomalie spatio-temporelle. Il ne disait rien, il écoutait attentivement deux bouchers au chômage raconter comment cette salope de Raymonde avait sucé le père Dédé dans les chiottes du bistrot d'en face. Sa présence ici était aussi naturelle que le serait celle de Louis XIV dans une mêlée de rugby (« Lâche ce ballon, Louis XIV ! »). Soudain, l'hindou déplacé s'est tourné vers le gros patron aviné, a levé une main maigre (« Qu'est-ce qui lui prend ? » me suis-je dit) et lui a demandé, avec un accent des bords du Gange à couper au couteau :

— Tiens mon petit père, remets-nous trois canons !

J'ai ouvert l'enveloppe, quand même. Il ne devait pas y avoir grand-chose dedans, mais enfin. Potentiellement. Parce qu'ensuite, un enfant... Un enfant, c'est pas rien. Ça devient un adulte, qui bouge dans le monde. Un hindou qui en reprend un p'tit dernier pour la route. Pourtant, je savais qu'on ne pourrait pas le garder. Celui-là. Qui n'était pas encore un enfant, qui n'était presque rien. « Pimprenelle et Hector s'engueulent sans arrêt. » « Hector et Pimprenelle ne peuvent pas passer une journée ensemble sans se balancer des insultes et des coups. » « Pimprenelle et Hector n'arrivent plus à s'intéresser à autre chose qu'à leurs propres problèmes, au dysfonctionnement qui est devenu l'essence même de leur histoire. » « Hector a 35 ans, mais il les a passés à se construire patiemment, année après année, un enclos protecteur, qui se déplace avec lui et dans lequel il peut évoluer parfaitement insouciant, dégagé de toute responsabilité. » « Hector n'a jamais su s'occuper que de lui-même. » « Pimprenelle n'a même jamais su s'occuper d'elle-même. » « Pimprenelle est neurasthénique un jour sur deux, inexistante, et hystérique l'autre, incontrôlable. »

« Pimprenelle et Hector vont élever un petit enfant fragile qui ne dépendra que d'eux. »

Dans l'enveloppe blanche, il y avait une échographie. On devinait l'utérus de Pimprenelle (je ne l'avais jamais vu, bien entendu, mais j'imaginais bien qu'ils ne lui avaient pas fait une radio du genou). C'était bien ce que je pensais, on ne voyait rien. Il était trop tôt. Je comprends que des personnes soient émues lorsqu'elles aperçoivent le fœtus à quatre ou cinq mois, oh ses petits bras, oh ses petites jambes, mais là il n'y avait même pas la tête, ni rien d'autre, « enceinte » restait un mot et l'enfant éventuel une idée. Seul un spécialiste avait pu dire qu'il s'était passé quelque chose, que la grossesse était bien enclenchée (je pense d'ailleurs que c'est un spécialiste qui avait dit ça). Ah, si, là, tout de même, soulignée par deux ou trois petits points (pour mesurer, je suppose), on distinguait une petite tache sombre, d'un ou deux millimètres de diamètre. Je l'ai observée plus attentivement, et soudain, en moins d'une seconde, j'ai senti mes jambes faiblir et un flot de larmes me monter aux yeux à toute vitesse. Au moment même où j'ai réalisé que je regardais la petite tache sombre (c'est-à-dire tout de suite, car je ne suis pas un imbécile, je sais ce que je vois), il s'est produit une explosion à l'intérieur de moi, au niveau de mon diaphragme, qui a séparé mon corps en deux : toute la partie inférieure s'est effondrée vers le sol et la partie supérieure s'est liquéfiée instantanément pour se propulser vers mes yeux. Cette petite tache sombre que je fixais, c'était mon enfant. Je ne pouvais plus en détacher mon regard. Mon enfant était là. Cette petite tache sombre. Pourtant, ça ressemblait à tout ce qu'on veut sauf à un enfant. Mais je le voyais. Tout seul, minuscule, perdu au milieu de ce grand utérus. Loin de nous, ses parents. J'avais envie de l'appeler, de crier « Mon enfant, mon enfant, je suis là ! » (mais il se passait suffisamment de choses farfelues dans ce bar pour que je fasse un effort de retenue), j'avais envie d'aller le chercher, d'aller le rassurer. N'être qu'une petite tache sombre, quelle souffrance. C'est trop petit, trop vulnérable. Mais même sous la forme d'une petite tache sombre, c'est lui, notre enfant qui commence, le mélange de Pimprenelle et moi, à présent séparé de nous. Et je le vois. (On doit ressentir à peu près la même chose lorsque, sur une photo prise quelques jours plus tôt, on aperçoit nettement le fantôme translucide d'un parent mort, qui était invisible au moment où elle a été prise : on est très ému, on pleure, car maintenant on sait qu'il est là, proche — la différence, c'est que ça, ça n'existe pas, à mon avis.) Je me suis mis à pleurer comme une nouille, incapable de me contenir plus longtemps, l'échographie posée devant moi, sur le comptoir. Je suis un farouche défenseur de l'avortement (un défenseur farouche mais très introverti, car je me rends compte que je n'ai jamais rien fait pour le défendre, l'avortement, je n'ai jamais bataillé dans les rues ni à la télévision, j'ai juste répondu aux deux ou trois personnes qui m'ont posé la question dans ma vie — ce n'est pas fameux, comme lutte), mais les contradictions font le charme de la nature humaine, et alors là, si quelqu'un avait touché à un cheveu de cette petite tache sombre, je l'aurais massacré à mains nues, broyé à coups de pierre, découpé au hachoir, piétiné rageusement et jeté par poignées dans la Seine, et t'avise plus de recommencer. (Cela dit, j'espère que ça n'avait pas de cheveux, sinon c'est dégueulasse.)

Je me souviens d'une sorte de haïku fort poétique de Thierry Cazals, auquel j'avais immédiatement pensé quand j'avais rencontré Pimprenelle, découvert cette fille qui ne ressemblait à personne, à rien de ce que j'avais connu sur terre, et qu'elle illustrera toujours pour moi :

Ce qu'elle a de plus ou de moins, je ne sais
Simple fleur poussant
Au-delà de l'enclos

Thierry Cazals a aussi écrit cette phrase déséquilibrante : « Si tous les oiseaux prenaient leur envol en même temps, la terre se sentirait brusquement plus lourde. »

Quand j'ai quitté le Cri-Cri, la touchante amitié de l'aveugle à perruque fuyante et du vieil Henri Leconte au crâne bandé avait tourné court. Il se trouve parfois, dans cet univers brutal et chaotique qui est le nôtre, un être charitable pour tendre la main à un frère de misère en proie au doute et à l'échec, mais faut pas pousser non plus. Le vieil Henri Leconte au crâne bandé, probablement excédé par le mutisme renfrogné de l'aveugle, venait de se lever, furieux. En jetant une main par-dessus son épaule, pour bien montrer à l'autre qui ne voyait rien qu'il en avait soupé de ses conneries et qu'après tout il s'en foutait, il lui a lancé avant de partir :

— Vous me faites chier, maintenant, mon petit vieux ! J'ai pas que ça à faire, moi, j'suis pas votre nounou ! Débrouillez-vous, ça vous apprendra !

4

A six ou sept semaines de grossesse, Pimprenelle et moi avons eu une discussion de la plus haute importance. Car je ne sais pas où elle a appris la psychologie, celle-là, mais elle aurait dû remarquer qu'Hector n'est pas tombé de la dernière pluie de nouilles, même s'il a la larme facile à l'occasion, et qu'ayant vécu tout ce qu'il a vécu (ce diable d'homme), il ne va pas se laisser embrouiller en deux battements de paupières par une jolie tordue de 26 printemps qui veut lui mettre la tête à l'envers et le réduire à l'état de légume, viens par ici mon bonhomme, prends mon cul, laisse tous ces gens, reste à la maison, je suis enceinte, occupe-toi de nous, et je ne veux pas voir bouger une oreille — et regarde-moi quand je te parle. Et puis quoi, encore ? Légume, ce n'est pas mon style. Je suis un sauvage, un rude combattant, extrêmement agile, et surtout je suis un malin. (Tout ce que n'est pas le légume, au passage.) J'en ai connu des plus vicieuses et des plus autoritaires, par paquets de douze, elles n'ont pas tenu deux jours. Allez ouste, on laisse respirer l'artiste. Et c'est une bambine tout juste sortie de ses langes et de sa province qui va ficeler si facilement un rude et malin combattant ? Et l'étouffer ?

J'étais assis devant l'ordinateur, je travaillais (depuis que Pimprenelle était enceinte, j'avais changé de métier : après trente scènes volcaniques, des catalepsies de plusieurs jours et une chaise cassée (à laquelle je tenais, pourtant, car elle m'avait été offerte par une amie morte), j'avais fini par accepter d'abandonner celui de détective, qui la désespérait parce que j'étais souvent dehors, partais même parfois pour plus d'une journée à la poursuite d'un truand conjugal ou d'une saigneuse de compte commun, et j'avais réussi à me faire embaucher à l'hebdomadaire *Privé* grâce à un collègue de l'agence qui collaborait régulièrement avec eux pour satisfaire les exigences financières d'une épouse folle de chaussures. J'y racontais, avec la verve insolente qui fit ma légende autrefois dans *Nous Deux* et *Lettres de Femmes* (tout le monde s'en souvient, j'imagine), des faits bien plus épouvantables et poignants que ceux auxquels j'avais courageusement participé quand j'allais au feu). Ce jour-là, quelques minutes avant la discussion qui allait bouleverser ma vie, je me creusais la tête, les mains sur les tempes et le front contre l'écran, pour essayer de rendre suffisamment atroce, grâce à la magie de l'écriture, l'histoire d'un type qui avait violé deux jeunes sœurs siamoises, avant de les séparer au couteau de cuisine et d'achever contre un mur celle qui ne lui plaisait pas, pendant que l'autre mourait seule sur le lit, dans les draps gorgés de sang. Je pataugeais.

— Pimprenelle ?

— Quoi ?

— Tu peux venir voir une minute, s'il te plaît ?

— Qu'est-ce qu'il y a ?

— Prends la chaise, assieds-toi. Il faut qu'on parle très sérieusement.

— Qu'est-ce que tu fais, là ?

— J'écris le truc des siamoises qui se sont fait massacrer. Je n'ai pas vraiment la tête à ça.

— Ah.

— Qu'est-ce qu'on fait, avec le bébé ?

— Comment ça, qu'est-ce qu'on fait ?

— Oui, qu'est-ce qu'on fait ? Je sais pas si tu te rends vraiment compte de ce qui se passe. Si ? Dans dix jours, il sera trop tard pour avorter. Ça veut dire que si on ne fait rien d'ici là, on va avoir un bébé.

— Quoi, tu veux que j'avorte ? J'avorterai pas.

— Non, je veux pas que tu avortes, mais... Je crois que tu te rends pas compte.

— De quoi ?

— Mais qu'on ne peut pas avoir un enfant comme ça. Tu es complètement irresponsable, tu... C'est pas possible comme ça, tu le sais bien.

Elle ne disait rien, elle regardait mes genoux. Avec l'air coupable mais buté d'une fillette qu'on engueule. J'étais en train de reprendre le dessus, je pouvais enfin dire ce que je pensais, je n'allais pas me laisser faire. Ça devenait trop important, maintenant, trop dangereux, il fallait que ça change, ou bien qu'elle avorte, il fallait qu'elle comprenne. Un jour ou l'autre. (Pas vrai ?) Qu'elle comprenne que c'était grave, que je n'en pouvais plus, qu'elle n'avait plus douze ans, qu'elle ne pouvait pas jouer avec ça, un enfant, que ce n'était pas possible. (Cependant, en attaquant ma plaidoirie, je ne pensais pas à l'enfant (naître au milieu d'un couple aussi malheureux et agité n'aurait pas été profitable à son état mental, c'est certain, ne lui aurait pas laissé beaucoup de chances de devenir calme et joyeux (or c'est vraiment le bonheur, ça, d'être calme et joyeux), mais honnêtement je pensais surtout à moi : le fait d'avoir évoqué l'avortement avait chassé de mon esprit l'image de la petite tache sombre et vivante, seule dans les eaux intérieures (où l'on entend des bruits sourds et inquiétants qui proviennent de l'extérieur), avait dissipé les sentiments instinctifs et protecteurs qui m'avaient submergé devant l'échographie au comptoir du Cri-Cri), je ne considérais plus que le côté technique, avorter ou non, se décider dans les jours qui viennent, prendre un rendez-vous ou non, je ne pensais plus qu'aux conséquences que cette décision, ou simplement la prise de conscience de Pimprenelle, pourrait avoir sur son existence et la mienne, en particulier sur la mienne, je ne voulais pas mourir asphyxié et c'était l'occasion ou jamais de résister, de faire volte-face et de reprendre un chemin plus agréable (pourtant la petite tache sombre et vivante était toujours là, encore plus seule, dans l'utérus de Pimprenelle, à un mètre de moi).)

— Pimprenelle, je ne veux pas qu'on garde cet enfant si tu ne fais rien pour nous faciliter la vie, si tu continues à te comporter de cette façon, à pâlir dès que je parle à quelqu'un d'autre, à jeter un œil mauvais sur toutes les lettres que je reçois, et je n'en reçois presque plus, à faire la gueule comme une gamine sans que je sache pourquoi, à la moindre contrariété, et à donner des coups de poing dans les murs si je n'obéis pas au moindre de tes caprices. Si tu me dis qu'on va continuer à vivre de manière aussi pathétique, je ne veux pas d'enfant avec toi.

(Et toc.)

Elle ne disait toujours rien, elle continuait à fixer mes genoux, à l'endroit où la toile de mon pantalon était légèrement usée, passée (je me demande bien pourquoi, d'ailleurs : il m'arrive rarement de gambader à quatre pattes dans l'appartement).

— Je te parle de ça, pendant qu'on peut encore choisir, pour que tu ne me dises pas ensuite : « Tu m'as fait un enfant, tu assumes, il fallait réfléchir avant, c'est trop facile de vouloir reprendre ta vie maintenant. » J'aurai réfléchi avant. En ce moment, là, je réfléchis. J'assumerai, bien sûr, tu sais que je ne suis pas un sale type, mais je veux reprendre ma vie, la mienne, maintenant. Avec toi, si c'est possible. Mais vivre avec quelqu'un, je crois, ce n'est pas ne plus exister ailleurs. Ce n'est pas mourir pour tout le reste. Et je veux reprendre ma vie avec un enfant aussi, si c'est possible. On ne l'a pas vraiment voulu, cet enfant, on n'a pas fait attention, bon, c'est sans doute qu'on le voulait, mais bref, il est là. Le pauvre. Cela dit, il n'est pas trop tard. Et je te répète que si tu ne fais rien pour te calmer, te retenir, penser à moi, me laisser un tout petit peu d'espace en dehors de toi, je ne veux pas qu'on le garde, je ne veux pas d'enfant avec toi.

Son regard me pénétrait les genoux. J'avais la consternante impression qu'elle pensait à autre chose.

— Tu comprends ce que je te dis ?

— Oui, oui.

— Tu veux qu'on garde cet enfant ?

— Oui.

— Et tu comprends qu'il soit impossible pour moi d'envisager toute une vie comme ça ? Et que ce serait un cauchemar aussi pour lui ? Que ce serait épouvantablement égoïste de ne pas réfléchir, de ne pas faire un effort ?

(Tu te répètes, Hector.)

— Oui, je comprends.

— Tu vas arrêter de te mettre à hurler et à taper sur tout ce qui passe dès que tu sens que la situation t'échappe ? Parce qu'avec un enfant, c'est...

(Tu l'as déjà dit vingt fois.)

— Oui.

— Tu vas arrêter de te refermer comme une huître dès que quelque chose ne te plaît pas ?

— Je vais essayer.

— Tu me l'as déjà dit vingt fois...

— Oui mais je vais essayer. Oui. Je ne veux pas avorter.

— Tu me laisseras sortir si j'en ai envie ? De temps en temps ?

— Oui je vais essayer. D'accord.

— On ne se battra plus tous les deux jours ?

— Non.

— Ça va aller, alors, on peut garder cet enfant ?

— Oui.

— Bon, d'accord.

Je me sentais profondément soulagé. Quelle victoire. Quel abruti.

L'enragé a séparé les malheureuses siamoises au niveau de l'épaule, péniblement (à cause du couteau bien aiguisé mais trop petit), en poussant lui-même un hurlement de douleur qui a couvert les leurs. Puis il a attrapé la moins développée par les pieds. J'ai allumé une cigarette. Je me sentais de nouveau en confiance, plein d'enthousiasme et de sérénité tumultueuse (à l'instar d'un océan, par exemple). Quand j'expliquais que j'étais un malin, ce n'était pas pour faire le castor, comme on dit à Marseille. Le résultat est là. Après cette discussion à bâtons rompus menée tambour battant (où j'avais rendu coup pour coup, plantant mes banderilles comme à la parade), qui marquait un tel retournement de situation (pile au moment opportun), je me demande bien qui aurait encore pu venir me traiter de faible, ou de légume. Peut-être un ou deux acharnés, mais c'est tout. Non, je te l'avais retournée, la mère Pimprenelle... Tu veux un enfant ? Bon, d'accord, pourquoi pas, ça me fait même plutôt plaisir, mais attention, si tu veux un enfant va falloir corriger le tir, mon petit vieux. Ma petite vieille. (Non, ça ne va pas non plus, ça me bloque, là.) Bref. Et d'une, tu arrêtes tes âneries de frappée qui déjante à tout bout de champ. Et de deux, vu que j'ai besoin de sortir pour garder la forme, tu me laisses respirer un peu. Compris ? Pour une fois, je n'y étais pas allé par quatre chemins. Et aussi incroyable que cela paraisse, elle avait accepté.

La moins développée des deux sœurs venait d'éclater contre le mur, mais pour moi, l'horizon s'éclairait. J'allais être père, c'était désormais une certitude — depuis que j'étais en âge de concevoir (jeune pâtre vigoureux, souple et athlétique), j'avais tout fait pour ne pas tomber dans ce piège, je m'étais juré de ne jamais laisser un enfant frétillant se mettre à tourbillonner entre mes jambes de joyeux vagabond, mais à présent, la seule pensée de la petite tache sombre qui grandissait à l'écart dans la pénombre liquide, et viendrait bientôt nous rejoindre en criant, me rendait euphorique. Je savais bien que ce serait éprouvant, qu'un tas de choses deviendraient impossibles et d'autres obligatoires (deux mots qui ne me plaisaient qu'à moitié), que Pimprenelle ne se transformerait pas du jour au lendemain (car un rude combattant, s'il est un peu malin, voit plus loin que le bout de son nez maintes fois cassé : il n'est pas aussi idiot qu'il en a l'air), mais la situation était tout de même susceptible d'évoluer favorablement : d'une part, même si Pimprenelle s'était jusqu'alors toujours comportée comme une danseuse illuminée tombée de la lune, le fait de devenir mère pourrait peut-être l'assagir et l'apaiser un peu — ses gestes auraient dorénavant un sens, et des conséquences concrètes dont il lui serait impossible de continuer à ne pas tenir compte (elle n'avait jamais aimé personne, ni les membres de sa famille, ni les quelques relations éphémères qu'elle s'était faites après avoir quitté son village, ni les deux hommes qui avaient tenté de la garder près d'eux depuis ses 15 ans (chacun avait tenu quatre ans, avant qu'elle ne les laisse au sol les bras en croix, les os brisés, vidés l'un et l'autre de toute force pour continuer à vivre (à l'époque où elle est tombée enceinte (de moi !), aucun des deux n'avait retrouvé une quelconque forme d'amour, ils flottaient dans son passé seuls et perdus (six ans après pour le premier, deux pour le deuxième) et continuaient à lui envoyer de temps en temps, à mon adresse, vidés de toute dignité, des lettres désespérées et tremblantes)), elle ne m'aimait peut-être pas moi non plus, le troisième de sa série (nous étions ensemble depuis deux ans et demi, il me restait donc encore environ dix-huit mois pour profiter de la vie imprévisible et violente, avant de finir comme un zombie errant que plus rien n'anime que de lointains et douloureux souvenirs), mais je pressentais qu'en revanche elle aimerait cet enfant qui se développait en elle, et prendrait soin de lui) ; d'autre part, j'imaginais que l'apparition de cette nouvelle personne entre nous, qu'elle aimerait et dont elle prendrait soin, détournerait partiellement son regard vorace de moi (paradoxalement, même si je continue à penser qu'elle ne m'aimait pas plus qu'un autre, elle concentrait toute son attention sur moi pour tenter de me dévorer : le bébé la distrairait, et me soulagerait). Nous allions voir notre enfant, j'allais devenir père, Pimprenelle, que j'aimais de toute mon âme malgré les coups dans la tête, allait devenir mère, moins folle, et moins possessive. Le bonheur en perspective.

Si j'avais su...

Si j'avais su, je crois que ça n'aurait rien changé. J'aurais quand même avancé vers cet enfer.

5

L'idée de la paternité acceptée, et celle du couple avec (le couple en version définitive, comme le jaune et le blanc d'œuf une fois battus — j'ai plus de défauts qu'il n'en faut pour vivre tranquillement, mais au moins une qualité, probablement héritée de mes ancêtres espagnols : je n'ai qu'une parole, quand je dis quelque chose je le fais, faut pas plaisanter avec ça, et quand je m'engage, hombre, je m'engage (je ne tromperais jamais Pimprenelle et ne la quitterais jamais, c'était pour moi une certitude (comme je pourrais dire, par exemple, que je ne m'essaierai jamais à la natation synchronisée ou que je ne couperai jamais une oreille à ma mère))), le pas franchi, le jaune, le blanc, il ne restait plus qu'à attendre. (Je reviens une seconde en arrière, juste pour ajouter que j'ai bien entendu plus d'une seule qualité, ne soyons pas bêtement modeste, mais en donner ne serait-ce que l'ébauche d'une liste est toujours un peu gênant, car on passe vite pour un crétin prétentieux qui bombe le torse et gonfle le cou (ce qui ne donne pas une bonne image de soi). Cependant, puisqu'il va y avoir du grabuge et que ça risque de barder pour mon matricule, je m'autorise à citer rapidement quelques aspects positifs de ma personnalité, qui n'apparaîtront peut-être pas toujours clairement pendant le carnage : je suis un rude combattant et un homme très malin, mais hormis ces dons du ciel, qu'on connaît déjà, je suis agile, je l'ai peut-être déjà précisé aussi, je suis gentil, attentif, optimiste, généreux, honnête, poli, sensible, marrant de temps en temps, vaillant face au danger (encore une qualité héritée de mes ancêtres espagnols), enfin pas toujours, je suis bien disposé à l'égard de n'importe qui a priori, j'ai de la curiosité, de la patience, de la volonté, je sais me taire ou me faire discret, je suis un coup hors du commun au lit et un très bon pronostiqueur hippique. On me cerne mieux, je pense.) Durant sa grossesse, Pimprenelle n'a pas réellement changé de comportement, en dépit de ses promesses. Mais je ne me suis pas alarmé, car j'avais acheté un livre qui expliquait que ce n'était pas facile pour la femme, la grossesse. Jusqu'au troisième mois, elle a continué à s'énerver pour n'importe quoi, à donner des coups de pied dans les portes et à me surveiller sans relâche comme si je risquais de la trahir à chaque instant, mais le livre soulignait que les trois premiers mois sont particulièrement pénibles et déstabilisants pour la femme, à cause de l'afflux soudain d'hormones : elle devient nerveuse et susceptible. Du troisième au sixième mois, à l'époque où nous sommes partis nous enfermer dans une maison à Veules-les-Roses, que je connaissais bien, pour nous épargner le stress et les agressions extérieures, elle n'a pas cessé de me poser des questions sur l'amour que j'éprouvais pour elle, de me demander si je la trouvais stupide et ennuyeuse, et de m'aboyer dessus en envoyant valdinguer ce qui se trouvait sur la table quand elle trouvait que notre vie là-bas était sinistre, mais le livre m'a appris que, du troisième au sixième mois, la femme prend véritablement conscience de son état (son ventre grossit, son corps se transforme, elle réalise dans le miroir qu'elle sera bientôt mère) et des changements considérables que ses nouvelles responsabilités vont entraîner : elle devient anxieuse et agressive. Les trois derniers mois, de retour à Paris, Pimprenelle a gardé l'habitude d'exploser comme une grenade quand je parlais à qui que ce soit au téléphone (avec son ventre énorme, c'était spectaculaire), de m'insulter dès que je la quittais plus de dix minutes par jour, et de se laisser sombrer dans de longues heures de mutisme dépressif si je lui annonçais que j'avais envie d'aller boire une bière au Soleil (j'ai arrêté, donc), mais le précieux livre insistait sur le fait que le dernier tiers de la grossesse est une période carrément désagréable pour la femme, car l'inconfort et l'épuisement prennent la place du bien-être et de l'émerveillement des mois précédents, elle n'en peut plus, elle ne supporte plus d'attendre, elle n'arrive plus à lacer ses chaussures ni à rester plus de quelques minutes debout : elle devient morose et irascible. Je n'avais donc pas lieu de m'inquiéter, tout était normal, il aurait été malvenu de ma part de lui reprocher son manque de fidélité à ses engagements dans des conditions pareilles. Elle était nerveuse, susceptible, anxieuse, agressive, morose et irascible, mais c'est la nature. (Et je ne pouvais lui en vouloir car je la comprenais : en ce qui me concerne, si je savais qu'une créature était en train de se développer dans mon ventre, je deviendrais fou.)

Pimprenelle ne s'intéressait pas beaucoup à mon livre sur la maternité (j'avais pourtant mis une bonne demi-heure à le choisir à la Fnac). A Veules-les-Roses, où nous n'avions rien d'autre à faire que de lire, regarder la vieille télé qui ne captait que la Une et la Deux, baiser prudemment, marcher dans les petites rues humides du village désert en cette saison (surtout les deux premiers mois, février et mars) et boire quelques verres en fin d'après-midi au comptoir du Café des Voyageurs, au bord de la départementale, je laissais toujours ma bible de la procréation en évidence sur la table du salon ou de la cuisine mais elle n'y touchait pas, et je devais organiser l'air de rien des séances de lecture (« Tiens, si on jetait un coup d'œil à ce qu'ils disent sur les nausées, avant le film ? »), durant lesquelles je lui faisais part des conseils et commentaires des spécialistes (« Vers le cinquième mois, le futur père a l'étrange impression que sa femme lui échappe : il ne la comprend plus, elle lui semble lointaine, isolée dans son monde de douceur et d'amour maternel, déjà »), dans l'espoir qu'elle s'implique, qu'elle se concentre sur ce qui se passait à l'intérieur (« Attention aux infections urinaires ! ») et oublie de me foudroyer d'un regard nucléaire, devant la télé, quand je déclarais distraitement, histoire de parler, qu'Ophélie Winter n'est pas aussi bête qu'on le dit (« Tu préférerais être avec elle, hein ? »). Mais elle ne m'écoutait que pour me faire plaisir, je crois, les yeux posés sur la page que je lisais, comme on fait lorsqu'on se fout un peu de ce que l'autre lit mais qu'on veut faire croire le contraire, par gentillesse. Elle vivait sa grossesse de manière plus instinctive, moins scientifique, plus pop.

Anatomiquement, ces neuf mois de gestation se sont très bien déroulés. Hormis quelques petites démangeaisons au niveau de la vulve, qui ont été rapidement maîtrisées par les techniciens de l'hôpital de Dieppe (un jeune homme à l'allure de top model italien, grand, mince, sculptural et remarquablement bien coiffé, s'est enfermé avec elle pendant un quart d'heure pour l'examiner entre les jambes, avec délicatesse j'imagine (mais avec ses doigts, aussi (je n'ai rien dit parce que je suis sport, mais je suis sûr que si elle avait été à ma place, assise dans le couloir, si je m'étais fait tendrement étudier la bite pendant un quart d'heure par une jeune Tchèque à gros seins, avec une bouche et des jambes, je me serais fait démolir en sortant de la pièce))), nous n'avons eu à affronter ni nausées persistantes, ni ballonnements, ni constipation, ni saignements alarmants, ni rages alimentaires impossibles à assouvir (elle s'est prise de passion pour les tartines de Vache-Qui-Rit au salami danois, mais on trouve de la Vache-Qui-Rit et du salami partout, même à l'épicerie de Veules-les-Roses, et nous en avions toujours le frigo plein (elle a englouti en neuf mois plus de Vache-Qui-Rit et de salami que toutes les colonies de vacances danoises depuis l'invention du pain, mais à la fin de sa grossesse, elle pesait 59 kg pour 1 m 72 (j'ai pris deux kilos de plus qu'elle, pendant ces neuf mois))), ni toxoplasmose, ni douleurs anormales, ni même infections urinaires (car on a fait attention — nous avons dû faire face à des pertes abondantes, cependant). Et heureusement, car nous n'étions ni l'un ni l'autre spécialement aptes à affronter les mystères de la médecine (à la pharmacie qui se trouvait en face de l'hôpital de Dieppe, elle a demandé comment il fallait prendre les ovules que lui avait prescrits le Gigi l'amoroso du spéculum : « Avec un peu d'eau ? » (malheureusement je n'ai pas pu intervenir à temps pour faire croire à la pharmacienne que nous n'étions pas des caves en matière de soins vaginaux, car Pimprenelle avait posé sa question à la vitesse d'une balle, mais j'aurais pu nous sauver la mise sur ce coup, car s'il y a bien quelque chose que je connais dans le domaine du produit pharmaceutique féminin (les hasards de la vie, hein), ce sont les ovules)).

Notre seule inquiétude, c'était que : le bébé ne bougeait pas. Dans ma bible, une professionnelle affirmait que les premiers coups de pied du fœtus, ce diablotin, se faisaient sentir vers la fin du quatrième mois. Or au milieu du cinquième mois, le nôtre, de fœtus, n'avait toujours pas remué le petit doigt. Il dormait profondément.

Et puis un soir, j'ai eu de la chance. Nous étions couchés dans notre grand lit, au premier étage de la maison, face à la fenêtre (typiquement normande). Je lisais, et Pimprenelle lisait. Quand elle a éteint sa lampe de chevet, comme toujours quelques minutes avant moi, j'ai baissé la couverture et posé une main sur son ventre. (On ne se touchait pas beaucoup, à cette époque-là. Je m'en voulais, car on disait dans ma bible qu'il fallait se montrer tendre et attentionné envers la femme enceinte, ne pas y aller de main morte sur les caresses, mais ma femme enceinte me faisait la gueule la moitié du temps et me mitraillait de questions soupçonneuses l'autre moitié : je me voyais mal tenter de lui caresser les cheveux ou les jambes entre deux rafales. De son côté, je ne sais pas pourquoi elle ne me touchait pas souvent. J'imagine qu'elle n'en avait pas envie.) Le soir, juste avant le sommeil, quand le corps et l'esprit en ont assez de combattre, on pouvait se toucher : tout était plus mou, plus chaud, il ne restait sous les draps usés que des gestes de fatigue et de paix. On ne baisait pas beaucoup, mais on se prenait dans les bras l'un de l'autre, presque tristement, ou on se tenait la main. Ce soir-là, donc, j'ai baissé la couverture et touché son ventre, avant qu'elle s'endorme, pour les envoyer doucement vers la nuit, elle et le bébé, après une journée de cauchemar. Et à l'instant où ma paume a touché sa peau fine, pâle et tendue, Oscar a donné son premier coup de pied. Il était là, j'ai cru que j'allais tomber dans les pommes.

Dans ma bible, il était écrit : « Bébé bouge, affirmant ce qui n'était qu'incertitude. » Exactement.

Il avait bougé, il avait détendu sa jambe, après une longue concentration. Un mouvement magnifique, d'une grande pureté : tchac ! Nous étions allongés dans le lit ahuris, pétrifiés, incrédules, et lui à l'intérieur de Pimprenelle, dans l'ombre sous la peau fine, vivant. Comme un petit cosmonaute.

Je veux bien essayer de décrire ce que j'ai ressenti face à ce premier signe de vie (qu'il nous adressait à tous les deux, puisqu'il avait eu la délicatesse incroyable, l'élégance et l'humour (quel grand monsieur, notre fœtus), d'attendre que je sois là aussi pour se manifester par surprise), je pourrais m'aventurer à quelques mots, mais ce serait nul. J'étais extrêmement ému. (Et voilà.) Ce que je peux dire plus facilement, c'est qu'à partir de ce moment-là, la grossesse est devenue concrète (ou plutôt la naissance de l'enfant, par avance), et la paternité a réellement commencé pour moi. Je ne me sentais plus le même : la petite tache sombre donnait des coups de pied, elle allait bientôt se mettre à gigoter partout autour de nous comme une furieuse, il faudrait lui apporter de l'attention, de l'aide (car elle ne saurait rien faire toute seule, elle serait maladroite et complètement désorientée (une toupie folle)), et je savais que j'aurais un rôle certain à jouer là-dedans, je ne serais donc plus maître de mes actes ni de mes pensées, comme au bon vieux temps (je me consolais en me rappelant que le bon vieux temps était passé depuis belle lurette, et m'encourageais en me faisant remarquer que je bénéficiais déjà d'un solide entraînement à l'aliénation de la liberté et à la proximité dangereuse des toupies folles, avec Pimprenelle). Ce que je peux dire aussi, assez facilement, c'est qu'à partir de ce moment-là nous n'avons plus baisé du tout. Pendant très longtemps.

Pourtant, Pimprenelle réclamait de plus en plus fréquemment mes services (« Bon, tu me baises ou quoi ? »), ce que ma bible expliquait bien entendu, par le déclenchement d'un phénomène mécanique, donc inéluctable : « Au deuxième trimestre, il se produit une augmentation de la libido. » Mais moi, non, ce n'était plus possible. Elle aurait pu me supplier ou me menacer, gorgée de libido jusqu'aux oreilles (« Tu vas me baiser, maintenant, espèce de lavette ? »), eh bien non, je ne pouvais plus, moi. Lavette si elle veut, mais imaginer que j'allais enfoncer ma bite (considérable) sous le nez de mon pauvre enfant innocent qui ne pourrait que se débattre rageusement en donnant des coups de pied et de poings désespérés mais sans être en mesure de s'enfuir, visualiser la scène, ça ne m'était pas possible plus de deux secondes (ne fais jamais à autrui ce que tu n'aimerais pas qu'on te fasse). Là encore, ma bible traitait la question, mais semblait ne pas bien se rendre compte : « Faux ! l'idée propagée selon laquelle des mouvements violents dans le vagin pourraient entraîner la rupture de la poche des eaux. Aussi faux que la pensée affolante surgie parfois dans l'esprit de l'homme, que le pénis peut heurter le fœtus et lui faire mal. » Tout cela est sûrement faux, vrai je veux dire, car ma bible ne rigole pas avec la vérité, mais la pensée affolante surgie tout à coup dans mon esprit ne rigolait pas non plus, envahissait tout mon être en balayant brutalement ce qui l'agaçait et ne me laissait plus le loisir de me concentrer sur des enfantillages comme la vérité ou l'illusion. (« Tu vas taper avec ta queue sur la tête de ton bébé, Hector, tu vas taper avec ta queue sur la tête de ton bébé. ») Quant aux « mouvements violents dans le vagin », et puis quoi encore ? (Pourquoi pas « coups de pilon barbares » ou « fureur pénienne dévastatrice » ?) Même si je l'avais pénétrée pour ne plus bouger ensuite pendant un quart d'heure, je me serais senti terriblement mal à l'aise (et elle aussi, je suppose, la présence immobile du membre viril dans la cavité vaginale de la dame n'ayant jamais bouleversé personne). Mais alors me mettre à remuer là-dedans, même calmement, si près de la tête encore molle d'une créature si jeune, jamais ! (C'était plus une sorte de phobie irraisonnée qu'une véritable crainte de lui faire mal, comme ils disaient dans ma bible. Car même les plus alarmistes semblent accepter le fait que ce ne sont pas quelques coups de boutoir qui vont endommager le marmot : deux « célèbres gynécologues américains » (dont ma bible ne donnait pas le nom, pour ne pas leur faire de tort, mais je pense qu'il s'agit de Smith et Wesson (non, comment s'appellent-ils ?)) expliquent que, si l'on peut en effet considérer que la plupart des « enfants arriérés » ont le malheur de naître ainsi c'est que leur cerveau a été abîmé pendant la grossesse, ce n'est en revanche jamais dû à la fougue de celui qui s'est risqué à besogner sa compagne enceinte. Tout de même, indirectement, si : car bon nombre de ces dommages, d'après les médecins, proviennent d'une perturbation de l'apport d'oxygène. Or Simon et Garfunkel ont remarqué que lorsque la femme atteint l'orgasme, elle peut souffrir d'un manque d'oxygène. Selon ces deux éminents savants, il n'est donc absolument pas contre-indiqué de faire l'amour comme on veut pendant la grossesse, à condition toutefois, attention, d'éviter scrupuleusement tout orgasme violent. (Alors c'est râpé, quand on connaît Pimprenelle (et moi, bien sûr, moi qui ai fait pleurer de joie ou s'évanouir quasiment toutes les filles qui ont eu le bonheur de passer sous mon corps musculeux (et agile)).)) Je ne parvenais pas à surmonter ce blocage, mais il y a cependant pire que moi : l'un des types interrogés par les auteurs de ma bible afin d'éclairer leur propos de quelques témoignages populaires, avouait qu'il ne pouvait plus honorer son épouse parce qu'il était hanté par la vision monstrueuse du bébé lui mordant la bite. Ça me rassurait quant à ma santé mentale, mais ça n'arrangeait en rien les affaires de Pimprenelle, qui se foutait bien que mes raisons soient plus sensées que celles de l'autre fou : ce qu'elle voulait, c'était qu'on baise, point, même peu et tranquillement, à la fois pour le plaisir et pour s'assurer que je l'aimais toujours (c'est une chose amusante : les femmes, qui sont pourtant beaucoup plus portées sur le sexe que les hommes (ah si) (non pas au niveau de l'esprit, de la parole ou de la pensée, mais du corps (alors qu'on dit souvent que c'est l'inverse, curieusement)), sont assez paradoxales dans ce domaine, comme dans tant d'autres (ô femmes mystérieuses !) : lorsqu'elles rencontrent un brave gars qui veut les baiser tout le temps, au début de leur relation par exemple, elles sont inquiètes ou mécontentes car elles ont l'impression qu'il n'est là que pour ça, qu'il ne les aime pas, que seul leur cul et ses alliés l'intéressent ; et lorsque le brave gars en question ne se propose pas de les baiser tous les jours à la hussarde sur la table du salon, elles sont inquiètes et mécontentes car elles ont l'impression qu'il veut en baiser d'autres, qu'il ne les aime pas, que seule leur présence rassurante, leur argent ou leur cuisine ou je ne sais quoi l'intéressent — mais Pimprenelle, pour une fois, est moins paradoxale que les autres : depuis le début, elle a toujours voulu qu'on baise le plus possible). Alors pour se soulager, à partir du jour où j'ai refusé catégoriquement de remplir mon devoir conjugal, elle se masturbait de temps en temps. Habituellement, la vue de ce spectacle émouvant me mettait dans un état de lubricité diabolique qui me propulsait vers elle comme un boulet de canon : je me ruais sans pouvoir me contrôler vers le lit ou le fauteuil, faisant fi des obstacles qui pouvaient se trouver sur mon passage, et la souillais abondamment. Mais avec son gros ventre, et son bras qui devait le contourner, la scène perdait à mes yeux tout pouvoir hystérogène. Enfin, dans un sens seulement : je me ruais sans pouvoir me contrôler hors de la pièce, comme un boulet de canon qui zigzague, c'est-à-dire en prenant soin tout de même d'éviter les obstacles qui se trouvaient sur mon passage (car trop de ramdam, une chaise qui tombe ou le bruit sourd et nauséeux d'un corps humain lancé à pleine vitesse qui percute un mur, l'aurait déconcentrée, ce que je ne souhaitais pas : même provoqué manuellement, même de petite envergure, un orgasme est un orgasme et ramollit la femme en manque pendant un certain temps). Comme on peut l'imaginer, cette absence d'activité(s) sexuelle(s) n'a pas facilité nos rapports, déjà houleux. Notre vie est devenue un combat permanent. Et tandis qu'Oscar se développait harmonieusement dans le ventre de Pimprenelle, en milieu fluide, paisible, nourrissant, protégé de la lumière et du vacarme, ses parents fonçaient vers l'accouchement comme deux ennemis échevelés en tandem sur un chemin de terre cahoteux, une nuit de tempête.

Peu de temps après le début de sa grossesse, Pimprenelle avait changé de gynécologue. Sur mon conseil (Pimprenelle est une personne bizarre, on l'aura peut-être déjà noté si on est perspicace, qui n'a jamais eu de médecin attitré (sauf quand elle était toute petite (même si on verra que sa mère n'était pas non plus l'incarnation de la normalité)), ni de dentiste, de gynécologue, ni même de pharmacien ou de coiffeur attitrés, et ne se résolvait à se rendre chez ces gens pourtant bienveillants et utiles qu'en cas d'extrême urgence (ce qui est très rare en ce qui concerne le coiffeur — elle changeait pourtant régulièrement de coupe et de couleur de cheveux, mais entrait toujours dans la première boutique qu'elle trouvait sur sa route au moment où l'envie la prenait), et à condition que quelqu'un lui donne l'adresse ou le numéro de téléphone, et la pousse dans le dos d'un coup sec), lorsque le petit trait bleu révélateur de bouleversements nous était apparu sur le test, elle s'était d'abord rendue chez une femme de mon quartier (devenu le nôtre), que je connaissais pour avoir dû faire appel à ses services une dizaine d'années plus tôt (victime innocente d'une invasion massive de maladies vénériennes fort hostiles (dont un herpès patibulaire), à la suite d'une série de rapports suicidaires avec une prostituée toxicomane que j'hébergeais chez moi pour lui épargner les rigueurs de l'hiver, je m'étais précipité chez elle pantalon sur les chevilles (sans me rappeler, dans l'affolement, que le ou la gynécologue est celui ou celle qui prend soin de l'appareil génital féminin), pour remettre ma vie et mon précieux appendice entre ses mains : la jeune femme m'avait paru sympathique et compréhensive (et m'avait surtout prescrit un traitement de cheval (tout à fait justifié) qui avait exterminé définitivement toute présence ennemie, même le teigneux herpès de sinistre légende)). Mais après deux visites, Pimprenelle avait décidé de chercher un autre spécialiste. Car en dix ans, la femme sympathique semblait avoir sensiblement changé, s'être laissé gagner par l'aigreur et la haine d'autrui. A mon avis, si je peux me permettre une hypothèse bien que nous soyons là dans le monde des appareils génitaux féminins, il est probable que, durant les dix années qui s'étaient écoulées (comme du pus hors d'un chancre), elle n'avait pas réussi à avoir d'enfant — soit pour des raisons anatomiques, soit parce qu'elle n'avait pas trouvé un homme à son goût qui accepte de mettre bénévolement son modeste appendice entre ses mains. De toute évidence, elle n'était pas très contente que Pimprenelle soit enceinte. Elle a commencé par lui dire qu'avec la grossesse extra-utérine qu'elle avait faite quelques années plus tôt, il y avait de fortes chances (elle aurait au moins pu parler de « risques ») que celle-ci se passe aussi mal. Pimprenelle n'avait plus qu'une trompe, il ne fallait pas non plus rêver (« Et cette fois, ma petite dame, si on vous l'enlève, eh bien il ne vous en restera plus du tout, de trompes ! »). Puis, quand Pimprenelle était retournée la voir avec l'échographie qui prouvait que tout se passait bien (celle sur laquelle la petite tache sombre entrait en scène sous les vivats de son père), la bougonne l'avait reçue froidement (du genre : « Bon, voilà, vous avez ce que vous vouliez. Qu'est-ce qu'il y a encore, maintenant ? »), avait répondu à toutes ses questions, légitimes, par des haussements d'épaules et des marmonnements évasifs, en lui disant en substance qu'elle avait le temps, qu'elle verrait bien, qu'on n'allait pas non plus en faire un fromage, avec l'air de se demander pourquoi cette grognasse venait lui pomper l'air avec son embryon à deux balles. Quand Pimprenelle lui avait demandé un conseil pour le choix de la maternité (espérant que, comme certains de ses confrères, elle « avait des lits » quelque part), la sorcière hargneuse avait sifflé entre ses dents : « Oh, vous savez, c'est partout pareil. Regardez dans l'annuaire. »

Sur les conseils, cette fois, d'une amie du quartier, Florence Piombini (qui avait d'ailleurs eu affaire elle aussi à la vipère), Pimprenelle avait pris rendez-vous chez un autre gynécologue, près d'Opéra : un bonhomme parfait, un grand bonhomme robuste et souriant, avec une tête de bonhomme qui n'a rien de particulier contre les enfants ni leurs versions antérieures, au contraire même, un bonhomme sérieux dont le cabinet était équipé d'un petit appareil d'échographie privé (c'est très utile), enfin un bonhomme influent et probablement compétent puisqu'il avait des lits dans non pas une mais deux maternités. Un sacré bonhomme.

Pimprenelle a choisi d'accoucher à la clinique Marie-Louise, à Pigalle, parce que c'était un établissement de taille modeste, humain, presque familial, une vieille demeure dans une voie privée, mais aussi parce que c'était là que venaient accoucher les putes, autrefois.

Nous avons réservé une chambre là-bas (j'ai lu attentivement la documentation qu'on nous a fournie à l'inscription, c'était inquiétant, on recommandait par exemple à la femme de ne surtout pas oublier de se munir d'un brumisateur d'eau minérale pour apaiser son visage en feu pendant le travail, de serviettes hygiéniques gigantesques et de plusieurs vieilles culottes dont elle ne voudrait plus jamais se servir), puis nous sommes partis à Veules-les-Roses avec la bénédiction du grand Bonhomme, qui suivrait l'évolution de la grossesse à distance (il faudrait lui envoyer régulièrement les analyses pour la toxoplasmose et je ne sais plus quoi d'autre, le sucre dans le sang ou quelque chose comme ça, et l'échographie du cinquième mois, qui pourrait se faire à Dieppe ou même à Saint-Valery-en-Caux, il n'y aurait aucun souci, il serait avec nous comme si nous n'étions pas partis), tout allait pour le mieux. Il ne restait plus qu'à attendre le 15 août, approximativement, puis Pimprenelle écarterait les jambes (je la tiens dans mes bras, lui caresse les cheveux et lui murmure à l'oreille des choses incroyables, que je n'ai jamais dites (en lui envoyant de temps en temps un petit coup de brumisateur sur le visage)) et l'enfant viendrait au monde, magnifique. Qu'est-ce que j'avais en tête, sérieusement, pour prendre tant de plaisir à cette vie de célibataire libre et rayonnant qui fait tout ce qu'il veut quand il veut et ne doit rien à personne, cette vie que j'avais endurée durant tant d'années ?

Lorsque nous sommes revenus à Paris, au début du printemps, j'ai dû faire des efforts. Du matin au soir — de notre réveil, où Pimprenelle piquait une crise de nerfs parce qu'elle n'aimait pas commencer une journée (et que toute irritation se transformait aussitôt chez elle en coups dans les meubles et sur sa propre tête), à notre coucher, où Pimprenelle faisait la gueule et me demandait ce que je foutais là si je ne l'aimais plus, simplement parce que je m'entêtais à ne pas vouloir estourbir notre progéniture à grands coups de queue —, je devais me concentrer de toutes mes forces (comme Yuri Geller quand il essayait de tordre une cuiller) sur le moment où l'enfant viendrait au monde, magnifique. La vie était dure. Je luttais toute la journée, je me traînais d'heure en heure malgré les claques incessantes que je prenais à la volée (tel le gracieux baigneur, à peine nubile, qui avance dans la mer déchaînée malgré les vagues rageuses qui claquent hargneusement contre son torse imberbe), j'essayais de bomber le torse mais ça ne marchait pas, je serrais les mâchoires, je courbais l'échine, je grognais, je tournais en rond, rien à voir avec le gars libre et rayonnant qui fait tout ce qu'il veut quand il veut et ne doit rien à personne (c'est plus mon genre, ça).

Ce qui n'arrangeait rien (malheureusement), c'est que pendant notre fugue normande de trois mois, j'avais eu l'idée généreuse mais saugrenue de laisser l'appartement à Thierry et Taouf, deux amis du Saxo Bar, qui y avaient fait toutes les pires choses qu'on peut faire dans un appartement quand on vous l'a prêté pour disons trois mois. Le sexe, la drogue, le rock'n'roll, et j'en passe. Au bout du compte, et malgré les remarquables et louables efforts de Taouf, qui avait passé les deux derniers jours entiers à faire le ménage de fond en comble (il lui avait pour cela fallu différencier d'abord le fond du comble, ce qui n'avait pas dû être de la tarte), ils nous avaient laissé la maison dans un état déplorable. (Je dois à l'honnêteté, ma vieille complice, de reconnaître deux choses : d'une part que, sous mes dehors un peu rébarbatifs, le sexe, la drogue et le rock'n'roll sont mes trois distractions favorites (donc je ne pouvais leur en vouloir d'avoir laissé la maison dans un état déplorable) ; d'autre part et surtout que la maison était à mes yeux dans un état parfait, absolument identique à celui dans lequel nous l'avions confiée aux deux trompe-la-mort. On se demande alors si je ne suis pas un peu cinglé, qu'est-ce que je raconte, et injuste de m'énerver ainsi contre eux, mais c'est pas moi c'est Pimprenelle. J'en étais d'ailleurs presque aussi surpris que si ça avait été moi, car d'une part Pimprenelle était également très passionnée de sexe, de drogue et de rock'n'roll, d'autre part elle n'était pas particulièrement portée sur le ménage et l'ordre, au contraire (elle n'avait pas de mots assez durs pour sa mère, qui avait fait régner de manière quasiment militaire une terreur hygiénique sur toute sa jeunesse, et à l'époque de notre rencontre, elle vivait dans un studio sans meubles dont on ne distinguait pourtant plus le sol ni les murs, tant il était encombré de vêtements suspendus ou entassés et d'objets de toutes sortes, de toute provenance, et souvent cassés). Pourtant, le jour de notre retour, elle est devenue comme folle (j'aime employer cette expression à son sujet, le « elle » me rassure).) Elle s'est mise à hurler et à courir partout dans l'appartement pour essayer de lui redonner un semblant d'aspect convenable. (Effectivement, après m'être fait remettre les yeux en face des trous (j'étais aveugle ou quoi ?), j'ai remarqué moi aussi qu'il restait quelques gouttes d'eau sur l'évier, que le cendrier n'était pas exactement à la place où nous l'avions laissé trois mois plus tôt (sur la table basse, c'est quand même pas compliqué) et que le gros fauteuil noir avait été déplacé de trente bons centimètres sur la gauche.) Ce léger décalage par rapport à ce que je croyais connaître d'elle (c'est-à-dire tout et rien (ça changeait souvent)) aurait dû me mettre la puce à l'oreille (quelques mois plus tard, un déplacement de fauteuil de dix centimètres provoquerait chez nous un véritable cataclysme domestique (je vivrais recroquevillé sur ma chaise de bureau, dans l'angoisse permanente, respirant à peine)), mais j'avais les oreilles trop loin de l'âme, ridicules morceaux de cartilage difforme se pavanant à l'extérieur, pour me soucier de quoi que ce soit qui serait venu se poser dessus : j'aimais Pimprenelle, malgré son sale caractère et ses sautes d'humeur, malgré l'acharnement qu'elle mettait à m'étouffer, malgré ses réactions violentes et imprévisibles. Je ne sais pas pourquoi. Probablement parce que je distinguais en elle (je ne sais pas où, quelque part dans la tête, derrière les yeux, ou dans les gestes, dans la substance) quelque chose que je n'avais jamais vu chez personne d'autre. Un truc extraterrestre.

Nous savions, depuis l'échographie de Saint-Valery-en-Caux, que ce serait un garçon, et nous avions décidé de l'appeler Oscar. Je ne me rappelle plus comment cela nous est venu, nous en avons reparlé ensuite sans parvenir, comme pour le big bang, à remonter jusqu'à la seconde qui a précédé l'apparition de son prénom dans ma bouche (c'était dans le train qui nous emmenait à Lille, où nous allions passer quelques jours chez sa mère, au début du mois de juin — notre dernier voyage ensemble avant la naissance de notre enfant, véritable boulet en ce qui concerne les voyages) : j'avais simplement proposé Oscar, je ne sais pas pourquoi, pour rigoler, nous en avions d'ailleurs bien rigolé (je ne sais pas non plus pourquoi), ensuite nous en avions rigolé pendant environ un mois et demi, et le jour où il avait fallu se mettre sérieusement à trouver un prénom, nous nous sommes rendu compte avec surprise (et soulagement : ça nous évitait de nous casser la tête pour aboutir à un consensus mou et artificiel) qu'il s'appelait réellement Oscar et que rien d'autre ne lui conviendrait aussi bien. On a bien rigolé, ce jour-là.

Début juillet, nous sommes allés ensemble chez le grand Bonhomme pour qu'il jette un coup d'œil de routine à l'utérus de Pimprenelle et introduise ses longs doigts savants entre ses jambes (avec lui, je me sentais moins tendu qu'avec le tombeur de Dieppe, car on devinait que ce bonhomme-là était incapable de poser un regard lubrique sur une autre femme que la sienne, a fortiori sur l'une de ses patientes confiantes (tandis que l'autre, ce dépravé malsain... — je le tuerais) (de toute façon, dans l'état où se trouvait Pimprenelle (toujours aussi mince, avec un ventre démesuré (on aurait dit une pastèque poussant par erreur sur un roseau)), seul le plus abject des satyres libidineux aurait éprouvé du plaisir à lui caresser discrètement la chatte sous l'odieux prétexte d'une auscultation (espèce de porc !))), nous avons poussé la porte de son cabinet et à partir de là tout est allé très vite. Les événements et coups de théâtre se sont enchaînés à toute allure, comme si Pimprenelle et moi n'avions plus d'influence sur rien, jusqu'à l'explosion finale au septième étage de la clinique Léonard-de-Vinci.

Il s'est passé quelque chose d'ahurissant dans la salle d'attente du Bonhomme (je dois m'excuser par avance, car cette chose ahurissante n'a malheureusement rien à voir avec le truc qui va très vite, mais il faut que j'en parle car c'est beau). Nous étions assis mal à l'aise, comme dans toutes les salles d'attente, en face d'une femme enceinte de quatre ou cinq mois (une débutante dans le boulot, qui n'y connaissait encore rien) et d'une jeune fille très mal en point, faible et pâle, sans doute complètement détraquée au niveau de l'appareil génital. Pour patienter, pendant que Pimprenelle regardait par la fenêtre, je suis allé chercher sur la cheminée une brochure intitulée « Future mère — Tout sur la grossesse » et me suis mis à la feuilleter dans l'espoir d'y récolter quelques informations complémentaires qui pourraient venir combler les deux ou trois lacunes que j'avais peut-être encore dans ce domaine. On ne sait jamais. Après la semaine 1, « Brève rencontre », et la semaine 2, « L'oiseau fait son nid », qui ne m'ont rien appris de nouveau, je me suis intéressé de plus près à la semaine 3 de la grossesse, qui constituait pourtant déjà notre préhistoire, « Le bonheur en questions ». Son titre me plaisait. « Toutes vos interrogations sont légitimes », expliquait l'auteur. C'était une bonne nouvelle. Plus loin, il ou elle affirmait : « Vous trouverez progressivement les réponses apaisantes à vos questions, au fil de ces jolis mois de gestation. » J'ai froncé les sourcils. Qu'est-ce que c'est que cette histoire ? Tout cela ne semblait pas très sérieux. Bref. La page était illustrée par la photo d'une fille blonde qui ne paraissait pas plus de 16 ou 17 ans, étendue nue sous un drap blanc remonté sur ses seins, et adossée à une tête de lit en osier qui rappelait le dossier du fauteuil d'Emmanuelle. Très maquillée, les cheveux au carré, le menton en appui sur le poing gauche, elle regardait l'objectif avec une moue boudeuse un peu ridicule et des yeux à la fois tristes et lassés — presque méchants. Elle ressemblait plus à une petite pute novice qui se demande quand son client photographe amateur va enfin la laisser repartir, qu'à une femme enceinte qui se pose des questions fondamentales. J'ai tapoté le genou de Pimprenelle :

— Tu devais avoir à peu près cette allure, quand tu faisais des photos, non ?

(A 18 ans, lorsqu'elle avait quitté son Nord natal pour venir découvrir Paris, Pimprenelle avait posé pour d'innombrables photos de charme (ce que les spécialistes trouvent charmant, en l'occurrence, ce sont les seins, le cul et la chatte). A 600 francs la séance, cela avait l'avantage de lui permettre de vivre correctement et d'éviter les emplois pénibles habituellement réservés aux jeunes arrivantes qui ne connaissent personne et ont arrêté leurs études à 15 ans pour fuguer et sillonner la France en interprétant des chansons des Beatles a capella sur les places des villages avant de se faire ramener chez leur mère par la police. L'inconvénient, bien entendu, c'était qu'elle devait enlever sa culotte et écarter les jambes devant quiconque le lui demandait, mais Pimprenelle n'a jamais eu de préjugés à ce niveau. Comme elle était jolie et paraissait bien plus jeune que son âge, elle a tout de suite été très demandée. Elle a arrêté quelques jours avant ses 20 ans, par ennui, mais aussi par obligation puisque c'est à cette époque qu'elle a été internée en hôpital psychiatrique. Et les photographes de cul n'ont pas le droit d'œuvrer dans les hôpitaux psychiatriques.)

— Hm ? Oui, à peu près...

Elle fixait la photo.

— Qu'est-ce qu'il y a ?

J'ai posé la question, mais je connaissais la réponse : c'était elle. (Ça ne m'avait pas traversé l'esprit une seconde, et je suis sûr que, seul, j'aurais pu observer ce visage de petite pute boudeuse pendant trois heures sans faire le rapprochement avec elle, ma fiancée, la future mère d'Oscar : elle était différente, elle était ailleurs, dans le passé.) Nous avions du mal à le croire, et pourtant si : la jeune fille insaisissable qui rôdait dans Paris et proposait son corps à tout le monde sans scrupule, qui ne portait jamais de culotte parce qu'elle ne savait pas que c'était dans les habitudes locales, était venue chercher Pimprenelle enceinte jusqu'ici, par-delà les années, elle avait réussi, après tout ce temps et dans l'immensité parisienne, à la retrouver juste avant l'accouchement, dans cette salle d'attente de gynécologue, pour lui dire au revoir je suppose.

J'ai mis la brochure dans mon sac matelot, et le grand Bonhomme est venu nous chercher. J'ai hésité à lui faire part de notre découverte (j'avais envie d'en parler à tout le monde mais personne n'aurait compris, on se serait juste extasié face à cette coïncidence extraordinaire, sans réaliser que c'était la vraie jeune Pimprenelle sauvage qui avait fait le chemin jusqu'à nous, jusqu'à son avenir, et non une simple photographie), et finalement je me suis abstenu. Peut-être parce que je préférais qu'il ne sache pas que la belle dame respectable dont il allait mettre l'enfant au monde avait montré son cul à tout Paris avant lui et moi, peut-être parce que je ne voulais pas qu'il découvre que les femmes qui illustraient « sa » brochure n'étaient pas toutes des incarnations de la maternité bienheureuse, qui se laissent innocemment émerveiller par les jolis mois de gestation, mais surtout parce qu'il nous a soudain déclaré qu'Oscar avait une grosse tête et que c'est à partir de là que tout est allé très vite.

— Oh mais dites-moi, s'est-il exclamé en observant l'échographie sur l'écran, il n'est pas en retard, votre bébé ! On avait dit pour quand ? Mi-août, c'est ça ? Tss tss. C'est un bébé de 14 juillet, ça, mes enfants. Vous avez vu sa tête ? A moins de huit mois, il a déjà une tête de nouveau-né.

Non, quelle horreur. Pas ça, pitié. Les informations se bousculaient dans mon esprit peu entraîné à l'afflux de nouvelles catastrophiques au sujet des bébés. Je ne voyais pas sa tête, non (je ne distinguais rien du tout, sur son écran, juste des masses claires et des masses sombres qui se déformaient sans cesse, comme si le fœtus était constitué de pâte gluante et phosphorescente), mais si le docteur le disait, on pouvait le croire : j'imaginais Oscar avec une tête de nouveau-né, des cheveux soyeux, de belles oreilles, des yeux étonnés, une moue boudeuse (comme sa mère), le tout posé sur un corps de têtard, tout recroquevillé, les mains encore palmées et le gros cœur battant visible à travers la poitrine. Quelle horreur. Et puis quoi, qu'est-ce qu'il a dit d'autre ? Il va naître la semaine prochaine, il a dit quelque chose comme ça ? Non ? Eh si ! Mais on n'est pas prêts, nous, qu'est-ce qu'on va faire ? En une semaine, on n'aura jamais le temps de... Je ne sais même pas ce qu'il faut faire, pour se préparer. Bien se concentrer, en tout cas, ça c'est sûr. Mais là on n'a pas le temps, pitié. Il va arriver, plop, et on sera complètement pris au dépourvu, il va se mettre à crier, à se tortiller dans tous les sens et nous on sera là comme deux couillons, paralysés par l'effroi, la peur de mal faire, on le laissera brailler par terre en le regardant épouvantés, les mains sur la tête. Et ça, ce n'est pas de la science-fiction, c'est d'un moment à l'autre, le temps de comprendre ce que vient de dire ce foutu Bonhomme et voilà, on y est, il est là à se tordre par terre devant nous. Une semaine, mais qu'est-ce que c'est, sérieusement, une semaine ? On nous avait dit mi-août, nous, mi-août. C'est pas du tout pareil. Ça n'a rien à voir avec le 14 juillet. Et le voilà tout à coup qui nous dit le 14 juillet. Le 14 juillet, en plus. Oh non. Quelle horreur. Je me fous que ce soit le jour de la prise de la Bastille et des défilés militaires, c'est pas ça, j'aime pas l'armée mais bon, c'est rien, ça, le pire c'est le feu d'artifice. On va tirer un feu d'artifice le jour de sa naissance ! Ça peut paraître flatteur, à première vue, mais pas du tout. Il y a cette expression qu'on n'emploie plus beaucoup, je crois, mais qui m'a toujours fait rigoler : « On a tiré un beau feu d'artifice à sa naissance », pour dire que c'est pas lui qui a inventé la poudre. Je l'aimais bien, cette expression qui a l'air de dire le contraire de ce qu'elle dit, je la trouvais astucieuse et drôle, avant, mais alors là, du coup, non, pitié. Elle devient sinistre. Toute ma vie en regardant Oscar je penserai : « On a tiré un beau feu d'artifice à sa naissance, à celui-là ! » Mais pourquoi tout ça nous tombe sur la tête d'un seul coup ? Oh, la tête, non, j'avais oublié cette histoire de tête.

6

Nous sommes rentrés à la maison à toute allure, comme des fous (moi du moins, car Pimprenelle ne semblait absolument pas déstabilisée, au contraire, elle souriait, bientôt soulagée, détendue comme n'importe qui (mais extérieurement, en fait, nous devions avoir l'air de rentrer à la maison de la même manière)), et nous avons commencé à bien nous préparer (moi du moins, car Pimprenelle, sous ses airs de ne pas y toucher, était prête depuis huit mois). Mais je ne savais absolument pas quoi faire, pour me préparer — bien campé sur les jambes, les bras légèrement écartés ? La chambre du bébé était prête, ou plutôt son coin dans notre chambre (on a oublié de déménager dans un appartement plus grand, nom d'une pipe, il ne manquait plus que ça), j'avais parfaitement rempli mon rôle de futur père en bâtissant de mes propres mains le petit lit en kit que nous avions acheté un mois plus tôt, la commode assortie était déjà pleine de vêtements et de sous-vêtements de toutes sortes que nous nous étions procurés à prix d'or, et je gardais toujours à portée de main le brumisateur d'Evian qui me servirait à asperger Pimprenelle pendant la bagarre. Parfait.

Mais qu'est-ce qu'il me manquait ?

Je n'allais pas avoir le temps d'y penser beaucoup, car entre ce jour-là et le maudit 14 juillet (ses feux d'artifice, son accouchement), je devais partir pour New York. Il y a parfois des choses qui tombent mal, dans la vie des gens — la mienne avait aussi reçu jusqu'alors son lot de météorites incongrues —, mais à ce point-là : pas souvent. Un mois auparavant, à l'époque sereine où nous pensions encore naïvement que nous allions avoir un bébé normal, sans tête d'adulte, qui naîtrait au moment où la nature a décidé que naîtraient les bébés à tête de bébé, j'avais accepté de rendre service à l'un de mes anciens collègues de l'agence de détectives, Hedi Dahmani. Je lui devais bien ça, à Hedi : quand j'avais rencontré Pimprenelle, comme je perdais complètement la tête et n'avais plus une heure à moi dans la journée à cause de la prodigieuse dépense d'énergie qu'elle réclamait (j'avais l'impression d'essayer de tenir un chat fou dans mes mains (ensanglantées), un chat d'une espèce rare et précieuse qui aurait complètement déjanté à la suite d'un violent traumatisme), il avait suivi à ma place pendant plus de dix jours, sans que le patron de l'agence en sache rien, une grosse femme de dermatologue qui avait trois amants et des dons exceptionnels de semeuse de détectives en milieu urbain (elle en avait déjà épuisé deux, chez nous). Cette affaire me tenait à cœur, car je voulais montrer au boss que j'étais malin, rude combattant et étonnamment agile en milieu urbain, que je n'étais pas du genre à me faire embobiner par une femme de dermatologue (ni une autre), mais je l'avais laissée tomber sans scrupule quand Pimprenelle était apparue devant moi (au beau milieu d'une forêt allemande où je chassais la grosse futée voluptueuse). Je ne voulais pas pour autant perdre mon emploi, car il faut essayer de garder les pieds sur terre même lorsqu'on a une tornade dans les bras, et c'est là qu'Hedi était intervenu. N'étant pas lui non plus le dernier en matière de ruse et d'agilité, il était parvenu à la coincer grâce à ce sens de l'anticipation que tout le milieu des détectives s'accorde à lui reconnaître unique, et m'avait apporté dix jours plus tard une enveloppe contenant plusieurs photos indiscutables, qui feraient à la fois le bonheur et le malheur du dermatologue.

Donc, quand il m'avait demandé en juin si je pouvais lui donner à mon tour un coup de main, je n'avais pas hésité. Hedi avait quitté l'agence un an avant moi et s'était mis à son compte (près de la porte de son immeuble, des lettres d'or sur une plaque noire indiquaient « Hedi Dahmani, Détective privé » — parfois, je regrettais de n'avoir pas eu le loisir ou le courage, malheureusement, de poursuivre ma carrière ailleurs que dans la presse sanglante (« Hector, Détective privé » — bah, tant pis)). On lui confiait dorénavant des enquêtes souvent plus inattendues qu'à l'agence, souvent plus passionnantes, mais pas toujours : en l'occurrence, un riche nonagénaire coincé chez lui l'avait fait venir un soir pour lui donner une mission de la plus haute importance, et une somme d'argent conséquente. Il s'agissait de faire un aller-retour à New York et de rapporter une « prédiction de Grandma » (j'avais d'abord pâli (je crois), craignant de devoir rendre visite à une vieille voyante du

Bronx pour lui demander son avis sur l'avenir (or je n'aime pas le Bronx, ça me fait peur), mais c'était en réalité beaucoup plus simple et plus sûr : il me suffirait de me rendre à Coney Island, de repérer une machine à distribuer des prophéties ornée du buste de Grandma (« Près de la grande roue, tu la trouveras facilement »), d'y introduire le quarter que le nonagénaire avait confié à Hedi, tout en serrant fort au creux de ma main le mouchoir de dentelle élimé dans lequel il était enveloppé (et en pensant de toute mon âme au visage du pauvre vieux, que je n'avais jamais vu), puis de prendre le carton imprimé qui sortirait de la fente et de rentrer à Paris par l'avion du soir). Le client tenait beaucoup à ce que ce soit Hedi qui le représente auprès de Grandma, car il avait ouvert l'annuaire à la rubrique « Détective » pour se dégoter un messager et était tombé par un hasard qui ne pouvait pas en être un sur cet Hedi Dahmani dont le patronyme était celui de la petite Tunisienne qu'il avait séduite soixante ans plus tôt à Sidi Bou-Saïd et n'avait jamais oubliée depuis. Cependant, Hedi travaillait sur une grosse affaire de disparition de jeune femme depuis plusieurs mois et n'avait ni le temps ni l'envie de traverser l'Atlantique pour aller récupérer un ticket hoqueté par une vieille machine à tête de grand-mère. Il m'avait proposé de le remplacer en pensant que ça pourrait m'amuser (le voyage, en première classe, était évidemment aux frais du client marteau), et me permettre d'engranger un peu d'argent avant l'arrivée du vorace Oscar (il m'offrait les trois quarts de la somme qu'avait tenu à débourser le nonagénaire, soit 30 000 francs). Ce service que j'avais l'occasion de lui rendre présentait un autre avantage à mes yeux, celui de m'éloigner de Pimprenelle pendant environ vingt-quatre heures : un peu d'air au-dessus de l'océan. Et comme je savais que notre bébé à tête correcte n'arriverait pas avant la mi-août, j'avais toutes les raisons d'accepter.

Bien joué Callaghan, comme dit mon père. A présent, ayant comme je l'ai dit des ancêtres espagnols, je ne pouvais plus me désister. J'ai rappelé le grand Bonhomme pour lui faire part de ce détail que j'avais oublié. Selon lui, il n'y avait quasiment aucun risque que le bébé naisse avant une bonne dizaine de jours, étant donné que les contractions de Pimprenelle étaient encore très irrégulières et espacées (c'étaient de fausses contractions, m'a-t-il appris, des contractions de Braxton Hick (qui est ce type ? qu'est-ce que c'est que cette magouille ?)), et je pouvais partir à peu près tranquille. C'était à peu près rassurant. Mais si Oscar venait au monde dans le sang et la douleur pendant que je me vautrais langoureusement dans un gros fauteuil rouge de première classe à des kilomètres au-dessus de l'Atlantique, une coupe de champagne dans une main et un gigot d'agneau dans l'autre, je m'arrachais tous les doigts un à un avec les dents (et je n'ai pas de très bonnes dents). Je ne sais pas qui est ce dénommé Callaghan qu'invoque toujours mon père lorsque quelqu'un fait une connerie (pas plus que ce débile potache de Braxton Hick), mais il faudra que je me renseigne à son sujet, histoire de voir si nous n'avons pas quelques points communs.

Mort de trouille malgré tout mon courage, j'ai dit adieu à Pimprenelle le 8 juillet à 7 heures du matin, j'ai touché une dernière fois son ventre en suppliant Oscar de m'attendre avant d'entamer sa longue descente vers le paradis terrestre (« Ne me fais pas ça, mon petit vieux » — j'ai regretté aussitôt cette phrase, car une image m'est instantanément venue à l'esprit : celle d'un fœtus, non pas avec une tête d'enfant ni même d'adulte, mais de vieillard compréhensif), et j'ai détalé vers Roissy sans doute plus vite que l'avion qui m'emporterait à New York. Une fois mes bagages enregistrés (mon bagage, plus exactement : un sac avec quelques affaires, au cas où), j'ai commencé, au comptoir de l'un des bars, à regretter de ne pas avoir opposé la moindre résistance à la parole que j'avais donnée à Hedi. Après tout, il aurait sans doute pu trouver n'importe qui d'autre pour faire ce trajet à ma place et empocher les 30 000 francs. Justement, les 30 000 francs, bon, mais enfin, pour une vague promesse et un peu d'argent, je prenais le risque énorme d'être absent au moment le plus important de mon existence. Il était trop tard pour mon sac, en tout cas. Les contractions de Pimprenelle devaient devenir plus sérieuses, maintenant. Il fallait que je pense à autre chose. J'aime bien les bars d'aéroport. Les gens s'y arrêtent un instant avant de partir loin, ou en revenant de loin, comme on s'ancre au port. Ces bars sont d'ailleurs toujours « ouverts », en plein courants d'air (s'il y en avait dans les aéroports), et ne cherchent à retenir personne : hormis quelques employés habitués, tout le monde ne fait qu'y passer anonymement. On s'y sent libre. J'étais en train d'essayer d'éprouver de mon mieux cette sensation d'indépendance, de fluidité de la vie, lorsque la tragédie est arrivée.

L'HOMME ET SON TÉLÉPHONE

Un businessman visiblement débordé est venu s'installer au comptoir, à deux mètres de moi.

— Un café, s'il vous plaît, vite.

Il devait passer chez le coiffeur tous les deux jours mais ses cheveux étaient en bataille, comme s'il venait de courir face au vent, et il portait un costume impeccable mais sa cravate était de travers. Il regardait de tous côtés, semblant redouter qu'un assaillant ne lui saute dessus (ce n'était sans doute qu'un automatisme professionnel), et consultait sa montre plusieurs fois par minute. Pendant que le long barman mollasson préparait son café sans s'exciter, il tapotait le comptoir du bout des doigts et le sol du bout du pied. De toute évidence, il était très pressé d'aller quelque part. Probablement dans un avion — mais alors pourquoi prenait-il le temps de boire un café ?

— S'il vous plaît, mon café...

Quand je comparais mon existence à la sienne, je percevais ma lenteur. Il fallait peut-être que je me secoue un peu — même si, en général, mon entourage et cette présence abstraite et vaguement menaçante qu'on nomme « les circonstances » se chargeaient d'accélérer le rythme pour moi. Le serveur a enfin déposé la tasse de café devant lui, a approché la boule chromée qui contenait le sucre, et à cet instant, il s'est produit la chose la plus inouïe et la plus bouleversante que j'aie vue de ma vie — réellement. (Comme quoi, on n'est jamais assez sur ses gardes : on boit distraitement une bière au comptoir d'un bar d'aéroport en se demandant si sa fiancée n'est pas en train d'appeler une ambulance pour se faire conduire à toute berzingue à la clinique, on regarde passer les gens, on voit arriver un homme d'affaires survolté comme on en croise tant dans les aéroports et ailleurs, on l'observe d'un œil amusé ou consterné, sans plus, rien n'annonce un événement d'une portée considérable, et tout à coup ce type anodin devient unique au monde : il est à l'origine du truc le plus inouï et le plus bouleversant qu'on ait jamais vu.) Au moment où il portait sa tasse à sa bouche, son portable a sonné (ce n'est pas ça, le truc, attention). Il a levé les yeux au ciel, du moins au plafond, a poussé un gros soupir exaspéré, a sorti l'appareil de la poche intérieure de sa veste et a appuyé nerveusement sur la touche verte pour prendre la communication :

— Oui ? Quoi ? Non, écoute, pas maintenant... Mais je n'ai pas le temps, là ! Tu crois que je n'ai que ça à faire ?

Il a de nouveau levé les yeux au ciel, mais cette fois ils ne sont pas redescendus. Il a ouvert la bouche et il s'est effondré d'un bloc sur le carrelage, comme un tronc d'arbre soudain flasque. Il était mort.

Cinq minutes après le départ de l'équipe d'intervention, qui avait emporté le corps sous un drap blanc, le serveur racontait la scène à un employé de l'aéroport qui venait prendre son café comme chaque matin. Il en rigolait presque :

— Ah Gégé, t'aurais vu ça ! J'en revenais pas. Le type arrive, répond au téléphone, et boum, raide mort ! Ça a pas fait un pli, dis donc. Descendez on vous demande !

Il ne se rendait pas compte.

Je suis parti vers la salle d'embarquement (je devais interpréter cette mort comme un signe ou quoi ? (mais quel signe ? qu'est-ce que ça voulait dire ?)), j'ai attendu une quinzaine de minutes avant de monter dans l'avion (non, c'est ridicule), je me suis installé dans la bosse du 747 sur l'un des douze épais fauteuils rouges, dont deux seulement étaient occupés, j'ai refusé le champagne que me proposait la grande hôtesse blonde mais j'ai demandé un whisky juste après le décollage (Pimprenelle devait être en train de grimper dans l'ambulance, en se tenant le ventre à deux mains et en priant pour que j'aie renoncé au dernier moment à prendre cet avion), mes deux compagnons de luxe en vol ont dormi pendant tout le voyage, tandis que j'enchaînais les whiskies, me concentrais sans grand succès pour profiter du confort de ma place en étirant les jambes, et de la qualité de la nourriture en la dégustant le regard dans les nuages (Pimprenelle, qui se tordait de douleur, était amenée de toute urgence en salle de travail), j'ai dû faire la queue près d'une heure aux douanes à JFK avant de pouvoir prendre un taxi pour Manhattan, où je comptais passer saluer en vitesse mon amie Marie-Sophie Boivin, que je n'avais pas vue depuis deux ans, mais je me suis ravisé au dernier moment car il était déjà 13 h 30, j'ai pris directement le métro à Houston Street en direction de Coney Island, que j'ai fini par atteindre après un trajet interminable (Pimprenelle luttait depuis des heures pour donner naissance à Oscar, seule et affolée (je l'avais accompagnée à tous les cours d'accouchement sans douleur (sauf ceux qui ne concernaient vraiment que les femmes, les histoires de périnée détruit et de pertes de sang diluviennes qui charrient pêle-mêle les débris de muqueuse), j'étais toujours le seul homme du groupe, les six ou sept autres femmes nous considérant tous les deux avec une pointe d'envie et d'amertume, j'écoutais tout, je tentais même de ressentir les douleurs et les étonnements du corps au moment de l'effort, mais ce précieux savoir que j'avais acquis ne me servait finalement à rien, Pimprenelle devait affronter cette épreuve sans moi, livrée à elle-même, abandonnée)), j'ai tourné deux fois autour de la grande roue avant de repérer la petite machine de Grandma, coincée entre une poubelle et un distributeur de confiseries vide, j'ai introduit le quarter en suppliant l'ancêtre extralucide de consentir à un dernier sursaut, car elle semblait vraiment mal en point, détraquée, rouillée, oubliée là depuis des années — et si elle ne fonctionnait pas c'était une mauvaise nouvelle pour moi —, j'ai refermé le poing sans espoir sur le mouchoir de dentelle en visualisant aussi précisément que possible un visage de vieux, et je m'apprêtais à faire demi-tour quand par miracle un ticket vert clair est sorti de la main usée de cette sacrée bonne femme, comme si Toutankhamon s'était gratté la tête lorsqu'on avait ouvert son sarcophage, un ticket qui conseillait au client chenu d'Hedi de ne pas désespérer car il allait bientôt retrouver un emploi dans la branche qui l'intéressait (la sage-femme faisait de son mieux pour me remplacer auprès de Pimprenelle, qui souffrait en silence, en serrant les dents — la tête d'Oscar apparaissait !), je me suis demandé, en buvant une Foster au comptoir de l'un de ces grands bars fantômes, face à la mer, sur le parquet desquels on venait danser dans les années 50, s'il ne serait pas charitable de réclamer un deuxième et dernier ticket à Grandma, qui dirait par exemple « Votre arthrite va s'atténuer et la mort ne viendra que dans trois ou quatre ans, en douceur », au risque de fausser une interprétation dont les finesses m'échappaient peut-être, mais je n'avais pas le temps de trop réfléchir car il était déjà 16 h 45, aussi, en retournant vers la gare, je me suis arrêté une nouvelle fois devant la machine, j'ai mis un quarter pour mon compte afin de savoir ce que je devais faire, Grandma m'a expliqué qu'il ne fallait pas que je me laisse abattre par les échecs, ce que j'ai traduit par un encouragement à retenter ma chance pour le vieillard, mais cette fois le ticket rose que m'a tendu la voyante déglinguée avant de s'éteindre à jamais, qui sait ?, lui demandait de se secouer un peu, for God's sake, car ce n'était pas en restant recroquevillé sur lui-même qu'il allait enfin trouver l'amour, j'étais donc encore plus embarrassé car il allait me falloir choisir, prendre maintenant la lourde responsabilité de déclencher je ne sais quelle décision irrémédiable, alors j'ai fourré les deux tickets dans ma poche en remettant la décision à plus tard, j'ai repris le métro (Oscar poussait son premier cri, le grand Bonhomme soupirait en souriant et la bienveillante sage-femme le posait sur la poitrine essoufflée de Pimprenelle (Oscar, pas le grand Bonhomme)), je suis descendu à Sheridan Square en me disant que j'avais éventuellement le temps, en fin de compte, de passer voir Marie-Sophie, mais comme j'ai horreur de me dépêcher pour attraper un avion — on ne sait jamais ce qui peut arriver —, j'ai pris tout de suite un taxi pour JFK, où le chauffeur haïtien m'a déposé à 19 h 10 après des embouteillages qui m'ont rendu fou, ou presque (dans sa petite chambre de la clinique Marie-Louise, Pimprenelle donnait le sein pour la première fois à Oscar), j'ai fait enregistrer mon sac, patienté jusqu'à l'embarquement dans le local réservé à ces ordures de fumeurs, une petite salle vitrée épouvantablement dégueulasse au cœur de l'aéroport rutilant, où l'on s'exposait aux regards mi-dégoûtés mi-compatissants des bons Américains propres et sains qui allaient vivre heureux jusqu'à 120 ans, puis j'ai retrouvé dans les airs ma place confortable parmi les grands de ce monde, qui étaient quatre cette fois, j'ai décidé au-dessus de l'Angleterre de donner au mourant le ticket vert clair, celui qui lui promettait un bon job, en pensant qu'il se débrouillerait certainement pour y déceler un message secret utile à la sérénité de ses derniers jours (Pimprenelle se réveillait, observait attentivement Oscar, caressait son petit crâne mou, ou même son gros crâne mou, allez, l'allongeait près d'elle sur le drap blanc, pensait à moi), je suis sorti de l'avion comme une fusée, il était 10 h 40, mon sac est apparu le premier sur le tapis roulant — ce qui ne m'était encore jamais arrivé —, j'ai couru vers une cabine et composé notre numéro pour tomber sur la voix de Pimprenelle, déformée par l'angoisse et la douleur, qui dirait sur le répondeur quelque chose comme : « Je pars à la clinique, Hector, je suis en train d'accoucher, au secours », mais Pimprenelle a décroché et m'a demandé si tout s'était bien passé.

— Oui.

7

C'est trois jours plus tard, le 12 juillet, que la grossesse a vraiment pris un tour dramatique. Le nonagénaire d'Hedi s'était déclaré « très satisfait » de la prédiction qu'il lui avait remise (« C'est tout ce que je voulais savoir », avait-il mystérieusement déclaré), les 30 000 francs en liquide, durement gagnés (je n'étais plus détective depuis plusieurs mois, mais de toute évidence, j'avais gardé la main — j'aurais pu me mettre à mon compte, après tout), attendaient la naissance d'Oscar et son cortège de dépenses imprévisibles dans le grand carton qui me servait autrefois à conserver mon courrier (quand j'en recevais encore, c'est-à-dire avant que Pimprenelle ne vienne vivre avec moi), la valise pour la clinique était prête, remplie de serviettes hygiéniques inquiétantes et de culottes des années 60 achetées chez Tati, et moi qui n'ai jamais eu de montre, j'avais fait l'acquisition d'un chronomètre pour savoir précisément à quel moment les contractions de Pimprenelle seraient espacées d'exactement dix minutes, signe que nous devions bondir comme des lapins dans l'ambulance la plus proche et crier « Foncez ! » aux gars — mais pour l'instant, elle semblait toujours sous l'emprise de ce pignouf de Braxton Hick. Soudain...

Ce soir-là, nous dînions à la terrasse de la pizzeria Gioconda, en face du parc des Batignolles. Je venais d'entamer ma pizza calabrese et Pimprenelle son escalope milanaise quand le drame s'est produit. Au moment de porter à sa bouche une fourchette de spaghettis parfaitement roulés, pour une fois, elle s'est pétrifiée et a instantanément pâli. Nous sommes restés quelques secondes à nous fixer en silence, moi attendant qu'elle dise quelque chose, les yeux écarquillés, elle immobile et livide, la bouche ouverte, la fourchette en suspension dans l'air. (Si quelqu'un est passé près de nous sur le trottoir à ce moment-là, il a dû se demander si une déesse grecque increvable ne venait pas de resurgir pour nous jeter un sort.) Pimprenelle a fini par articuler un commentaire, d'une voix blanche :

— Quelque chose vient de couler dans ma culotte.

Pardon si vous êtes à table, mais enfin, nous, nous y étions, et ça nous a paru très secondaire. Pimprenelle n'osait plus bouger, de peur de déclencher un cataclysme. Quant à moi, j'ai vite repris mes esprits : depuis mon retour de New York, j'avais redoublé d'efforts dans l'étude de ma bible, et plus rien ne pouvait me désarçonner. J'aurais même pu pratiquer l'accouchement tout seul (« Prenez la tête du bébé entre vos mains et abaissez-la jusqu'à ce que la première épaule se présente, puis relevez de nouveau la tête, la deuxième épaule vient facilement » — entendu). Gardant tout mon calme, je n'ai pas eu de mots ni de gestes superflus, j'ai fait exactement ce qu'il faut faire dans ce cas-là : je me suis penché et j'ai regardé sous la chaise de Pimprenelle. Malheureusement, il n'y avait rien. C'est là que j'ai commencé à paniquer. Si ce n'était pas la perte des eaux, légendaire et aisément identifiable selon les témoins, qu'était-ce donc ? Je n'en savais absolument rien (il fallait bien que ça arrive un jour (ces manuels, tu parles d'une foutaise)). Pimprenelle non plus, mais en tant que décor du drame, elle pouvait au moins nous fournir de premiers renseignements :

— C'est comme un morceau de je-ne-sais-quoi qui vient de tomber. Un truc gluant.

— Doux Jésus Marie Joseph !

C'est ce qu'aurait dit ma grand-mère. En ce qui me concerne, je n'ai pas pu prononcer un mot, car j'imaginais la tête trop mûre d'Oscar. Tout en sachant bien que ce n'était pas possible, un truc pareil, une oreille blette qui se décolle ou un cauchemar de ce genre, je ne réussissais plus à réfléchir. Je sentais tous mes muscles tétanisés et ma langue bêtement engourdie dans ma bouche entrouverte. C'est Pimprenelle qui a pris le relais (le principal, c'est qu'il y en ait toujours un qui assure) : elle s'est levée pour aller constater les dégâts aux toilettes, en vraie professionnelle.

Je ne me souviens plus de ce que j'ai fait en attendant, je suppose que j'ai regardé ma pizza.

Elle est revenue avec un sale air (ce n'est rien, je reste neutre, je m'y attendais, à ça, de toute façon — j'ai beau chercher, je ne vois pas quelle bonne nouvelle elle aurait pu ramener de son inspection). Mon boulot, crucial, allait maintenant consister à éviter qu'elle ne s'affole, car c'est très mauvais dans son état (critique). Elle a attendu de s'être rassise :

— C'est comme du sang noir, une grosse tache.

Malgré mes efforts désespérés pour rester neutre, j'ai porté une main à ma tête. Du sang noir ? J'ai passé mentalement toute ma bible en revue, comme un moteur de recherche, mais les mots « sang noir » ne figuraient nulle part. Et même en supposant qu'en cet instant d'effroi mon cerveau fantastique ne soit pas aussi fiable qu'à l'accoutumée et oublie de scanner quelques pages, je ne pouvais imaginer aucune phrase rassurante contenant les mots « sang noir » (« Dans quelques cas malheureusement trop rares, la future maman voit alors un filet de sang noir s'écouler le long de ses jambes : c'est un moment merveilleux. »). J'espère que je n'ai pas porté l'autre main à ma tête (je ne crois pas). Cependant, Pimprenelle semblait sur le point d'éclater en sanglots. Et moi aussi. Nous avons payé en vitesse, et nous sommes partis vers l'appartement au petit trot (mais mollo quand même), sans réellement savoir ce que nous allions faire — nous sentions seulement qu'il nous serait impossible de finir nos plats puis de commander deux cafés en essayant de ne pas trop penser à ce coup du sort qui nous tombait dessus (« Le chef vous offre une petite grappa, les amoureux ! »). Notre première idée, bien entendu, a été de bondir dans une ambulance. Mais, comme des lapins dans les phares, nous n'arrivions pas à nous décider. C'était tout de même un acte déterminant, de bondir dans une ambulance. Ensuite, il est difficile de revenir en arrière, car les gars foncent. Toujours dans un souci de ne pas céder à la peur, et craignant sans oser me l'avouer qu'en déboulant tremblants à la maternité à 11 heures du soir, pour une petite perte de sang, nous ayons l'air de deux demeurés qui n'ont jamais pris de cours, j'ai proposé à Pimprenelle, de ma voix la plus masculine, de remonter chez nous posément et d'appeler la clinique, à tout hasard, pour savoir ce que nous devions faire face à cet imprévu. Le trajet à pied n'a duré que dix minutes, mais en montant l'escalier jusqu'au quatrième étage, nous étions déjà calmés et presque convaincus qu'il ne s'agissait que d'un petit désagrément très fréquent. J'allais téléphoner quand même, par prudence. Il faut toujours être prudent, c'est important.

Ce que j'ai oublié, pendant cette parenthèse de sérénité enivrante, c'est que la sage-femme de service ne pourrait rien nous conseiller d'autre que « Venez tout de suite. » Elle ne prendrait pas le risque et surtout la responsabilité de nous dire : « Un peu de sang noir, hein ? Bah, écoutez, ce n'est peut-être pas bien grave. N'allez pas vous lancer dans tout un machin avec les ambulances et tout ça. » Car il faut toujours être prudent, elle avait appris ça, elle aussi. Décrocher le téléphone revenait donc exactement à bondir dans une ambulance et tout ça. Mais pour que ce moment de détente bienfaisant n'ait tout de même pas servi à rien, nous avons décidé d'appeler un taxi, un simple taxi. (De toute manière, ces types-là ont de la bouteille, ils accouchent des dames sur la banquette arrière à tout bout de champ et deviennent ensuite les parrains des bébés — dans ma bible, ils en ont trouvé un qui accepte de témoigner : « Quand je vois que je n'aurai pas le temps d'arriver à l'hôpital, j'arrête mon taxi dans un endroit éclairé, sous un réverbère par exemple, pour bénéficier du maximum de lumière. Il faut bien voir ce qui se passe. En général, ensuite, j'envoie le mari boire un café ou un cognac dans le bar le plus proche, afin de ne pas être gêné par sa présence inquiète. » (D'accord. C'est où ?)) Par malchance, le nôtre était un jeune Chinois qui n'avait pas dû pratiquer un seul accouchement de toute sa vie. Quelle poisse ! Quand nous lui avons assez fièrement demandé de ne pas trop traîner en route car la dame était peut-être sur le point d'accoucher, afin qu'il ait conscience de sa chance, qu'il nous soit reconnaissant de lui confier enfin cette mission quasi sacrée pour les chauffeurs de taxi, il s'est crispé, à notre grande surprise. Pendant le trajet jusqu'à Pigalle, non seulement il a roulé le plus lentement possible, pour ne pas secouer Pimprenelle, mais de plus, au lieu de jeter sans cesse des coups d'œil dans son rétroviseur en nous lançant des encouragements comme « Tenez bon, ma petite dame, on va y arriver ! » ou « Ça va, m'sieur ? », il jetait sans cesse des coups d'œil dans son rétroviseur en répétant d'une voix étranglée : « Dégueulassez pas ma banquette ! »

Il nous a jetés devant la grille de la voie privée où se trouvait la clinique Marie-Louise, avant de repartir à toute blinde comme s'il venait de se débarrasser d'une grenade juste avant qu'elle n'explose. Tandis que, dégoupillés, nous franchissions le portail et sonnions à la porte vitrée, de grosses gouttes de sueur devaient ruisseler sur son visage. En voilà un qui ne sera jamais cité dans un guide de la grossesse (tant pis pour lui, ça lui fera les pieds).

A l'accueil, une sage-femme est venue chercher Pimprenelle et l'a fait disparaître en un clin d'œil dans l'enfilade des couloirs, sans m'expliquer quoi que ce soit. Je n'ai rien compris, donc. D'un instant à l'autre, j'étais seul, océaniquement seul, entre le bureau de la réception, désert, un alignement d'une dizaine de chaises en plastique, vides, et un distributeur de boissons, peu chaleureux. Quelques secondes plus tôt j'étais en train de déguster indolemment ma pizza calabrese, et soudain je me retrouvais abandonné en pleine nuit dans le hall d'une maternité, pendant que ma fiancée Pimprenelle, quelque part dans le mystérieux bâtiment, était prise en charge par des spécialistes, engloutie par la machine. (Tout était allé très vite, j'avais prévenu.) J'ai pris une boîte de Fanta dans le distributeur, je me suis assis sur la chaise la plus proche de l'entrée du dédale et j'ai allumé une cigarette. Selon mes calculs (forcément approximatifs, car l'esprit humain a ses limites), on viendrait me voir dans une quinzaine de minutes pour m'informer de ce qui arrivait. Juste le temps de fumer une autre cigarette, de me voir dans un film, de répéter mentalement l'attitude à adopter pendant l'accouchement (« Mon amour, mon amour, je suis là, pousse ») et d'envoyer des ondes magiques pour que cette affaire de sang noir ne soit pas aussi grave qu'elle pourrait en avoir l'air aux yeux d'une personne particulièrement alarmiste de nature.

Une heure et demie plus tard, j'étais assis à la même place, ballonné par plusieurs boîtes de Fanta. Mon sac matelot entre les pieds, les coudes sur les genoux et la tête entre les mains, je réfléchissais comme Garry Kasparov. Je ne cherchais pas un coup génial à porter à mon adversaire (le corps médical), car je savais que c'était parfaitement inutile (comment aurais-je pu passer à l'attaque ? en rampant dans les couloirs pour tenter de les surprendre en plein accouchement ? en hurlant pour attirer quelqu'un, afin de l'assommer, de lui prendre sa blouse, son petit chapeau, et d'aller aux nouvelles le plus naturellement possible, alors collègue, qu'est-ce qui se passe avec la dame ? (j'imaginais la tête de Pimprenelle en me voyant entrer dans la salle)), non, je cherchais tout simplement une explication. S'ils avaient déclenché le travail sans me prévenir, ce n'était pas correct de leur part. S'ils avaient découvert un problème grave et ne venaient pas me le dire, par paresse ou lassitude d'affronter les réactions désespérées de pères trop impulsifs, je ne voyais pas comment ils allaient s'en sortir (s'ils attendaient que j'en aie marre et que je laisse tomber, allez je mets les voiles, ils me connaissaient mal : je suis un tenace). Tout ça ne collait pas avec l'idée que je me faisais des maternités. Le plus probable, finalement, c'était qu'ils m'aient oublié. Ça arrive. Mais alors pourquoi Pimprenelle ne leur rappelait-elle pas mon existence ? Elle souffrait trop pour parler ? Ils l'avaient anesthésiée ? Elle dormait ? (Pimprenelle plongeait dans un profond sommeil dès qu'elle restait plus de trente secondes sans bouger.) Elle m'avait oublié ?

En une heure et demie, je n'avais vu passer qu'une personne dans le hall, un jeune infirmier court sur jambes et très pressé (c'est assez spectaculaire). A mon grand désespoir, je n'avais pas osé lui demander des informations. Ou plutôt si, mais seulement une fois qu'il avait franchi comme un bélier la porte à double battant qui menait vers je ne sais quelle autre partie de ces coulisses labyrinthiques qui m'étaient inaccessibles. N'étant pas très impulsif, contrairement à bien des pères, je me pose souvent une ou deux questions avant de me lancer à corps perdu dans l'action. Dans ce cas-là, avant de lui demander « Sauriez-vous ce qui est arrivé à ma femme ? », je me suis posé à toute vitesse les deux questions suivantes : « Travaille-t-il bien sur cette affaire ? » et « Il a visiblement quelque chose d'urgent à faire, mon intervention ne risque-t-elle pas de lui faire gaspiller un temps précieux et de mettre en péril la santé de quelque maman, de quelque bébé ? » A la première je me suis répondu à fond la caisse « On va le savoir, justement », et à la deuxième « Il ne peut pas être à dix secondes près, sinon il courrait, et puis gaspiller faut le dire vite, c'est tout de même important, cette question au sujet de ma femme ». C'était décidé, il n'y avait plus une minute à perdre, il fallait que je l'intercepte et que je lui parle. Mais bien sûr, il était déjà parti. Le mieux, si je veux avoir droit à un avenir plus rose, c'est que je devienne impulsif.

Un quart d'heure plus tard, n'y tenant plus, j'ai pris la décision de me charger moi-même de la suite des opérations, puisque personne ne venait m'aider. Il était hors de question, hors de question, que je passe la nuit assis dans ce hall désert en attendant comme un ballot qu'un des membres du personnel daigne s'intéresser à moi et me faire part à titre indicatif de l'état général de ma fiancée et de mon fils. Je me suis levé. Gonflé comme une montgolfière par le Fanta, je me suis dirigé vers le couloir en me dandinant. Il donnait sur d'autres couloirs. Je n'entendais pas un bruit. J'allais pénétrer dans une enceinte interdite, moi qui suis si timide (depuis que j'ai une voiture, par exemple, j'attends pour la porter à réparer d'y être indiscutablement obligé (quand elle ne roule plus du tout), car je n'ose pas entrer dans un garage et demander au mécanicien d'y jeter un coup d'œil, j'ai l'impression d'entrer chez des inconnus sans sonner, d'aller trouver la maîtresse de maison dans son salon et de lui demander de me donner un coup de brosse dans les cheveux (or les garagistes ne sont jamais surpris ni outrés qu'on leur apporte une voiture à réviser (et le pire, c'est que je le sais))), mais je n'avais plus le choix. Je ne pouvais pas laisser Pimprenelle là-bas. A toi de jouer, Orphée.

Comme je m'en doutais, je n'avais pas fait cinq pas dans le couloir lorsqu'une imposante quinquagénaire aux mâchoires carrées a surgi de derrière un mur :

— Monsieur, s'il vous plaît !

Elle m'attendait là depuis deux heures ? A cause de la tension nerveuse (légitime), j'ai fait un bond en arrière. Ça n'a pas donné une bonne image de moi. Si, sous l'effet de la surprise, j'avais malencontreusement laissé tomber à ce moment-là un long couteau de boucher, je n'aurais pas semblé beaucoup plus suspect. Elle me regardait d'un air sévère. Je détestais ça. Qu'on me prenne pour un type qui s'introduit subrepticement dans les maternités, la nuit, je détestais ça.

— Oui ?

J'avais envie de pivoter sur moi-même grâce à un puissant ressort et de retourner à toutes jambes m'asseoir sur ma chaise — mais ça n'aurait pas paru naturel, même à l'une de ces sages-femmes aguerries, à l'âme tannée comme du vieux cuir, que plus rien n'étonne. J'étais bloqué, intercepté. Dans l'idéal, il aurait fallu que j'aie une lyre sur moi. J'en aurais alors joué quelques notes pour la charmer, l'enivrer, et j'aurais pu continuer mon chemin sans problème, tandis qu'elle se laisserait aller toute molle contre le mur, les yeux mi-clos. Mais je n'avais pas de lyre sur moi, comme par hasard. J'ai donc dû engager le dialogue, en essayant de parler normalement pour ne pas trahir, comme souvent dans ces cas-là, mon envie de torturer des bébés. Je reste persuadé que si on sortait toujours avec une lyre, on éviterait bien des affrontements, des querelles et des échecs.

— Vous cherchez quelque chose ?

(Sous-entendu : « Un bébé sans défense, peut-être ? »)

— Je cherche ma fiancée, ai-je répondu de ma plus belle voix de lyre (mais ça ne remplace jamais tout à fait). Nous sommes arrivés il y a deux heures, on l'a emmenée quelque part par là pour l'examiner, et je n'ai plus aucune nouvelle.

— Ah, c'est la jeune femme blonde... ?

(Sous-entendu : « Qui est tombée dans le coma. »)

— Oui.

— On a appelé son médecin, il ne devrait pas tarder. Elle est sous monitoring, là-bas, dans le fond.

Elle est sous quoi ? J'en étais sûr. Elle est sous monitoring ! (J'apprendrais vite ce qu'est le monitoring, mais j'entendais alors ce mot pour la première fois, et il ne m'évoquait rien de bon : je voyais Pimprenelle incapable de survivre plus longtemps sans assistance, attachée inconsciente sur un lit, avec des tubes et des électrodes partout, entourée d'oscilloscopes, de goutte-à-goutte et de grosses pompes à soufflets qui faisaient battre son cœur et respirer ses poumons. Et son médecin n'est pas encore arrivé ?) Je me suis engagé dans la direction que m'avait indiquée la matrone et me suis lancé vers le fond. Mais quel fond ? Ce réseau de couloirs archaïque ne pouvait pas avoir de fond. (C'était comme si, perdu au milieu de l'Atlantique, je demandais mon chemin à un pêcheur qui me répondait : « Brest ? Bien sûr ! Il va aller tout droit, là, ensuite il va prendre à droite, ensuite à gauche, et tout droit, toujours tout droit jusqu'à Brest, c'est tout au bout, il peut pas se tromper. ») Après avoir passé la tête dans deux petites pièces qui ne ressemblaient ni à des chambres, ni à des bureaux, ni à des placards, frappé sans obtenir de réponse à une porte qui me semblait « au fond » avant de découvrir que l'étroit couloir faisait un coude et s'enfonçait encore plus loin, après avoir éprouvé l'étrange sensation de m'éloigner irrémédiablement de ma base et de son distributeur de boissons mais en même temps de tourner en rond, j'ai enfin aperçu deux humains, d'apparence normale, deux Antillaises, je pense, qui prenaient un café dans une sorte de buanderie. J'ai frappé à leur porte ouverte, et l'une des deux a tourné machinalement la tête vers moi.

— Oui ?

— Je cherche ma fian... ma femme. Elle est arrivée il y a deux heures environ, on m'a dit qu'elle était par ici.

— Oui, bien sûr, elle est dans la petite salle de travail du fond, là. Il serait temps que j'aille la voir, d'ailleurs. Dites-lui que j'arrive. Bref, à ce moment-là, le type me dit : « Eh, Marie-France, tu connais le plafond de ma chambre ? » Tu penses bien que j'ai...

En salle de travail, bien. J'en étais sûr. Elle accouche. Toute seule. Très bien, c'est plus naturel.

Par une porte entrebâillée, j'ai aperçu les pieds nus

de Pimprenelle (que je reconnaîtrais entre mille (alors que les miens, c'est loin d'être sûr)). Elle n'était pas accroupie sur le carrelage, c'était déjà ça. Elle n'avait même pas les jambes écartées, d'ailleurs. Je n'avais rien raté, de toute évidence, mais heureusement que j'avais pris l'initiative de débloquer la situation (et de lancer la machine), car j'aurais pu attendre longtemps avec mes boîtes de Fanta avant qu'on ne vienne me chercher pour que je participe. Hector, tu ne peux compter que sur toi-même. Reste combatif, malin, agile, et travaille un peu ce côté impulsif.

Je l'avais enfin retrouvée. J'ai poussé la porte en souriant pour la rassurer, et je l'ai vue allongée sur un lit, ou plutôt une table d'auscultation, en culotte et soutien-gorge. Deux larges ceintures élastiques lui enserraient le ventre. Sous chacune était glissée une plaque ronde, reliée par des câbles à une grosse imprimante à double aiguille au pied de laquelle étaient déjà tombés en accordéon des mètres de papier millimétré.

Centre de l'étude, Pimprenelle dormait.

Mais la première chose qui m'avait frappé en entrant, c'étaient les battements de cœur. Un haut-parleur crachotant faisait résonner entre les quatre murs de la salle de travail des battements de cœur caverneux, puissants et rapides. Ça tapait directement aux entrailles. Des coups doubles, espacés de quelques dixièmes de seconde. Dans un premier temps, bêtement, j'avais cru qu'il s'agissait de ceux de Pimprenelle. Je la voyais immobile, entre la vie et la mort. Mais en apercevant les ceintures et les câbles, j'avais compris que j'entendais le cœur d'Oscar.

Sa mère dormait, Marie-France et sa copine terminaient leur café, j'étais seul avec mon futur fils dans cette petite pièce. Son cœur battait vite, fort. Je me sentais curieusement intimidé par cette présence considérable. Je ne savais pas quoi faire, et je n'osais pas réveiller Pimprenelle. Voilà. Oscar ? Hector.

J'ai repensé que nous n'étions pas là par hasard. Nous étions venus soit pour l'accouchement, soit pour un problème. Or manifestement, étant donné le peu d'empressement du personnel médical de garde, l'accouchement n'était pas pour tout de suite. Restait le problème. Le cœur d'Oscar, qui tambourinait partout autour de moi, était sans doute en danger. Il n'allait peut-être pas tambouriner longtemps.

Que foutait Marie-France ?

Au moment où je me posais cette question, Marie-France est entrée d'un pas nonchalant, a examiné brièvement le papier recraché par l'imprimante, a donné deux petites tapes sur la cuisse de Pimprenelle pour la réveiller (elle ne la connaissait pas) et a entrepris de retirer les plaques rondes et de défaire les ceintures, calmement.

— Allez, ça suffit pour aujourd'hui, on a ce qu'il faut.

Pour une fois, Pimprenelle n'a pas ouvert les yeux de mauvaise humeur. Elle souriait, gênée. Marie-France nous a expliqué qu'elle avait laissé plusieurs messages sur le portable du médecin, qu'elle attendait qu'il rappelle, mais que selon elle cette histoire n'était pas bien grave. Il s'agissait seulement, selon elle, du bouchon muqueux. (Qu'est-ce que c'est que ça, encore ? On ne m'a jamais dit qu'il y avait un bouchon muqueux où que ce soit.) Il partait parfois plusieurs jours avant l'accouchement, il fallait redoubler de vigilance à partir de là, mais il n'y avait aucune raison de s'alarmer, selon elle. Cependant, bien sûr, elle ne pouvait être tout à fait certaine que nous avions bien affaire là au bouchon muqueux (au quoi ?), il serait nécessaire de pratiquer des analyses, selon elle, et de toute manière elle n'était pas qualifiée pour décider de laisser repartir la dame, il fallait impérativement attendre l'avis du médecin (tu parles, il était 1 h 30 du matin, le brave Bonhomme devait dormir profondément, car demain il y a du boulot, des tas de femmes à protéger, faut être en forme). Selon elle, le mieux était de patienter à côté, dans une salle plus confortable : il allait rappeler, car lorsqu'il se couchait, ce sacré Bonhomme ne mettait jamais son portable sur répondeur, pour être sûr de pouvoir se précipiter à la clinique si on avait besoin de lui, même en pleine nuit (j'en étais sûr). Encore une fois, nous n'avions vraiment pas à nous inquiéter, selon elle, car d'une part le cœur du bébé battait impeccablement, et d'autre part le monitoring n'avait enregistré que des contractions assez faibles et irrégulières qui n'annonçaient rien d'imminent. (Tonnez, feux d'artifice, tonnez : dans sa tombe, le type qui a inventé la poudre se tordra de rire (avec un rictus ignoble) en imaginant la déconfiture d'autres enfants qu'Oscar.)

Nous étions dans une salle de travail un peu plus vaste et confortable depuis environ une heure, Pimprenelle allongée, moi assis près d'elle sur une chaise en plastique orange, lorsque Marie-France est revenue mollement nous voir. Le médecin avait enfin appelé, il ne pouvait pas passer tout de suite, mais quoi qu'il en soit ce n'était pas utile : il pensait également que c'était le bouchon muqueux (décidément), cela n'avait donc rien d'alarmant, mais il faudrait procéder à des analyses pour s'assurer qu'il n'y avait rien de plus grave, et par conséquent, on ne pouvait pas laisser repartir Pimprenelle maintenant, autant qu'elle reste puisque ce n'était plus qu'une question d'heures, d'un jour ou deux à la rigueur. Quant à moi, j'avais le droit de m'en aller, elle n'accoucherait pas cette nuit. Demain, peut-être. La sage-femme, renforcée par ces propos du chef qui confirmaient les siens, de toute façon si je voulais je pourrais être chef, était catégorique à ce sujet :

— Son col est complètement fermé, Monsieur, vous pouvez me croire.

— Je vous crois.

Au pire, on me téléphonerait, et je n'aurais alors qu'à me précipiter (comme je sais si bien le faire).

Pendant qu'on préparait une chambre pour Pimprenelle (« Simple, hein ! » avais-je précisé pour signifier que j'étais l'homme de la famille et que j'entendais garder le contrôle de la situation, malgré le tourbillon émotionnel dans lequel nous étions ballottés, et ne pas laisser ma femme se faire rouler, se faire entreposer à la diable dans une chambre à deux ou trois lits, entre une psychopathe imprévisible et une dingue des *Feux de l'amour* ou de *Y a pas photo* (quelques secondes plus tard, en entendant l'écho de ma voix dans la petite pièce (« Simple, hein ! »), j'avais espéré que Marie-France ne m'avait pas pris pour un grand seigneur plein aux as qui ne veut surtout pas, par noble discrétion ou respect envers les autres pensionnaires de l'établissement, qu'on réserve un traitement de faveur à son épouse, par exemple en décorant la chambre de tableaux de valeur, de fleurs fraîches et de meubles anciens : non, quelque chose de simple)), j'ai eu cinq minutes pour faire mes adieux à Pimprenelle, que j'abandonnais là seule, notre enfant dans le ventre, prêt à apparaître. Nous étions aussi surpris et apeurés l'un que l'autre par cette décision inattendue des autorités, par cette évolution irréversible de la situation. Nous nous étions fait avoir comme des gamins : tout allait bien, une pizza, un peu de sang, un coup de téléphone, un taxi, un contrôle de routine, et tout à coup Pimprenelle était coincée à la maternité avec une seule issue possible : l'accouchement. Malgré l'attente, nous ne l'avions pas vu venir. Tandis que je lui souhaitais bonne chance pour la nuit, je ne pensais plus à ses crises de nerfs, à ses crises de violence, à ses crises de jalousie et de délire possessif, je la voyais claire et perdue, courageuse, et je ne pensais qu'à mon amour pour elle.

Le lendemain, je l'ai retrouvée dans sa petite chambre (très simple, en effet, les autres pensionnaires de l'établissement ne risquaient pas de le prendre mal), aussi courageuse que la veille, aussi claire et fragile, mais moins perdue : elle avait déjà acquis ce détachement pensif des malades hospitalisés, cette assurance dans la faiblesse et la pâleur, qui les fait paraître lointains et mystérieux, comme dans une bulle où l'on ne pénétrera jamais, et qui suscite un sentiment curieux (et difficilement reconnaissable) d'admiration (on pense, sans toujours s'en rendre compte, au temps qu'ils passent là sans nous). Les analyses n'ayant rien révélé d'inquiétant, tout le monde s'est mis d'accord pour attribuer la perte de sang de la veille à ce que j'appelle le bouchon muqueux. Malgré un col toujours aussi fermé et des contractions qui n'avaient rien de très spectaculaire, le grand Bonhomme qui était passé la voir peu de temps avant moi avait décidé de la garder encore une nuit, pour voir, car il aurait été dommage de repartir et de devoir revenir trois heures plus tard. Sur le Champ-de-Mars, les artificiers installaient leur matériel.

Le lendemain, 14 juillet, face à l'impassibilité de l'utérus de Pimprenelle et à la fermeté militaire de son col, le Bonhomme a dû baisser les bras (jusqu'alors, il courait dans les couloirs en criant « Ça vient ! Ça vient ! » les bras en l'air). Il l'a laissée refaire sa valise, se recoiffer, rendre la télécommande à l'accueil, et sortir de la clinique. (Dehors, nous nous sentions bizarres. Nous avons attendu que le feu passe au rouge pour traverser la rue, nous ne savions pas quoi dire. C'était comme si toute cette affaire était terminée, comme s'il fallait à présent retourner dans la vraie vie sans que rien n'ait changé, en fin de compte. C'était comme si nous étions invités à un tournoi de ping-pong chez Michael Jackson, dans son ranch de Neverland : il nous a envoyé un entraîneur chinois à Paris, trois mois plus tôt, afin que nous soyons fin prêts pour affronter Bruce Springsteen et Liz Taylor, entre autres, il nous a fait fabriquer des raquettes sur mesure, dont le manche de nacre s'adapte parfaitement à la paume de nos mains, nous a fait livrer des costumes de compétition qu'il a dessinés lui-même (on craignait le pire, mais ça va, c'est mettable (j'ai un short en cuir prune qui ne me plaît qu'à moitié, mais qui va me voir, à part Bruce Springsteen et Liz Taylor ? Bill Clinton ? et alors ?)), il a réservé le Concorde pour nous deux, afin que nos dernières heures de concentration au-dessus de l'Atlantique ne soient pas troublées par la présence extrêmement agaçante d'autres passagers, et il a même obtenu la suppression de plusieurs vols pour que l'espace aérien soit dégagé — ce serait trop bête qu'on ait un accident la veille du tournoi (je vois d'ici la tête de Liz Taylor). On monte dans le Concorde, sept hôtesses en tenue de Belle au Bois Dormant (ouf : j'avais mis mon short de compétition, pour amuser Michael à notre arrivée, mais j'avais peur d'être ridicule dans l'avion — non, c'est bon) s'enquièrent aussitôt du champagne que nous préférons, du film que nous désirons visionner, etc., le commandant de bord fait son annonce au micro : « Pimprenelle et Hector, bonjour. Je suis le commandant Théodore Saint-Gilles de la Tour de Kamouraska, bienvenue à bord du Concorde bla bla bla, nous décollerons dans six minutes, bla bla bla... », Pimprenelle me prend la main, tourne vers moi son visage lumineux et me sourit, confiante (le plus dur à battre, ce sera Springsteen, qui a des bras comme des gigots et doit propulser la balle à la vitesse d'un missile, mais rien n'est impossible quand on s'aime), puis, alors que les réacteurs de l'avion montent en puissance, le chef de cabine s'approche de nous, costumé en Peter Pan, s'incline imperceptiblement (qu'est-ce qu'il nous veut, encore, celui-là ?), et nous déclare d'une voix de fausset : « Je suis désolé, Michael Jackson a réfléchi, il ne veut plus que vous participiez à son tournoi de ping-pong. Le King of Pop vous prie de ne pas lui en vouloir, mais il s'est trompé de personnes, ce n'est pas vous qu'il voulait inviter. En conséquence, je vais devoir vous demander de descendre de l'appareil. Encore toutes nos excuses. » Evidemment, nous ne pouvons pas protester (il est ridicule de vociférer « Je veux faire un match de ping-pong contre Michael Jackson ! » quand lui ne veut pas), nous quittons donc le Concorde et nous nous retrouvons un instant plus tard au comptoir de l'un des bars de Roissy, à commander une bière, un café et un verre d'eau, ahuris. Seule preuve que nous n'avons pas rêvé, je porte mon short en cuir prune.)

Nous sommes allés boire un verre au comptoir du petit bar qui se trouve à côté de la Fourmi, une bière et un café-verre d'eau, toujours peu bavards et vaporeux. Dans la poche de ma veste, je sentais peser le portable que j'avais acheté la veille pour être joignable à tout moment, moi qui avais juré sur la tête de toutes mes cousines de ne jamais posséder un de ces boulets carillonnants. (Je suis même resté six ans sans téléphone du tout, et ensuite, obligé d'en acquérir un car la vie n'est faite que d'appels, m'avait dit un vieil ivrogne au Saxo Bar, je laissais le répondeur branché en permanence et coupais la sonnerie, pour que les gens ne puissent pas se matérialiser chez moi au son des trompettes et se mettre à me parler de ce qu'ils veulent pendant que j'étudie le *Paris-Turf* ou que je mange des spaghettis. A présent, j'avais un téléphone portable. Mais, hormis Pimprenelle et le personnel de la clinique Marie-Louise, personne n'aurait le numéro, foi d'Hector. Comme je dis toujours : il y a des limites.)

8

Le 14 juillet est passé, à ma grande joie. Quelques jours plus tard, le 22 juillet est passé aussi, mais je n'ai pas ressenti d'allégresse notable. Puis ce fut au tour du 26 juillet, de passer, puis du 30, puis du 2 août, mais à la différence des autres, celui-ci n'est pas passé tout seul. Il y a eu un blocage, vers le milieu du 2 août. Nous avons reçu une lettre recommandée de la clinique Marie-Louise nous informant que c'était foutu, Pimprenelle ne pourrait pas accoucher là-bas, car la maternité devait fermer ses portes pour trois mois afin de procéder à des travaux de rénovation : une commission quelconque était passée et, toujours à chercher la petite bête, avait perfidement remarqué que les normes de sécurité n'étaient pas respectées. En cas d'incendie (on ne sait jamais), tout le monde aurait péri dans les flammes, carbonisé dans les couloirs, à l'exception des femmes les plus musculeuses. Mais nous n'avions pas à nous affoler pour autant : la pauvre Marie-Louise, malgré tous les soucis que lui causait l'Administration (le mal français), avait réussi à nous trouver une place ailleurs, pour nous faciliter les choses — à trois ou quatre minutes de l'accouchement, c'était une bonne nouvelle. Le moment venu, nous pourrions nous rendre à la clinique Léonard-de-Vinci, dans le XIe arrondissement, où nous serions accueillis comme des princes. Allez, salut.

Pimprenelle et moi, nous n'étions pas contents du tout. Nous aimions bien cette vieille clinique Marie-Louise, avec son charme d'antan, ses couloirs étroits et entrelacés, ses petites chambres si simples. Et surtout, nous nous y étions habitués, nous avions eu le privilège de pouvoir nous livrer à une sorte de répétition générale, le trajet en taxi, l'installation dans la chambre, la salle de travail, Pimprenelle avait pu trouver ses repères, la machine à café, l'heure des repas et des visites, l'endroit idéal pour fumer une clope sans risquer de se faire surprendre par une infirmière dodue au regard noir de reproches (derrière l'ascenseur) — et moi aussi, je commençais à me sentir très à l'aise, presque chez moi, je passais de couloir en couloir avec une aisance déconcertante, comme guidé par une force mystérieuse, j'épatais les nouveaux (« Ce type connaît parfaitement les lieux, il doit être là depuis des lustres »), et en arrivant le matin, je lançais mentalement mon chapeau sur un portemanteau du hall, et saluais la réceptionniste : « Ho, Simone, ça va comme tu veux ? » (dans ma tête). Mais brusquement, tout s'obscurcissait. Notre nouveau refuge se situait bien plus loin de chez nous, nous ne le connaissions pas, c'était sans doute un bâtiment gigantesque, froid et industriel (avenue Parmentier, il ne doit pas y avoir beaucoup de villas d'autrefois), fourmillant de gens pressés qui ne nous connaissaient pas et ne nous accorderaient pas un regard (« Pardon madame, excusez-moi de vous déranger, ma femme voudrait accoucher. Madame ? Ah,

Monsieur, s'il vous plaît ? »), tandis que pour les quelques figures chaleureuses de Marie-Louise, nous faisions déjà partie du décor (ainsi la réceptionniste qui, lorsque j'arrivais le matin, me disait dans sa tête : « Hector, mon petit père, ça gaze ? »). Certes, l'établissement s'appelait Léonard de Vinci, notre fils Oscar serait donc probablement un génie, mais d'un autre côté, nous étions autrefois enthousiastes à l'idée qu'il naisse à Pigalle : Oscar de Pigalle, ça en jette tout de même un peu plus qu'Oscar de Parmentier.

Etant donné que nous ne savions pas à qui en vouloir (même si Marie-Louise nous lâchait au moment crucial, ce n'était réellement pas de sa faute ; quant à l'Administration, bien qu'elle soit effectivement responsable de ce coup de Jarnac, elle nous évitait de mourir calcinés dans un petit couloir, ce qui incite à l'indulgence), nous avons décidé de nous plier humblement aux sévères exigences du sort. Nous n'avions pas non plus vingt-six autres possibilités.

Le 2 août est donc passé tant bien que mal, le 5 août comme une lettre à la poste, mais nous avons de nouveau coincé sur le 8 août. C'est en effet ce jour-là que le Bonhomme nous a téléphoné pour nous apprendre qu'il ne pouvait pas différer plus longtemps ses vacances : il avait attendu, attendu, par amitié pour nous, mais il ne fallait pas pousser Toto dans les orties. Sincèrement, il ne pouvait pas faire mieux, on devait le comprendre. (J'ai cru qu'il allait ajouter : « De toute façon, à l'heure qu'il est, votre bébé doit avoir une tête de quinquagénaire, je préfère ne pas voir ça. ») A l'entendre, on aurait cru que, puisque le bébé était pressenti pour la mi-juillet et qu'on était déjà le 8 août, ce n'était plus la peine de perdre son temps à l'attendre, il ne viendrait plus. Mais là encore, nous ne pouvions pas lui en vouloir (décidément, nous sommes maudits, il nous tombe une pluie de tuiles sur le crâne et nous ne pouvons jamais nous soulager en haïssant quelqu'un, nous sommes dans l'obligation de nous plier humblement à tout, c'est un cauchemar) : on devait tout de même accorder des vacances à ce brave Bonhomme (gynécologue-obstétricien, c'est un métier de fou), et s'il les retardait de quelques jours pour nous, ce serait au détriment d'autres femmes dans le besoin, cela reviendrait donc au même (ou presque). Bref, il nous a expliqué que l'accouchement serait pratiqué par l'un de ses collègues et amis, un excellent praticien, remarquable à tous égards (sur le coup ça nous a rassurés, car nous sommes un peu bêtes, mais nous avons assez rapidement réalisé qu'il aurait été surprenant de l'entendre nous avouer que son collègue était un abruti fini, un boucher qui n'y connaissait rien au maniement de la femme — « Appelez-moi à mon retour pour me raconter, ça devrait valoir le coup ! »). Tout aurait été tellement plus simple si Oscar avait vu le jour le 14 juillet, à la clinique Marie-Louise, entre les mains du grand Bonhomme, sous les feux d'artifice, allez, dans l'allégresse générale.

Le 9 août est passé laborieusement — car Pimprenelle n'en pouvait plus, les contractions devenaient de plus en plus régulières et douloureuses (salut Braxton, à la prochaine), pour ma part je tremblais de tous mes membres en permanence (je faisais peur à voir), nous n'avions plus aucun soutien, Oscar allait bientôt naître n'importe où entre les mains de n'importe qui —, et le 10 août n'est pas passé du tout.

9

J'ai dû travailler la nuit du 9 au 10 août, pour rendre à *Privé,* juste avant le bouclage, un papier que je n'avais pas eu le temps de finir les jours précédents à cause d'un certain trouble qui régnait en maître dans ma vie. Il s'agissait de raconter l'histoire d'un type qui avait tué sa femme à coups de Cocotte-Minute, avant d'essayer sur son cadavre tous les ustensiles de cuisine entre lesquels elle avait vécu — couteaux et fourchettes bien sûr, mais aussi broche et brochettes, râpe à fromage, hachoir à viande électrique, presse-purée, tire-bouchon et même épluche-légumes. Je peinais.

Vers 3 heures du matin, Pimprenelle est sortie de la chambre, les mains sur le ventre, le visage grimaçant. Elle venait d'être réveillée par une contraction très forte et sentait que le moment était venu. Je me suis aussitôt emparé de mon chronomètre, en assistant efficace et calme, et lui ai proposé de s'installer sur mon gros fauteuil noir, voilà, comme ça, pour attendre une nouvelle contraction, puis la suivante, afin de mesurer l'écart. Neuf minutes. Non, désolé, ce n'est pas pour tout de suite. Je sais bien que c'est dur, mais non. On n'en parle plus. (La veille, pour savoir précisément, de manière scientifique, à partir de quand nous devions considérer qu'il y avait urgence, j'avais appelé Léonard-de-Vinci (la clinique Léonard-de-Vinci, bien sûr). On m'avait répondu qu'il valait mieux ne pas nous presser, tranquille, tranquille, et ne pas venir avant que les contractions ne soient espacées de seulement cinq minutes. Normalement on conseillait d'arriver un peu plus tôt, mais ils essayaient de retenir les femmes chez elles le plus longtemps possible car depuis quelques jours, ils étaient submergés (hormis Marie-Louise, un autre établissement avait dû transférer toutes ses futures pensionnaires chez eux, pour je ne sais quelle raison). Cependant, il ne fallait surtout pas s'inquiéter (ouf) : lors d'un premier accouchement, la femme n'étant pas encore souple, d'un point de vue génital, on avait donc largement le temps (parfait, on pourra se détendre, se concentrer, ou évoquer quelques souvenirs amusants).) J'ai donc laissé Pimprenelle sur le fauteuil, le chronomètre en main, et je suis retourné devant mon ordinateur, à deux mètres de là, pour essayer de terminer mon texte (voyons, le hachoir à viande, le hachoir à viande, qu'est-ce qu'il a pu mettre dedans ? les orteils, oui, c'est ça, très bien, voilà, alors voyons, les orteils, qu'est-ce que ça peut donner ? du jus ? surtout du jus ? pas évident...). Inutile de jouer les cadors décontractés, pour qui le boulot c'est le boulot : ce n'était pas facilc. A chaquc contraction (cllcs étaicnt dc plus cn plus longues), Pimprenelle poussait des cris horribles et se tordait de douleur, comme si on la transperçait pour lui torturer l'utérus avec tout un tas d'ustensiles de cuisine, et tentait de garder le contrôle de son corps en respirant lentement et profondément, en inspirant par le nez et en expirant par la bouche, lentement, lentement, et profondément, comme on nous l'avait appris aux cours d'accouchement sans douleur du tout (je ne pouvais pas m'empêcher de le faire en même temps qu'elle, ce qui ne facilite pas la tâche quand on essaie de décrire avec justesse les dégâts produits, inspirez, par une râpe à fromage, expirez, sur le corps d'une sexagénaire, inspirez). Il m'était impossible de laisser tomber mon article ni même d'écrire n'importe quoi pour remplir mes dix feuillets (se faire virer le jour où on devient père, c'est la catastrophe), mais je dois avouer qu'avec Pimprenelle qui souffrait et paniquait dans mon dos (« six minutes trente, Hector ! »), avec le drame poignant, la lutte des corps pour la vie, qui se déroulait juste derrière moi pendant que je m'efforçais désespérément de visualiser un presse-purée (à quoi ça ressemble, nom de Dieu ?), je me suis vu dans la nécessité regrettable de bâcler l'boulot. Après tout ce n'était peut-être pas plus mal, cela créait une sorte d'adéquation entre le fond et la forme. Le hasard fait parfois bien les choses.

A l'instant même où j'écrivais le dernier mot de mon texte (« haine »), Pimprenelle m'a annoncé cinq minutes trente en reprenant son souffle. J'ai envoyé en vitesse par mail le résultat sanglant de la lutte de mon corps pour l'emploi, et j'ai appelé un taxi pendant qu'elle vérifiait sa valise et s'acharnait en vain à lacer ses chaussures. Huit minutes plus tard, il était au pied de l'immeuble.

Une nouvelle fois, comme lors de l'échauffement du 12 juillet, nous n'avons pas eu la chance de tomber sur l'un de ces chauffeurs légendaires qui sortent les bébés d'une main, quasiment sans lâcher le volant. C'était un jeune homme à l'allure de flic en civil, relativement bourré. Il paraissait furieux de devoir trimbaler une femelle sur le point de mettre bas, mais je lui ai expliqué qu'il n'y avait aucun risque que Pimprenelle dégueulasse sa banquette (je m'attendais pourtant qu'elle perde les eaux d'une seconde à l'autre, et que nous soyons obligés d'ouvrir les portières pour que le flot se déverse dans la rue), qu'il n'avait surtout pas besoin de foncer comme un dératé, c'était très gentil de sa part mais, attention le camion, là, ce qu'il faut savoir c'est que lors d'un premier accouchement, la femme ne, ah, c'était rouge, non ?

Lorsqu'il nous a déposés avenue Parmentier, devant la clinique Léonard-de-Vinci, sains et saufs (mais conscients que le pire restait à venir — la vie est bien difficile), il était 6 h 15. Le bâtiment, accolé à une caserne de pompiers, ressemblait à un Centre des Impôts du début des années 70. Dans le grand hall triste et désert, éclairé par les néons de la mort, la standardiste au visage blême et aux cheveux secs, qui avait probablement le corps couvert de plaques rouges, nous a envoyés au sixième étage. Là-haut, dans un bureau vitré, deux infirmières (ou aides-soignantes, ou sages-femmes, comment savoir quand on n'est pas du milieu ?), visiblement éreintées, nous ont demandé en remuant leur café d'attendre dans une petite pièce dont elles nous ont indiqué la porte. Elles étaient désolées, ce n'était pas très confortable, mais les deux étages de la maternité fourmillaient de femmes haletantes, ces jours-ci, et de toute façon on n'allait pas tarder à venir s'occuper de nous, c'était l'affaire de quelques minutes.

Ce n'était effectivement pas très confortable, car il s'agissait d'un placard. Pour être honnête, disons une sorte de placard. Un réduit d'environ deux mètres sur deux, où étaient entreposés des balais, des seaux, et cinq ou six chaises en plastique (de jardin ?) empilées les unes sur les autres. C'était drôle. Le rire n'est pas venu, mais enfin c'était drôle quand même. Dehors, entre l'ascenseur et le bureau vitré, on pouvait raisonnablement distinguer un genre de petit hall d'accueil, où ne se pressait pas grand monde à cette heure-là (personne, pour tout dire), et on nous proposait de patienter dans un cagibi. Quoi de plus naturel ? C'était comme si nous entrions dans un restaurant vide et que le serveur nous disait : « Allez vous enfermer dans les toilettes, nous préparons votre table. » Croyant à une blague (le personnel hospitalier, toujours sous pression, forcé de faire face à des situations pénibles et d'assister quotidiennement à des spectacles insoutenables pour le quidam, a besoin de se détendre régulièrement, et souvent de manière primaire, pour garder la tête hors de l'eau et ne pas se laisser bouffer, comme on dit dans le jargon), je suis ressorti pour savoir où les deux facétieuses voulaient réellement que nous nous installions. Mais au « Oui ? » fatigué que m'a adressé l'une d'elles en me voyant revenir (elle remuait toujours son café), j'ai compris avant même de poser la question que la réponse était : « Dans le placard à balais ». Histoire de ne pas lui tourner le dos illico, sans rien demander en fin de compte (faisons comme si je n'étais pas apparu) — si je voulais avoir une chance, par la suite, de m'imposer en tant que mari qui n'entend pas laisser sa femme se faire traiter n'importe comment dans cette jungle, il ne fallait pas que je passe d'emblée pour un fou —, j'ai dit :

— Vous pensez qu'il y en a pour longtemps ? Parce que...

— Je viens de vous le dire à l'instant, Monsieur. Quelques minutes.

Je suis donc retourné dans notre placard, j'ai descendu de la pile une chaise de jardin que j'ai réussi à caser entre un mur et deux seaux, et Pimprenelle s'est assise dessus, douloureuse, coincée comme une pièce de puzzle. Nous avons attendu un long moment, sans nouvelles de l'extérieur, et sans beaucoup parler. Pimprenelle se désintégrait toutes les quatre minutes, ce qui la déconcentrait pour la discussion, et de toute façon, chaque mot que nous prononcions dans cet endroit saugrenu sonnait faux et vide de sens (« Tu penses que ça va aller, l'accouchement ? »). Pendant ce temps, que se passait-il dehors ? Mystère. Oscar s'apprêtait à naître et nous étions isolés du reste de la maternité, isolés du monde, dans une petite cellule oubliée, avec des seaux et des balais. Curieux, tout de même, que le rire ne soit pas venu.

Pour reprendre les choses en main, j'ai décidé de réfléchir logiquement. C'est ce qu'il faut toujours faire. J'avais le sentiment d'être inutile, de ne constituer qu'un gros poids mort pour Pimprenelle, mais en réalité, chacun de nous avait un rôle bien précis à tenir dans cette affaire. Le sien était d'accoucher, point. Je sais que ça paraît peu, dit comme ça, mais qu'on ne s'y trompe pas, c'est un rôle essentiel. Le mien consistait à m'occuper de tout le reste — une paille ! Je devais la rassurer, la soutenir, lui apporter tout ce dont elle avait besoin (sandwich ? cigarette ?), et surtout prendre en charge toute la logistique (on peut avoir de l'eau, s'il vous plaît ? où est sa chambre ? elle aura la télé ? qui est le médecin qui va procéder à l'accouchement ? pourquoi ne la met-on pas sous monitoring, nom d'un chien ? contractions toutes les quatre minutes ! on a pensé à la péridurale ? c'est dans le dossier ? et la radio du bassin, la radiopelvimachin, c'est fait ? c'est OK, ça va passer ? juste ? parfait, on peut voir une sage-femme ? c'est possible ? quand est-ce qu'on passe en salle de travail ? on est sur le coup, là, ou pas ? le col, bon sang, où en est le col ? de l'eau chaude et une serviette, vite !).

Survolté par la prise de conscience de mes nouvelles responsabilités, j'ai laissé Pimprenelle posée sur sa chaise et j'ai bondi hors du placard à balais, débordant d'énergie, prêt à tout organiser. Pendant notre période d'isolement, deux femmes avaient fait leur apparition près du bureau vitré, énormes et déroutées. L'une était seule, gémissante, et allait sans doute donner naissance à un petit être dans les trente secondes. L'autre, en proie à l'affolement, était accompagnée de son mari, un malheureux trapu en survêtement qui semblait perdu et impuissant, contrairement à moi. Le service commençait à s'animer, il fallait agir vite. Profitant de leur inexpérience, j'ai contourné le bureau vitré pour m'adresser par la porte ouverte à l'une des deux femmes en blouse (celle que j'avais repérée comme étant la chef) :

— Excusez-moi mais je crois que ça devient urgent, là. Ma femme a des contractions longues et violentes. Toutes les quatre minutes !

(Les deux autres ne devaient même pas savoir qu'on passait à l'action dès que le seuil des cinq minutes était franchi. Elles me fixaient bêtement (et ne parlons pas du mari, le pauvre).)

— Ne vous affolez pas, Monsieur.

— Ah non, je ne...

— Je vous ai dit que quelqu'un allait venir vous voir. Nous avons plus urgent, pour l'instant.

— Bon, mais...

— Ne vous affolez pas.

La tête haute, je suis retourné dans notre réduit, perplexe, encombré par mon trop-plein d'énergie et de puissance organisatrice. (Dans mon dos, j'ai entendu la chef demander d'une voix douce à l'une des deux femmes de la suivre (sûrement celle qui était seule et gémissante car, j'en aurais mis ma main à couper, ce mari trapu n'avait aucun pouvoir). Ce dont la chef ne semblait pas se rendre compte, c'est que ma femme aussi gémissait, elle criait, même, mais évidemment on l'entendait moins, car elle était dans un placard à balais.) Remisée près des seaux, et aiguillonnée par la douleur, Pimprenelle commençait à me regarder d'un œil mauvais. Mais que pouvais-je faire de plus ? Je n'allais tout de même pas ressortir aussitôt et redire à la chef : « Excusez-moi mais je crois que ça devient urgent, là, ma femme a des contractions longues et violentes, toutes les quatre minutes » ? Elle se demanderait si elle n'est pas entrée dans la *Quatrième Dimension*. (Ensuite je retournerais dans le placard, j'y resterais dix secondes puis j'en ressortirais et je lui dirais : « Excusez-moi mais je crois que ça devient urgent, là, ma femme a des contractions longues et violentes, toutes les quatre minutes. » Elle deviendrait très pâle et se mettrait à pousser des cris d'épouvante, suraigus.) Heureusement, quelques instants plus tard, une autre femme en blouse a passé la tête par la porte de notre antre, prudemment, et nous a priés de la suivre — la preuve, s'il en fallait une, que lorsqu'on insiste un peu... Pimprenelle, toujours aussi maltraitée de l'intérieur mais distinguant désormais dans le brouillard un espoir de soulagement, a posé sur moi un regard plus bienveillant et amoureux.

Après un petit quart d'heure dans une belle salle moderne et spacieuse, la sage-femme et moi-même avons décidé d'un commun accord, au vu de l'ampleur et de la fréquence des contractions, et bien que le col n'ait toujours pas l'air de deviner ce qui se tramait dans son dos, qu'il était grand temps de passer à l'étape suivante, la dernière : l'accouchement, au sens dramatique du mot.

— On va vous conduire à votre chambre, vous allez vous installer rapidement, et quelqu'un viendra vous chercher tout de suite pour vous emmener en salle de travail.

— D'accord.

La tension montait, les souffles se faisaient plus courts. Dans tout le service, d'ailleurs, on sentait que le moment n'était plus à la détente et à la rigolade, comme tout à l'heure : c'était le coup de feu. Trois maternités regroupées en une, dans la chaleur d'un mois d'août à Paris, c'est impressionnant. On voyait maintenant des femmes partout, des femmes en blouse qui marchaient vite, certaines portant des nouveau-nés ou des nés d'hier, des femmes en tenue de ville qui restaient sur place en se tenant le ventre et en jetant des regards inquiets de tous côtés, et des femmes molles en robe de chambre, aux traits tirés mais aux mines aguerries et sereines, qui semblaient être là depuis des années et considéraient les nouvelles d'un œil mi-débonnaire mi-indifférent, à la manière de vieux orangs-outangs qui se grattent machinalement la cuisse sur une branche, sans trop prêter attention aux jeunes. Au milieu de ce cirque de femmes, on remarquait quelques maris plantés, déboussolés, qui tournaient sur eux-mêmes dès qu'une femme passait près d'eux, comme des girouettes dans les courants d'air.

Je n'étais pas de ceux-là. Derrière la femme en blouse qui connaissait la route, je tenais Pimprenelle par le bras, la soutenais, la dirigeais en expert, tentais de lui faire garder une bonne cadence de marche, afin que nous ne perdions pas de vue notre guide, et lui murmurais à l'oreille des paroles rassurantes (je ne sais plus du tout ce que je disais). Tout ce que je désirais, pour l'instant, c'était que la chambre soit vaste et claire. Et simple, surtout (avec des meubles de style et des tableaux de maîtres, oui, pourquoi pas, mais un seul lit — même à baldaquin, d'accord). Ça n'allait pas être évident, avec toutes ces grosses femmes qui voulaient s'allonger, mais la chance tourne vite. Et puis j'étais persuadé que je saurais faire entendre ma voix si nécessaire.

On croit des trucs, parfois, mais en fait non. Là, par exemple : personne n'a entendu ma voix. La chambre était bien vaste et spacieuse, comme je le voulais, décorée sans chichis (pas l'ombre d'un chichi), comme je l'espérais secrètement, mais alors occupée comme c'est pas possible. Il y avait déjà deux femmes couchées (l'une près d'un nourrisson tout rouge dans un genre de berceau en plastique transparent, soucieuse et fatiguée, l'autre encore seule, du moins en apparence, et rêveuse). On avait ajouté un troisième lit en face des leurs, parallèle au mur, sous la télé. Le drame. Pimprenelle n'en paraissait pas contrariée, elle avait des préoccupations plus intérieures. En grimaçant, en soufflant, elle est entrée dans la salle de bain commune (me laissant tout seul face aux deux femmes, terrorisé (déjà, se trouver dans une chambre avec deux inconnues en chemise de nuit, c'est embarrassant, mais lorsqu'en plus elles incarnent toutes les deux, comme on ne pourrait pas mieux l'incarner, la maternité (c'est-à-dire ce qui fait des femmes des êtres à part, mystérieux et inaccessibles, des créatures de l'espace), c'est carrément paralysant)), et après avoir installé en vitesse ses accessoires de toilette, elle en est ressortie vêtue du grand tee-shirt gris que nous avions acheté à la Samaritaine pour l'occasion, prête pour la cérémonie rituelle de mise au monde, étrangement calme, elle a posé sa valise dans le placard commun sans la défaire et s'est assise sur le lit. J'étais étrangement secoué de tics.

Dix minutes plus tard, au moment où je reprenais le dessus et me dirigeais vers la porte pour aller faire entendre ma voix à la réception et demander si par hasard il ne restait pas une chambre vide quelque part, une femme en blouse l'a ouverte, la porte, et je me suis retrouvé nez à nez avec elle, ne sachant que faire, immobile.

— Pardon monsieur...

Je me suis écarté mais, réagissant en même temps presque au quart de tour, j'ai pivoté sur moi-même et l'ai suivie près du lit de Pimprenelle. Je venais de décider que c'était ici même que j'allais faire entendre ma voix, finalement :

— Excusez-moi, est-ce qu'il ne serait pas possible que ma femme soit seule dans une chambre ? Il n'y en a pas une de libre ?

L'atmosphère s'est brusquement tendue autour de moi (à mon grand désespoir). J'avais parlé trop vite. Les deux alitées me dévisageaient avec l'air de penser : « Quoi, qu'est-ce qu'il a, celui-là, on sent bizarre ? On se serre les coudes, c'est dur pour tout le monde, et ce rupin de mes fesses réclame un traitement de faveur pour sa bourgeoise ? » Pimprenelle a brièvement posé sur moi un regard consterné (« Mais de quoi tu te mêles ? »), quant à la femme en blouse, elle a tourné la tête vers moi et m'a répondu :

— Je suis désolée mais nous sommes débordés, en ce moment. Vous pouvez toujours aller demander à la réception, mais sincèrement, cela m'étonnerait. Et puis... j'emmène votre dame en salle de travail, là.

— Merci, je vais voir.

Sans savoir ce que je faisais, et surtout pour ne pas rester pétrifié sur place, les pieds collés sur un socle où l'on pouvait lire le mot « Crétin », je suis sorti de la chambre afin de foncer faire entendre ma voix à la réception et de revenir auprès de Pimprenelle à temps, mais trois pas après la porte, j'ai compris que c'était ridicule et j'ai de nouveau pivoté sur moi-même, comme une girouette. Tant pis, j'essaierai de faire entendre ma voix plus tard, pour l'instant c'est l'action qui compte, je vais suivre Pimprenelle et la femme en blouse jusqu'à la salle de travail, et là, car c'est là qu'on a besoin de moi, je donnerai ma pleine mesure. Avant de sortir derrière elles, j'ai eu le bon réflexe : je suis passé comme l'éclair par la salle de bain, puis j'ai réussi à les rattraper dans le couloir, mon atomiseur d'Evian en main.

Tout ce travail d'organisation et d'intendance m'occupait l'esprit, me permettait de ne pas trop penser à ce qui attendait maintenant la pauvre Pimprenelle. Mais une fois dans la salle de travail — celle qu'on nous avait attribuée se trouvait au septième étage, le dernier du bâtiment, et donnait sur les toits de Paris par de grandes baies vitrées (c'était très agréable) —, je ne pouvais plus me concentrer sur autre chose. Il ne me restait plus rien à organiser, nous étions seuls dans la pièce (car la femme en blouse, après avoir demandé à Pimprenelle de s'allonger sur la table, installé le monitoring et constaté avec étonnement que son col était toujours aussi fermé (qu'est-ce qu'il a, ce col ?), était tout simplement ressortie, comme si elle avait rempli sa mission, terminé, alors que nous étions tous les deux prêts à la délivrance imminente, les poings fermés et les mâchoires serrées : ce serait pour plus tard, apparemment), et Pimprenelle ne voulait ni que je lui parle, ni que je la touche : le moindre mot, le moindre contact physique, la mettaient au supplice, l'électrisaient comme si je piquais avec une aiguille un nerf à vif dans une dent creuse — seules les pulsations sourdes du cœur d'Oscar, que diffusait puissamment le haut-parleur, ne l'insupportaient pas. Le temps de répit entre deux contractions était de plus en plus court, une ou deux minutes à peine, juste de quoi reprendre son souffle puis elle se mordait de nouveau les lèvres jusqu'au sang, se tordait comme une possédée, et je ne pouvais rien faire pour l'exorciser, je restais debout les bras ballants à la fixer comme un idiot, avec une mine sans doute pitoyable. Dans les films ou les quelques reportages que j'avais vus à la télé, les femmes, même au moment où la tête du bébé sortait, ne paraissaient pas souffrir autant. (On minimisait la chose pour ne pas effrayer les futures mamans, une sorte de vaste complot, ou bien c'était nous qui n'avions vraiment pas de bol ? (Elle surtout, c'est vrai, mais je jure sur l'honneur qu'il est extrêmement pénible de voir sa fiancée subir un calvaire abominable sous ses yeux sans pouvoir agir, sans même avoir le droit de lui caresser les cheveux — la vie de ma mère.)) Quand la tenaille interne entamait son travail cruel, Pimprenelle devenait livide et ses yeux se révulsaient. Par réflexe de survie, elle essayait de rester consciente grâce à la respiration qu'elle avait apprise, mais elle avait perdu tout contact avec la réalité, elle dérivait dans un autre monde : elle inspirait et expirait à toute vitesse, comme un chien qui n'en peut plus : exactement ce qu'il ne fallait pas faire, car cela accroît la sensation d'angoisse (de plus, s'identifier à un chien qui n'en peut plus est mauvais pour le moral).

— Essaie de respirer lentement et profondément, comme on t'a appris...

— Mais tu ne vois pas que c'est ce que je fais, non ? Ne me parle pas, s'il te plaît, Hector.

Plus le temps passait (au bout d'une heure, nous n'avions toujours aucune nouvelle du reste du monde, hormis les cris déchirants de femmes qui débarquaient en boulets de canon à l'étage, suivis quelques instants plus tard par ceux du bébé (ça c'est normal, voilà)), moins je savais quoi faire. Les battements rapides et réguliers du cœur d'Oscar devenaient oppressants. Je n'osais même plus regarder Pimprenelle lutter contre le mal, conscient que cela ne pouvait que l'enfoncer davantage. Debout près de la table où elle mourait sous les coups de pioche, je tournais la tête vers la baie vitrée et tentais de m'intéresser à la vue (c'était une situation absurde — mais encore une fois, le rire n'est pas venu (quand ça veut pas, ça veut pas)). Derrière une petite fenêtre de l'immeuble d'en face, sous le toit, une femme brune avec des gants roses nettoyait au balai et à la serpillière le sol de sa cuisine, concentrée sur le carrelage. Elle ne se doutait pas de ce qui était en train de se passer à quelques mètres d'elle, de l'autre côté de la rue. Elle lavait le sol de sa cuisine, en fin de matinée. Mais après tout, je ne me doutais pas non plus de ce qui se passait chez elle, elle n'était certainement pas concentrée sur le carrelage, elle pensait : à la nuit qu'elle venait de passer avec ce collègue timide, ou au loyer qu'elle ne pourrait pas payer ce mois-ci, ou à son fils qui devait vivre sa première histoire d'amour en colo. Pimprenelle grognait comme un animal et je me disais que nous étions entourés de millions de mystères. Il suffit de croiser quelqu'un dans la rue, ou de lever les yeux vers une fenêtre allumée, pour apercevoir les contours sommaires, la surface d'un univers vaste, dense et complexe qu'on ne pénétrera jamais — des milliards de mondes fermés dont on ne saura jamais rien, dont on ne peut observer que furtivement la vitrine. (C'est notamment troublant dans les trains, lorsqu'on passe dans une zone habitée : on voit défiler des immeubles, des centaines de fenêtres, dont certaines derrière lesquelles on a le temps d'apercevoir un homme qui téléphone, deux femmes assises à une table, un couple qui discute, et ce sont, dans ces petits cadres éclairés, des vies entières, inconnues : j'ai beau faire tous les efforts possibles, je n'arrive pas à y croire. (A ce propos, je me suis toujours demandé pourquoi tant de gens dormaient dans les trains ou les avions — on dirait que c'est une obligation. Qu'il soit 10 heures du matin ou 5 heures de l'après-midi, ils s'installent confortablement (« Ah, on est bien, là ! ») et s'endorment, comme s'ils se pliaient à une tradition agréable. (Dans le même genre, je suis allé il y a quelques années assister à l'arrivée du Tour de France sur les Champs-Elysées : des dizaines de milliers de Parisiens étaient venus se regrouper près des barrières pour voir défiler les coureurs et, vers 15 ou 16 heures, j'en ai vu beaucoup déballer des sandwiches de leur papier d'aluminium et se mettre à les déguster avec une mine réjouie, les yeux brillants d'aise et de plaisir (un autre jour, aucun d'entre eux n'aurait l'idée de se taper un bon casse-croûte au pâté dans les rues de Paris, en plein après-midi — mais quand on regarde passer des cyclistes, on mange un sandwich).))) De temps en temps, incrédule, je détournais les yeux des fenêtres de l'immeuble d'en face pour pencher la tête entre les jambes de Pimprenelle (son sexe fermé, gonflé, c'était aussi mystérieux que la voisine qui nettoyait son carrelage). Il me semblait impossible qu'elle souffre tant si l'accouchement n'avait pas véritablement commencé — je craignais une tragique erreur médicale. Et pourtant non, je ne voyais rien, pas de tête.

Une heure et demie après notre entrée en salle de travail (la grosse horloge des années 70, fixée au mur derrière Pimprenelle, constituait également un bon sujet d'observation), une nouvelle femme en blouse est entrée, comme si elle ne passait là que par hasard entre deux accouchements plus sérieux. C'était la sage-femme qui s'occuperait de notre cas, madame Bouteille. Elle avait l'air calme, compétente et sympathique, mais pressée.

— Tout se passe bien ?

— Moyennement. Ma femme souffre beaucoup, ça ne devrait plus tarder, là.

— Excusez-moi, je n'ai pas pu venir vous voir plus tôt, c'est la panique à bord, aujourd'hui. Nous ne sommes que deux sages-femmes pour tout le service et onze bébés sont déjà nés depuis ce matin. Vous vous rendez compte ? Après ça, ils s'étonnent que le personnel se mette en grève. Nos collègues sont en vacances, et ils n'embauchent personne. C'est un métier de dingue, je vous assure.

— En effet.

— Enfin bref. Alors, voyons voir. Vous avez perdu les eaux, Madame ?

— Je ne crois pas, non. Mais elle a des contractions très douloureuses, comme vous voyez.

— Ah, ce n'est pas une partie de plaisir, hein, ma pauvre dame. Si je vous racontais mon accouchement... Bien, où en est le col ? Holà, mais ce n'est pas très ouvert, tout ça. Il va falloir vous armer de patience, parce que ce n'est pas pour tout de suite.

— Hmm porudorolgr...

— Oui, elle avait demandé à accoucher sous péridurale. C'est possible ? Parce que là, elle ne va pas tenir longtemps, c'est vraiment dur.

— Malheureusement, une péridurale ne servirait à rien maintenant, l'effet ne dure pas éternellement. Elle va devoir attendre encore un peu.

— Oui mais...

— Je reviendrai vous voir dans un moment, on verra ce qu'on peut faire. Bon courage, Madame.

Elle nous a souri, puis elle est sortie de la pièce d'un pas tranquille mais rapide, sans doute pour se précipiter vers la veinarde dont les hurlements emplissaient tout l'étage et qui, elle, devait déjà être en train de sentir pousser la tête. Pimprenelle était effondrée, détruite, sur le point de lâcher prise et de tout abandonner — mais comment ? Elle se repliait sur elle-même, sur sa douleur, le corps comme mort à l'extérieur, les yeux tournés vers l'intérieur. Moi aussi, je me sentais mal. Elle levait parfois le regard vers moi, émergeant brièvement de l'abîme mais semblant se demander, derrière un voile albumineux : « Qui est-ce ? Qu'est-ce qu'il fait là ? » Je ne servais à rien. Chaque fois que j'essayais de lui parler, elle fermait les paupières et plissait le front, comme si je hurlais. (J'avais bien mon atomiseur d'Evian, mais je sentais que si je m'aventurais à l'asperger pendant une crise, je prendrais une claque.) A une ou deux reprises, j'ai remis en place l'alèse sous elle, histoire d'agir. Ça ne lui plaisait pas non plus. L'horloge tournait toujours, la femme aux gants roses nettoyait à présent les placards de sa cuisine. Un ordinateur très puissant, à qui j'aurais confié l'analyse de la situation, m'aurait indiscutablement conseillé de quitter la pièce. Je me suis imaginé jeter un dernier regard à Pimprenelle, sortir en la laissant se tordre sur la table et aller attendre à la maison qu'on me téléphone pour me dire comment ça s'était passé. Non, ça ne fonctionnait pas. Nous avons une petite différence avec les ordinateurs : nous ne sommes pas des enragés de la logique. De toute façon, on n'a jamais vu un ordinateur se tordre de douleur, ils ne peuvent pas comprendre.

Pimprenelle était désormais allongée sur le côté. Elle s'était recroquevillée un peu plus sur elle-même à chaque contraction, jusqu'à à se retrouver maintenant en position fœtale.

— La péridurale.

— Mais elle a dit que...

— Je m'en fous. Je veux une péridurale.

— D'accord.

En une seconde, je me suis métamorphosé. J'ai retrouvé mon entrain, ma confiance en moi et mes capacités uniques d'homme de terrain qui règle les problèmes. J'ai posé les yeux sur Pimprenelle deux secondes, afin qu'elle comprenne qu'elle pouvait compter sur moi et attendre en toute quiétude (ses tourments allaient bientôt disparaître), j'ai pivoté sur moi-même, non pas à la manière d'une girouette, c'est fini tout ça, mais lentement et sûrement, à la manière d'un tank, et j'ai quitté la salle de travail pour partir à la recherche de la péridurale, où qu'elle se trouve. Le rude combattant malin comme un singe que j'étais naguère was back.

Dehors, dans le service, c'était le chaos. Une partie de la foule criait en se tortillant sur place (les arrivantes, les parturientes, les bébés), l'autre s'affairait et trottait en silence (les femmes en blouse). Tout l'étage résonnait de hurlements atroces. Des nouveau-nés avaient éclos de-ci de-là dans des caisses en plastique ou des couveuses, deux ou trois étaient encore en transit dans la pièce où on les lavait, mais toutes les salles de travail étaient occupées (une femme en long tee-shirt attendait même devant la porte de l'une d'elles, décomposée, le visage congestionné, assise les jambes serrées sur une chaise en plastique), les cols s'ouvraient de toutes parts, comme par enchantement (on entendait presque les « plop ! plop ! » un peu partout), et des bébés continuaient à surgir de tous les côtés dans cette grosse machine, comme les balles d'un appareil pour l'entraînement au tennis.

Il n'allait pas être facile de dénicher la douce péridurale, minuscule et discrète, ni même de faire entendre ma voix au cœur du vacarme (c'était pourtant mon vœu le plus cher, aussi loin que remontent mes souvenirs). Attirer l'attention de l'une des deux sages-femmes, ce n'était même pas la peine d'y penser : elles étaient les deux héroïnes, sollicitées en cinq ou six endroits à la fois, hyperactives et concentrées, inaccessibles. Je n'avais pas la carrure. Mais pour une petite piqûre (non non, rien de grave), je pouvais sans doute m'adresser à l'une de leurs assistantes, plus simples, plus abordables. Malheureusement, elles avaient elles aussi des choses à faire, car le moindre renfort était le bienvenu sur ce champ de bataille : elles passaient, se pressaient, apportaient des ustensiles ou des bébés à droite et à gauche, faisaient brusquement demi-tour lorsqu'on les interpellait : je n'arrivais pas à leur signaler efficacement ma présence. Certaines me remarquaient, c'est du moins l'impression que j'ai eue, mais elles semblaient se dire :

« Bon, celui-là on verra plus tard. » Moi qui n'ai jamais osé déranger un vendeur dans une boutique de vêtements pour savoir s'il avait un pantalon noir en stock, et qui n'ai jamais été assez visible et démonstratif pour susciter l'intérêt d'un magasinier ou d'une caissière dans un supermarché afin d'obtenir un renseignement (« Les pinces à linge, s'il vous plaît, Monsieur, est-ce que vous avez des pinces à linge, Madame, je vous en prie, entendez-moi, regardez-moi, les pinces à linge, par pitié »), je me voyais mal barré pour réussir à interrompre des professionnelles enfiévrées qui couraient en tous sens. Finalement, après plusieurs tentatives infructueuses (s'il vous plaît ?), j'ai compris que j'avais l'air faible et ne parlais pas assez distinctement. A la guerre comme à la guerre, j'en ai repéré une qui venait dans ma direction et je me suis mis en travers de son chemin.

— Excusez-moi, ai-je commencé d'un ton ferme.

— Oui Monsieur ? (Elle a entendu ma voix, je suis trop fort.)

— Ma femme a des contractions insupportables, il faudrait lui faire sa péridurale parce qu'elle ne peut plus tenir.

— Ecoutez, Monsieur, on passera la voir. Elle sent que c'est pour tout de suite ?

— Euh... Pas vraiment tout de suite, je ne crois pas, mais...

— Bon, on a trois bébés qui sont en train de naître, là, il faut que vous compreniez qu'on est obligés de se donner des priorités. Je vous envoie quelqu'un dès que possible.

— Mais elle a vraiment très mal.

— Je viens de vous dire qu'on avait trois vies entre

les mains. Excusez-moi, je n'ai pas le temps de discuter.

Elle avait raison. Je ne pouvais pas exiger qu'on laisse un ou deux enfants mourir pour apaiser les souffrances de Pimprenelle. (Non.)

En me retournant, j'ai aperçu un couple penché sur une couveuse. Le mari riait nerveusement, et la femme très pâle, en robe de chambre rose, les cheveux en bataille, les traits brouillés mais l'œil heureux, souriait comme dans un rêve, touchée par la grâce, en contemplant la petite créature fripée qui remuait dans sa bulle chaude. Malgré la peur et la joie qui les avaient défigurés, j'ai reconnu les deux novices qui étaient arrivés peu après nous au sixième étage, le mari trapu qui n'avait aucun pouvoir et sa pauvre femme affolée. Les salauds.

Je suis revenu penaud mais la conscience tranquille dans la petite salle de travail où Pimprenelle était agitée de convulsions et bavait en haletant comme un chien qui n'en peut plus parce qu'il a reçu une décharge de chevrotine. Quand je lui ai expliqué qu'il était impossible de lui faire sa péridurale dans l'immédiat, elle a voulu s'asseoir sur la table, est retombée en arrière et s'est mise à gronder, réunissant ses dernières forces :

— Putain, mais putain, c'est pas vrai, je peux pas continuer comme ça, putain, il faut que tu leur dises, je te connais, putain, t'as demandé ça comme une faveur, mais merde, j'en peux plus, pourtant je suis pas chochotte, putain, mais j'en peux plus, tu comprends ? Tu veux que j'y aille moi-même ou quoi ? Faut que tu gueules, putain, c'est pas normal que j'aie aussi mal, va leur dire que j'en peux plus, je veux cette péridurale, merde !

Elle avait raison, elle aussi. Putain. Elle dégustait depuis des heures, et personne ne s'occupait d'elle. Et s'il y avait un problème grave, si ça tournait mal ? On ne déguste pas comme ça pendant si longtemps, les films et les reportages ne peuvent pas être truqués à ce point. Comme elle disait, elle n'était pas chochotte (je l'avais vue se fracasser la tête contre des murs sans pousser un cri, et se couper un doigt jusqu'à l'os, involontairement cette fois, sans même éprouver le besoin de serrer les dents), or je l'avais cent fois entendue brailler, m'insulter, me menacer, me maudire, mais jamais aussi acidement, jamais avec autant d'agressivité dans la voix — de haine, pour être honnête. Cela devenait donc très sérieux, les femmes en blouse étaient bien gentilles mais il n'y a pas que les bébés des autres, dans la vie. Et comment pouvaient-elles savoir ce qui était prioritaire ou non, puisque personne n'était venu s'enquérir de l'état de Pimprenelle depuis plus d'une heure ?

N'écoutant que mon amour et la panique, je me suis rué dans le couloir toujours aussi surpeuplé et bruyant, j'ai senti mon rythme cardiaque s'accélérer, mes oreilles chauffer, mes yeux s'écarquiller, j'ai fait trois pas en avant comme on s'approche du bord de la scène et j'ai gueulé :

— MA FEMME SOUFFRE DEPUIS DES HEURES ET PERSONNE NE S'OCCUPE D'ELLE ! ELLE VA TOMBER DANS LES POMMES, LÀ, MERDE !

Quel puissant gueulard ! Jamais encore je n'avais fait entendre ma voix à ce point-là. C'était une sensation enivrante, l'euphorie me gagnait et j'avais envie de continuer, de crier autre chose. Mais l'une des deux sages-femmes (celle dont nous ne faisions pourtant pas partie de l'écurie) est venue vers moi aussitôt, presque en courant. La classe. Un monde nouveau s'ouvrait à moi, celui où tout devient possible.

— Vous n'êtes pas bien, de hurler comme ça ? Il faut vous calmer, Monsieur. Vous savez où vous êtes, là ?

Tout l'étage s'était brusquement pétrifié, toute activité était suspendue, même les bébés se taisaient, et toutes les personnes qui se trouvaient dans mon champ de vision avaient le visage tourné vers moi. Parfois, je me tuerais.

Je suis retourné vers la salle de travail où Pimprenelle n'allait pas tarder à revivre, dégoulinant de honte mais satisfait tout de même car la sage-femme avait accepté de nous envoyer sa collègue dans la seconde, probablement moins par remords et confiance en mon diagnostic (« Il y a un problème ») que par crainte que je ne dérape pour de bon et ne me mette à étrangler un nourrisson en le secouant de toutes mes forces.

— Ça y est, ils vont...

— T'es malade ou quoi ? Qu'est-ce qui te prend, de piquer ta crise, là, c'est n'importe quoi. Tu vas nous mettre tout le service à dos ! Hector, putain...

Trois minutes plus tard, notre sage-femme, Bouteille, est entrée avec un petit homme aux cheveux gris et aux yeux clairs, l'air blasé et malicieux. C'était certainement le dépositaire de la précieuse péridurale. Après s'être excusée de son absence prolongée (il suffisait de regarder ses traits marqués par le stress et la fatigue pour ne pas lui en vouloir — elle nous a confié qu'elle n'avait même pas eu le temps de manger un morceau de pain ni de boire un verre d'eau depuis 6 heures du matin), Bouteille a de nouveau glissé quelques doigts caoutchoutés à l'intérieur de Pimprenelle et, s'apercevant dépitée que le forcené était encore loin d'être suffisamment ouvert, bien que les contractions relevées par le monitoring annonçaient un accouchement proche, elle lui a installé un goutte-à-goutte contenant je ne sais quel liquide destiné à remettre à la raison les cols les plus récalcitrants, les rebelles, les indomptables. Puis elle a dû nous quitter, nous laissant seuls avec le lutin providentiel.

— Alors c'est vous, le mari affolé qui perd les pédales ? m'a-t-il judicieusement demandé, avec un fort accent tchèque ou polonais.

— Non, ce n'est... Enfin si, c'est moi, je ne peux pas dire le contraire, mais c'est parce que je m'inquiétais. Ce n'est pas normal, qu'elle ait aussi mal...

— Ah les hommes, vous êtes tous pareils, vous croyez tous qu'on accouche comme on éternue. Vous ne savez pas la chance que vous avez d'être du côté des spectateurs, mon vieux. Ce n'est pas un tour de manège, de mettre un enfant au monde.

— Je vois ça, oui.

— Mais ne vous en faites pas, les soucis sont terminés, je suis là. Vous allez voir ça. Il ne faudra pas m'en vouloir, mais je vais faire à votre femme plus de bien que vous ne lui en ferez jamais. Elle se souviendra de moi toute sa vie.

Pimprenelle s'était subitement calmée. Elle serrait les dents à se faire éclater les molaires, des larmes coulaient sur ses joues, mais elle ne semblait plus prête à tuer le premier qui l'énerve (votre serviteur).

— Vous êtes bien jolie, ma petite fille. Ne pleurez plus, Zorro est arrivé. Asseyez-vous sur la table, et relevez votre chemise.

Pendant que Pimprenelle s'exécutait, s'asseyait sur la table en se mordant les lèvres et relevait son tee-shirt sur ses épaules, il est passé dans son dos et, calmement, a sorti d'une boîte en fer-blanc la plus grosse seringue qui ait été conçue sur terre depuis l'invention des trucs qui piquent. On aurait dit, je ne sais pas, un manche à balai (j'exagère un peu, mais c'est la peur). Le pire, c'est que malgré ce que j'aperçois (le lutin qui se transforme en gnome hideux et sort de sous son manteau une grande hache, encore souillée du sang de sa précédente victime, qu'il brandit en tirant une langue ruisselante au-dessus de la tête de ma fiancée confiante), je dois garder un visage impassible, face à Pimprenelle. En effet, si elle voit mes yeux s'exorbiter d'épouvante et ma bouche se déformer soudain en un ignoble rictus de terreur, elle va se douter que quelque chose ne tourne pas rond.

— Bien, bien, voyons ça, ma belle...

D'une main, il a commencé à lui palper la colonne vertébrale. Au bout de quelques secondes, qu'est-ce qui se passe, j'ai vu son front se plisser, ses sourcils se froncer, son regard se noircir et les coins de ses lèvres s'affaisser. Habitué à lire l'âme humaine dans les plus infimes variations physionomiques (de par mon passé de détective), je me suis douté que quelque chose ne tournait pas rond.

— Eh bien dites donc, c'est pas du Chopin, tout ça. Je n'ai jamais vu une colonne dans un état pareil. C'est bien beau, d'être cambrée comme ça, ma jolie, ça plaît aux garçons, mais ça plaît moins aux anesthésistes. Ça ne va pas être facile, de trouver son chemin là-dedans. (Quoi, il va lui enfoncer cette seringue préhistorique dans la colonne vertébrale ? Et nous sommes seuls avec lui dans cette pièce...) En tout cas, promettez-moi une chose : dès que vous sortez d'ici, vous allez consulter un spécialiste. C'est tellement tortueux, là-dedans, qu'on se demande comment vos vertèbres tiennent encore les unes sur les autres. (Je commençais à comprendre le mauvais caractère, les sautes d'humeur et le malaise permanent de Pimprenelle. Des vertèbres mal emboîtées, ça gêne.) Attendez-moi deux minutes.

Pimprenelle regardait droit devant elle, ne tenant manifestement pas à penser à ce qu'il venait de dire. Après avoir rangé la seringue monstrueuse dans sa boîte, le petit Zorro de l'Est est sorti, en m'adressant au passage un discret suivez-moi-jeune-homme de la tête. Je lui ai emboîté le pas un instant plus tard, sans que Pimprenelle, fantomatique, ne songe à se demander où je partais comme ça.

Il m'attendait dans le couloir. L'air grave et savant, il s'est adressé à moi d'une tout autre manière que quelques secondes plus tôt près de Pimprenelle. De toute évidence, il avait laissé son rôle de livreur de calme et son costume de joyeux drille dans la salle de travail. Ce que je voyais de lui à présent, c'était l'autre côté de son métier, le côté seringue.

— Autant vous prévenir tout de suite, jeune homme, il y a un risque certain pour que cela n'ait aucun effet. Cela arrive parfois, on ne sait pas pourquoi. Avec votre femme, cependant, je saurai pourquoi : il va m'être très difficile de piquer dans une colonne vertébrale comme la sienne. Je préfère vous prévenir, car si cela ne fonctionne pas, il va falloir que vous soyez très présent. En général, les femmes qui doivent faire face à ce genre de déception, si je puis dire, se sentent relativement... désemparées.

Une seule phrase m'est venue à l'esprit : « Ecoute bien ce que je vais te dire, petit père : tu fais comme tu veux, tu la piques dans les genoux ou les oreilles si ça t'arrange, mais tu te débrouilles pour que ça marche, sinon, tu vas savoir ce que ça veut dire, désemparé. » Mais je n'ai pas osé, craignant qu'il ne se braque (et n'étant pas, de toute manière, du genre à dire ce style de trucs (quelque chose dans l'intonation de ma voix, je pense : on n'y croit pas)). Je trouvais de plus ce magicien de petite taille plutôt agréable, modeste et honnête, donc j'ai simplement répondu, sur un ton qui ne laissait que très subtilement transparaître la menace :

— Bon, d'accord. Merci.

Il est revenu dans la pièce cinq secondes après moi, et sans attendre, a plongé son pieu métallique entre deux vertèbres tordues de Pimprenelle. Je regardais derrière eux, par la fenêtre, et me concentrais de toute mon âme sur les mouvements réguliers et précis de la femme aux gants roses, qui lavait ses carreaux dans la pièce attenante à la cuisine. Le salon, probablement.

— Je vous ai mis double dose, ma jolie. Parce que vous m'êtes sympathique.

Ou peut-être la chambre, va savoir.

Cinq minutes plus tard, Pimprenelle souriait, respirait. Le petit héros grisonnant nous a quittés sans un mot, son devoir de charité humblement accompli, pour aller porter secours à une autre victime innocente, dans une salle voisine (qu'est-ce qu'on doit se sentir bien, le soir, quand on éteint la lumière (« J'ai pas perdu ma journée, moi... »)). J'ai résisté à l'envie de le prendre dans mes grands bras reconnaissants, de serrer sa bonne tête contre mon torse et de la couvrir de baisers, mais de justesse. Je connais bien ce type d'hommes, ils n'apprécient pas les remerciements trop appuyés, ni les débordements d'affection. Moi, par exemple, je suis un peu comme ça.

J'ai pu discuter normalement avec Pimprenelle, revenue à la surface, pendant une dizaine de minutes. Je lui ai parlé de la frénésie dans le service, des bébés qui pullulaient, et pour l'amuser, je lui ai dit que j'allais me procurer un marqueur quelque part : pour que nous soyons sûrs de retrouver le bon Oscar dans cette petite foule vagissante, je me posterais près du médecin pendant l'accouchement et, dès que je verrais apparaître la tête, je lui ferais discrètement une croix sur le front.

Ensuite, elle s'est endormie. D'un côté j'étais ravi, de l'autre je me disais : « Mais alors l'accouchement, en fin de compte, c'est quand ? » Devinant que je n'obtiendrais pas de réponse claire si je me hasardais une nouvelle fois à poser la question à l'une de ces femmes en blouse qui passent comme l'éclair, je suis descendu prendre un café au distributeur de boissons du rez-de-chaussée, dans le grand hall triste. Il était infect et je l'ai bu lentement, assis sur une banquette d'aéroport au milieu de quelques personnes en robe de chambre. Je n'avais peut-être jamais vécu un aussi merveilleux moment de repos.

Avant de remonter, j'ai couru léger comme un jeune

nandou jusqu'à la boulangerie du coin pour acheter un éclair au chocolat et une boîte de Fanta à la vaillante Bouteille. De retour au septième étage avant même que la porte de verre de la boulangerie ne se soit refermée derrière moi, je suis parvenu à l'intercepter au moment où elle sortait d'une salle de travail, échevelée. Etonnée, elle m'a remercié chaleureusement (tss tss). Je suis resté en face d'elle le plus longtemps possible, afin qu'elle mémorise bien mon visage et se souvienne de moi au cœur de la tempête, quand le combat pour la naissance ferait rage (« On va s'en occuper, de votre femme, mon garçon ! Tenez bon ! Et faites exactement tout ce que je vous dis ! On s'en sortira, je vous le jure ! Attention, tenez-vous prêt à lui vaporiser de l'Evian... OK ? Maintenant ! Tout doux, tout doux ! Voilà ! Comme ça, oui ! C'est parfait ! Je savais que vous pouviez le faire, j'en étais sûre ! On va y arriver, fiston ! Et quand tout ça sera fini, je vous promets qu'on ira se taper un bon hamburger ! »).

Pimprenelle dormait toujours. J'étais contraint à une inactivité encore plus consternante que lorsqu'elle se débattait sur la table. Je pouvais alors la plaindre, au moins, et me poser des questions sur l'attitude à adopter pour la soulager — et comme je n'y répondais pas, ça me prenait plus de temps. A présent, je ne peux ni rester là à l'observer fixement (je pense trop à la suite explosive), ni sortir me détendre (si je reviens après une demi-heure passée dans un bistrot, ou à folâtrer autour du pâté de maisons (comme j'aime à le faire), et qu'Oscar est né — ce qui n'aurait rien d'ahurissant —, je me mets à quatre pattes et je me cogne plusieurs fois la tête sur le carrelage). Je ne peux, encore une fois, que regarder par la fenêtre.

La femme aux mains roses, infatigable, passait l'aspirateur.

Sept étages plus bas, sur les trottoirs, des centaines de personnes défilaient, grandes ou petites, rapides ou lentes, aériennes ou lourdes, sans savoir, sans savoir qu'une fille nommée Pimprenelle dormait au-dessus d'eux, vaincue par des heures de souffrance, et qu'elle allait bientôt se réveiller pour donner naissance à un enfant qui évoquerait plusieurs fois dans sa vie, en remplissant des formulaires par exemple, ce grand bâtiment qu'ils longeaient, son point de départ ; sans même savoir qu'une femme aux gants roses passait l'aspirateur. Les autres. A force de les voir marcher, en bas, j'ai fini par réaliser avec stupeur qu'Oscar marcherait un jour parmi eux, dans cette rue, sous les fenêtres de cette clinique, et ailleurs, seul, sous des milliers de fenêtres. J'ai fini par réaliser que Pimprenelle et moi avions conçu un autre.

Je suis resté longtemps émerveillé contre le carreau, les yeux perdus sur les trottoirs. Je ne revenais plus à moi. Au bout d'un long moment, je me suis rendu compte que j'examinais rêveusement un pigeon qui fouillait dans un sac en plastique blanc, au pied du mur de l'immeuble d'en face, sans se soucier des passants qui le frôlaient. Je ne sais pas ce qu'il y avait dedans, mais cela semblait particulièrement délectable ou fascinant, car même lorsqu'une femme en jogging a failli lui marcher dessus, le pigeon n'a pas quitté son trésor. C'est alors que j'ai compris qu'il n'était pas en train de fouiller dans le sac.

LE PIGEON ET SON SAC

Quand la femme en jogging s'est arrêtée près de lui, probablement surprise par son manque de réaction face au danger, je l'ai observé plus attentivement (mais pas en plissant les yeux, car c'est ridicule, on voit moins bien) et me suis aperçu que, contrairement à ce que j'avais cru d'abord, il n'avait pas la tête dans le sac. Il s'était entortillé les poignées autour du cou, sans doute en essayant de regarder à l'intérieur puis en se débattant maladroitement. Une autre femme est venue rejoindre la première, elles ne savaient pas quoi faire. Il était évident, depuis le temps qu'il était dans cette mauvaise posture, que le pigeon ne parviendrait pas à s'en sortir tout seul — or le sac paraissait assez lourd, comme s'il y avait plusieurs croûtons de pain dedans, par exemple, et le pauvre oiseau ne pouvait que sautiller sur le côté, de plus en plus faiblement, pour tenter d'échapper à la pression humaine. La femme en jogging s'est penchée à plusieurs reprises vers lui, sans gestes brusques pour ne pas l'effrayer, mais à chaque fois, il rassemblait toutes ses forces pour s'écarter d'elle de quelques dizaines de centimètres. (Comme pas mal de gens, je n'aime pas spécialement les pigeons — ils nous le rendent bien —, mais j'ai pensé à descendre les sept étages à toute allure (en ascenseur) pour les aider à le délivrer.) En dernier recours, la femme en jogging, sportive, a fait la seule chose qui restait à faire : elle lui a sauté dessus. Une fois qu'elle le tiendrait fermement, il serait facile de dégager son cou et de le libérer de ce sac de pain lourd. Il pourrait alors s'envoler, ivre de joie et de liberté, puis se poser sur un toit proche et éponger du bout de l'aile les grosses gouttes de sueur qui perlent sur son front. Mais la peur de l'être humain a été la plus forte. Au moment où la sportive bondissait, magnifique, il a réussi à s'arracher du sol et, propulsé par cette énergie réflexe, s'est envolé péniblement, presque au ralenti (j'ai cru qu'il allait retomber dans les bras de la femme), puis il est resté un instant en suspension à quelques mètres au-dessus du trottoir, semblant comprendre ce qui lui arrivait, comme dans les dessins animés, et au prix d'un dernier effort désespéré est parvenu à se poser sur la petite corniche du premier étage de l'immeuble, à bout de forces. Maintenant, de toute évidence, il ne pouvait plus rien faire. Il ne pourrait plus bouger de là — s'il tentait sa chance, il s'écraserait au sol comme une pierre, ou, par miracle, rallierait laborieusement une base voisine, sur laquelle il devrait rester des heures pour récupérer. Et en tout cas, plus personne ne pourrait venir le tirer d'affaire. Désormais, son sort ne faisait aucun doute : il allait mourir de faim ou d'épuisement, seul sur une corniche, son gros sac au cou.

Une ou deux heures ont passé, il attendait toujours là, immobile. Je n'aurais pas aimé être à sa place. Est-ce que les pigeons pensent ?

Puis Pimprenelle s'est réveillée en gémissant, et j'ai oublié le pigeon. Pendant toute la fin de l'après-midi, toute la soirée, j'ai oublié de regarder en bas. Je l'ai laissé seul avec son sac, sur la corniche. Je n'ai repensé à lui que quelques jours plus tard.

Les contractions se sont de nouveau fait sentir, peu à peu, et le mal est revenu progressivement, lame après lame, comme une marée lente. Vers 18 heures, Pimprenelle criait, suait et se tordait de nouveau. Et moi aussi, mais à l'intérieur.

Bouteille est passée la voir une ou deux fois, pour la rassurer brièvement et constater l'effet du goutte-à-goutte sur l'ouverture de son col (« Ça s'améliore, ça s'améliore »). N'ayant aucune influence sur quoi que ce soit, aucun pouvoir, pas même celui de secourir moralement ma fiancée (je ne peux pas savoir, je ne peux pas comprendre, je n'ai rien à voir là-dedans, c'est bien gentil d'essayer mais ça sert à rien, tu n'as pas autre chose à faire ?), j'accueillais Bouteille avec un sourire idiot et tremblant de reconnaissance, et m'en remettais entièrement à elle, comme Pimprenelle (le hic, c'est que contrairement à Pimprenelle, je ne pouvais soulager mon angoisse ni passer mes nerfs sur quiconque — sinon, si je répondais à ses attaques, c'était l'anarchie, le combat braillard dans la salle de travail, et je me faisais jeter de la clinique sous les pierres et les sifflets (quoi qu'il en soit, je n'avais absolument pas l'intention de m'en prendre à elle : entre ces quatre murs blancs, j'étais littéralement tétanisé d'amour pour Pimprenelle)). A 19 h 40 précises, Bouteille est revenue d'un pas plus décidé, les traits changés, à la fois plus accueillants et plus concentrés, le regard plus lumineux (« Allez, c'est à nous »). Dès qu'elle a franchi la porte, je me suis raidi. Et je ne sais pas pourquoi, j'ai levé la tête vers l'horloge (« Quoi, déjà ? »). Je ne m'étais pas trompé : elle a fourré une main machinale dans la chatte de Pimprenelle, simple vérification réglementaire, et a déclaré avec un grand sourire censé provoquer le même en retour chez nous :

— C'est bon, on y va !

(Le col avait fini par rendre les armes. Chapeau quand même.)

Pimprenelle a souri du mieux qu'elle pouvait, déjà soulagée. J'ai essayé aussi, mais si l'une des deux m'avait regardé à ce moment-là, elle aurait eu peur. Après toute une journée d'attente, l'apothéose dramatique arrivait enfin. Le carnage. (Je ne parvenais plus à penser à Oscar, à la conséquence merveilleuse de la boucherie annoncée, je bloquais sur les redoutables minutes à venir.) Je commençais à chercher une place où me mettre lorsqu'un homme en costume-cravate est entré dans la pièce (le premier que je voyais dans le service depuis le matin, hormis les pères béats ou les futurs pères désemparés). Il avait l'air sérieux, déterminé. Une quarantaine d'années, plutôt bel homme (le genre travaillé, thalasso et soins capillaires), pas très grand mais robuste. C'était certainement l'excellent praticien remarquable à tous égards qui remplaçait le Bonhomme rosissant au soleil. (Qu'est-ce qu'il faisait en costume-cravate, tout de même ?) Il s'est approché de Pimprenelle et l'a détaillée des pieds à la tête d'un œil de chef. Tout allait trop vite, je sentais que je ne pouvais plus rien faire pour retarder l'explosion. (« Pardon, vous êtes sûrs que tout est bon, là ? C'est pour maintenant, vous avez tout vérifié ? Plus personne n'a rien à faire ? Le costume, non ? Un petit café ? ») Soudain, alors que la machine semblait déjà lancée, Pimprenelle a changé de tête. Elle venait de se rappeler quelque chose.

— La péridurale !

— Ah non, Madame, a répliqué Bouteille du tac au tac. Malheureusement, c'est trop tard, maintenant.

— Quoi ?

— Quoi ? ai-je ajouté pour venir au secours de ma femme.

— Vous allez accoucher d'un instant à l'autre. Il faut au moins une demi-heure de délai, après la péridurale.

— Mais... Non !

— Et puis on vous en a déjà fait une tout à l'heure...

— Mais ça n'a rien à voir ! L'effet est passé depuis longtemps. S'il vous plaît...

— Ce n'est pas pour vous embêter, croyez-moi... Vous y arriverez très bien comme ça, vous allez voir. Faites-moi confiance.

— Non, je n'y arriverai pas ! Je n'en peux plus, je vais m'évanouir, je n'y arriverai pas. J'ai trop mal, je n'y arriverai pas, je vous assure.

— Ce n'est vraiment pas possible ? ai-je demandé.

L'excellent praticien remarquable à tous égards a échangé quelques mots à voix basse avec l'inébranlable Bouteille, puis a annoncé à Pimprenelle qu'on allait malgré tout lui faire sa péridurale, cédant enfin sous ma pression. Les chefs savent prendre les bonnes décisions au bon moment. Contente que l'esprit l'emporte sur la lettre, même si elle s'en trouvait contredite, la rude mais bonne Bouteille est sortie pour aller chercher l'anesthésiste. Pimprenelle retrouvait goût à la vie, et envie de la donner. Trente secondes plus tard, Bouteille reparaissait, masquant comme elle pouvait une certaine déconfiture :

— Je suis désolée, il n'est plus là. Il est parti manger chez lui.

— Quoi ?

— Quoi ?

— Il pensait que vous aviez accouché sous la première péridurale, et comme nous avons une ou deux heures plus tranquilles... Il faut bien qu'il mange, le brave homme. Alors il va falloir faire sans.

— Non, non !

— Je suis désolée.

— Ça se passera bien, Madame, a fait le chef en s'approchant de la tête de Pimprenelle d'un pas presque menaçant.

— Hector, ne me laisse pas, je veux une péridurale !

— Oui, moi aussi, mais... Enfin non, je sais, mais il n'est pas là.

— Va le chercher !

— Non mais ce n'est pas ça, il n'est pas dans la clinique, il est chez lui.

— J'ai compris, mais va le chercher ! Je n'y arriverai pas, je veux une péridurale, j'ai trop mal. Hector, je t'en supplie, va le chercher !

— Mais je ne sais pas où il habite...

— Va le chercher, Hector, je t'en supplie ! Vite !

Ça y est, elle était devenue folle, elle n'était plus de ce monde. Elle m'imaginait partir en courant dans Paris et hurler sous toutes les fenêtres pour dénicher l'anesthésiste. Pitié. La douleur lui faisait perdre définitivement la raison, mais que faire ? Rester sans bouger et lui dire : « Non, ne sois pas ridicule, tu sais bien que c'est impossible » ? Alors je suis sorti. J'ai quitté la pièce (d'un pas incertain, mais quand même) pour aller chercher l'anesthésiste quelque part et l'interrompre dans son repas, venez vite, laissez là vos haricots verts et suivez-moi. Je devenais fou à mon tour, je m'en allais brumeux, mécaniquement, parce que je ne pouvais rien faire d'autre pour sauver Pimprenelle, avec juste une infime lueur au fond de l'esprit qui me prévenait faiblement mais avec insistance que j'avais autant de chances de me tenir bientôt sur le paillasson du petit anesthésiste, à frapper timidement à sa porte, que de me mettre à voler en courbes gracieuses au-dessus des toits. Mes jambes avançant toutes seules, j'approchais de l'ascenseur en songeant avec horreur au moment où j'allais me retrouver dans la rue, lorsqu'une femme en blouse m'a intercepté :

— Monsieur ?

— Oui.

— Nous venons de joindre l'anesthésiste au téléphone, il n'habite pas loin, il arrive tout de suite.

Les gens sont admirables.

J'ai fait demi-tour, mission accomplie.

10

L'extraordinaire anesthésiste des pays de l'Est était reparti finir ses haricots verts, après avoir métamorphosé Pimprenelle d'un claquement de doigts distrait (il semblait agacé qu'on l'ait fait revenir jusqu'ici en plein repas, mais il a pris soin de cacher son énervement face à Pimprenelle et de reprendre son ton insouciant et farceur, alors ma jolie, afin de la placer dans les meilleures conditions possibles (je me souviendrai de lui toute ma vie)). Bouteille installait quelques accessoires, l'excellent praticien était parti se changer (c'était une bonne nouvelle (même si, quand il avait assez solennellement déclaré, après un long regard à Pimprenelle : « Je vais me changer... », j'avais eu un frisson, comme si je craignais de le voir revenir habillé en boucher ou en gladiateur)), tout allait pouvoir commencer. Pimprenelle était détendue. Pas moi. La main droite crispée sur mon atomiseur d'Evian, la gauche sur le rebord de la table, j'attendais le début des opérations avec un manque certain de sérénité — et ça se voyait, ça se voyait trop, le médecin remarquable n'était pas encore revenu et j'étais déjà presque penché au-dessus de Pimprenelle, prêt à crier « POUSSE ! POUSSE ! », comme un supporter malade des nerfs. (Finalement oui, je voulais bien une péridurale, moi aussi, à la tête.) Il fallait que je trouve quelque chose pour me détendre, pour prendre un pas de recul (c'est une technique que j'ai utilisée dans tous les moments difficiles ou délicats de ma cahoteuse existence : se placer à l'écart, mentalement, suffit souvent à acquérir aussitôt calme et lucidité, par simple observation de soi-même, de la situation, et prise de conscience des notions de temps, d'espace et de relativité (au début, avant que cela ne devienne un automatisme, on peut utiliser quelques astuces grossières mais efficaces, comme s'imaginer assis sur une chaise voisine, ou en haut d'un réverbère : se regarder agir et parler déclenche immédiatement le phénomène de déconnexion, de détachement)). Dans le cas présent, je ne pouvais pas me dédoubler sur une chaise voisine, ou de l'autre côté de la table : ça revenait exactement au même (s'observer observer, ça ne marche pas (car dans ce cas, ce n'est pas celui qui observe, qui pose problème, mais le sujet d'observation)). Il fallait donc que je passe au niveau supérieur de distanciation. Etant donné que je n'avais pas deux heures pour réfléchir, j'ai adopté la première idée qui me traversait l'esprit en boitillant : j'ai décidé que le spectacle poignant qui allait suivre ferait partie d'un film. Ainsi, je ne serais pas seul à voir Pimprenelle accoucher, ni à me voir voir Pimprenelle accoucher, nous serions des millions à assister à l'ensemble de la scène (disons que ce serait un film qui marcherait très bien — et pas un de ces films qui se passent au Moyen Age, ni même au début du XXe siècle, sûrement pas, non, pas un de ces films où les mères et les enfants tombent comme des mouches, c'est malheureux mais c'est la vie, non, un film sur notre époque, hollywoodien par exemple, avec Uma Thurman et Hugh Grant, un truc super sympa, on a eu chaud mais tout s'est bien passé). Dès que j'ai inventé la présence de la caméra et des techniciens, envisagé la future projection dans toutes les salles du monde, j'ai senti mes doigts se détendre sur l'atomiseur d'Evian. Je suis Hugh Grant, il faut que j'assure. Attentif, concerné, voire légèrement tendu, c'est humain, mais un petit sourire quand même. Après tout, c'est le plus beau moment de ma vie. Silence...

L'horreur a commencé quand l'excellent praticien a refait son apparition dans la pièce. Il s'était changé. Pas tout à fait en boucher ni en gladiateur mais, d'où me viennent ces stupéfiantes facultés divinatoires (ma mère et mon père n'ont jamais montré de quelconques dispositions dans ce domaine), en un subtil mélange des deux. Ce détraqué était revenu torse nu. Il portait juste (outre son pantalon, heureusement (ah non, s'il était revenu entièrement nu, je n'aurais pas résisté, j'aurais perdu connaissance)) une sorte de tablier de ménagère en plastique blanc dont les longues et fines bretelles étaient nouées sur la nuque, et qui laissait à nu ses épaules rondouillettes, une bonne partie de son torse entièrement glabre et, sur les côtés, ses bourrelets poupins au-dessus de la ceinture. (Sur quel film je suis tombé ?) Vision de cauchemar... Par réflexe, j'ai failli me précipiter sur lui et lui donner un coup de poing. Mais je me suis repris très vite, car j'étais Hugh Grant et ne me laissais pas emporter par mes pulsions imbéciles. J'ai accepté de lui laisser une chance : s'il était effectivement un excellent praticien, il pouvait bien s'autoriser quelques lubies vestimentaires. (Toute la salle riait, c'était toujours ça.) Regarde-le d'un œil amusé, Hugh. Non, on la refait. Bon, c'est pas grave, trop tard. Sans perdre de temps, le malade, Bruce Willis, s'est positionné face au sexe explosif d'Uma et a assuré ses appuis — jambes écartées, légèrement fléchies, épaules relâchées, coudes à angles droits, mains gantées tendues vers l'orifice, comme un receveur au football américain. De son côté, la sage-femme Bouteille (Susan Sarandon) installait les jambes d'Uma dans les étriers, puis se plaçait près de sa tête, à sa gauche, et commençait à lui caresser les cheveux. Le malade a inspiré profondément par le nez, en remuant ses dix doigts. L'action proprement dite allait débuter d'un instant à l'autre, j'en décelais tous les signes avant-coureurs. (« Bon, Hugh, tu te places ou t'attends le déluge ? Mais n'importe où, qu'est-ce que ça peut faire ? Tiens, là, entre le machin du monitoring et la table. Mais si, tu passes... ») Soudain, ainsi que je l'avais pressenti, Bruce Willis a plongé résolument deux doigts à l'intérieur d'Uma, les yeux dans le vide, vers le haut, comme un possédé, a palpé là-dedans un moment puis lui a fermement ordonné de pousser. C'était parti. Uma a retenu son souffle, contracté ses abdominaux, relevé la tête et poussé de toutes ses forces, tandis que Susan Sarandon lui soutenait la nuque. Pour l'instant j'étais tranquille, tout se passait au mieux, ça ressemblait à un film, et je savais que je ne devais pas intervenir tout de suite : on aurait sans doute besoin de moi quand les choses deviendraient sérieuses.

— Très bien, soufflez, a dit Bruce d'une voix étrangement douce et chaleureuse.

— C'est parfait, a ajouté Susan Sarandon.

Uma ne disait rien, elle respirait consciencieusement, le regard impénétrable et fixe, droit devant elle. Elle était belle, c'était l'héroïne, incontestablement. Hugh se mit à l'aise, en dégageant son bras d'un câble dans lequel il était pris. Il tentait de décontracter ses muscles, sentant naître en lui un inattendu sentiment de confiance à l'égard de Bruce. Après une deuxième et longue poussée en apnée, une nouvelle fois saluée en chœur par Susan et Bruce, Hugh songea qu'il était temps d'entrer à son tour dans le jeu et voulut prendre délicatement la main droite d'Uma, pour lui transmettre son amour et sa force grâce à ce mystérieux courant magnétique qui circule si bien entre deux êtres que la passion unit. Mais au moment où il pivotait d'un quart de tour sur lui-même, afin de ne pas heurter, en tendant le bras, le goutte-à-goutte oublié là, Uma prit la main de Susan dans la sienne et tourna son visage exsangue vers elle, probablement pour y puiser courage et soutien. Hugh laissa un instant son bras en suspension, interdit, puis le replaça discrètement le long de son corps. (« Hugh, bordel, qu'est-ce que tu fous ? »)

Durant un quart d'heure, les phases de poussée et de récupération se succédèrent régulièrement. Hugh, comprenant que son rôle consistait à se montrer le plus effacé possible (ce qui n'est pas à la portée du premier venu) pour ne pas perturber le bon déroulement de la manœuvre, ne parlait pas et ne bougeait plus. Il se conformait ainsi de son mieux à ce qu'on attendait de lui (personne ne le regardait, Uma s'appuyait sur Bruce pendant la poussée et se détendait sur Susan pendant la récupération : pour Hugh, la consigne était claire). Il se contentait d'*être là*. C'est très important.

Bruce lui devenait de plus en plus sympathique, il connaissait son métier. Susan, à la fois autoritaire et tendre, assistait Uma et Bruce, seconde mère pour l'une, petite sœur pour l'autre.

(« Bon, les gars, on laisse tomber Hugh, c'est parfait comme ça. »)

Engourdi par la chaleur et l'harmonie rassurante qui régnait autour de lui, Hugh n'en demeurait pas moins en état d'éveil. C'est ainsi qu'il finit par remarquer que rien d'autre ne se passait que poussées et récupérations : Oscar restait étrangement absent de la scène. D'autre part, sa vigilance étant soudain aiguisée par cette constatation, il nota que Bruce lançait des coups d'œil de plus en plus fréquents vers la courbe du rythme cardiaque du bébé. Qui baissait de manière sensible et régulière. Il était 20 h 55.

— Il faut qu'il soit sorti à 21 heures, fit Bruce en regardant l'horloge.

C'est alors que Hugh constata avec effroi que Bruce suait.

Les compliments qui ponctuaient les valeureux efforts d'Uma se firent moins enthousiastes, avant de se changer graduellement en critiques déguisées (« C'est très bien », « C'est bien », « Oui », « Continuez », « Poussez plus fort », « Il faut que vous poussiez plus fort », « Allez ! », « Poussez vraiment, Madame ! », « Non, ça ne va pas »). Hugh eut un instant l'idée de proposer une explication : « Je crois que le bébé a une tête énorme », mais il n'osa pas. Décontenancé, Bruce s'enquit du résultat de la radiopelvimétrie.

— C'est juste, mais ça devrait passer... répondit Susan.

— Bien. Maintenant, Madame, il va falloir faire un effort.

Susan marquait sa contrariété et son inquiétude d'une autre manière : elle encourageait Uma d'une voix de plus en plus puissante, lui serrait le poignet, lui appuyait sur le haut du ventre, criait. La tension montait autant que baissait le rythme cardiaque d'Oscar. Au cœur du drame qui se nouait, Uma faiblissait de minute en minute, jetant toutes ses dernières ressources dans la bataille mais visiblement en proie à une fatigue grandissante, légitime après toute une journée de calvaire, tout son corps se laissant peu à peu envahir par la faiblesse. Plus le temps passait, plus on l'exhortait fébrilement à pousser, moins elle y parvenait. Bruce changeait sans cesse de position, et levait maintenant souvent les yeux vers Susan (ce qui n'était pas bon signe). C'était une évidence : Oscar n'arrivait pas à sortir. A présent, tout le monde suait. Hugh aussi.

A 21 heures, la panique s'empara des acteurs. Abandonnant Bruce et Hugh, Uma ne regardait plus que Susan. Elle se sentait seule. Elle hurlait de terreur et de désespoir à chaque poussée, jurait méchamment entre ses dents — on ne comprenait pas tout, mais « Putain » revenait souvent — et ne pouvait plus reprendre sa respiration pendant les pauses tant la peur et l'épuisement l'oppressaient. (Hugh ne comprenait pas pourquoi cela se passait ainsi, si douloureusement, si tristement, pourquoi elle ne cherchait pas d'aide de son côté, comme dans les autres films, pourquoi elle l'oubliait.) Susan jeta un regard inutile vers la porte. Bruce, négligeant toute circonspection, lâcha à voix basse : « On n'y arrivera pas. » Il regarda Susan. Hugh sentit ses entrailles se dissoudre.

— Forceps ? demanda Susan.

— Non.

Brusquement, Bruce changea de méthode. Ruisselant, rouge, coiffé comme un barbare, il bondit sur la table ! Un pied de chaque côté du corps dévasté d'Uma, il se mit à appuyer vigoureusement sur son ventre en lui ordonnant de pousser, torse nu, le dos rond. Face à un tel démon, Hugh ne savait plus que faire. Il serra de toutes ses forces le rebord de la table, le souffle coupé par la tournure apocalyptique des événements. Toute cette action, toute cette violence. Instinctivement, il brandit de l'autre main son atomiseur d'Evian, mais avant même d'ôter le gros capuchon rose, il comprit que s'il vaporisait Uma maintenant, elle se demanderait ce qui lui arrive et relâcherait certainement tous ses muscles sous l'effet de la surprise. Pourtant, il fallait qu'il intervienne, il fallait qu'il fasse quelque chose. Il débordait de crainte et d'amour. Il avait envie de se fondre au corps d'Uma pour venir à son secours. L'impuissance le détruisait de l'intérieur. Eperdu, il dit :

— Allez, pousse.

Mais pour Uma, Hugh n'existait plus depuis longtemps. Il ne songeait d'ailleurs plus à s'en plaindre. Il vit que les mains de Susan tremblaient, que Bruce secouait la tête de droite à gauche et qu'Uma se mettait à pleurer. (Hugh aurait aimé pouvoir crier : « Coupez ! » Mais c'était impossible.) Après trois longues poussées infructueuses, Susan, une lueur d'affolement dans les yeux, demanda :

— Césarienne ?

— Trop tard, fit le démon fourbu en descendant de la table. Forceps, vite.

Il était trop tard pour une césarienne. Pour la première fois depuis le début du travail, j'ai vu Oscar. Je l'ai vu, interrompu dans son long chemin tortueux vers le jour, coincé quelque part entre les os du bassin, immobilisé, impuissant, à bout de forces, petit. Avant même de naître, il devait se battre comme un fou, bloqué dans une galerie trop étroite, dans le noir et le sang. Et il n'y arrivait pas.

Bouteille a tendu à l'accoucheur, incontestablement mal à l'aise, trois antiques pinces en aluminium ou en ferraille qui ressemblaient à des couverts à salade géants, sous Louis XI. Il a choisi la plus grosse. Il s'est positionné entre les jambes de Pimprenelle, à demi inconsciente, s'est penché en avant, les yeux nerveux, et a assuré sa prise sur les poignées. Un instrument pareil ne pourrait jamais entrer dans la chatte de mon amour. Le cœur d'Oscar battait de moins en moins vite. Il s'épuisait. De l'autre côté de la rue, la femme aux gants roses nettoyait toujours, elle frottait son évier avec une éponge.

— Sortez, Monsieur !

Donc, voilà, je suis sorti dans l'indifférence générale, j'ai laissé le drame continuer à se dérouler derrière moi, dehors il y avait des bébés partout, je me suis adossé au mur près de la porte, des femmes en blouse passaient, Pimprenelle hurlait, l'accoucheur gueulait « On n'y arrivera pas, bordel de merde ! », je sentais mon corps disparaître, devant moi les bébés bougeaient doucement, puis derrière Pimprenelle a poussé une longe plainte inhumaine et il y a eu ce silence infini, cette immobilité, Oscar ne criait pas, je n'entendais plus rien, je ne voyais plus rien, je suis tombé sur le carrelage. Un certain temps plus tard la porte s'est ouverte, Bouteille est sortie avec le corps d'Oscar dans les bras, son sang qui coulait d'un trou dans la tête. Elle l'a emporté vers la salle où on lavait les bébés.

Je me suis relevé comme un fantôme. Je ne pensais à rien. Si je faisais un pas à gauche, je voyais Pimprenelle. Si je faisais un pas à droite, je voyais Oscar, que Bouteille avait posé, je crois. Je flottais. L'accoucheur est sorti de la salle de travail, le visage et le torse inondés de sueur. Il m'a regardé d'un air mort et a dit :

— Ça va.

Je n'ai pas compris ce que cela signifiait. Je tenais à peine debout, je ne percevais que du flou sur les côtés. L'accoucheur est passé près de moi. J'ai entendu un cri de bébé. Il y en avait beaucoup dans le coin, mais j'ai reconnu la voix d'Oscar. Celle de Pimprenelle et la mienne. J'ai tourné la tête vers la pièce vitrée, Bouteille était penchée sur lui. Quelque chose m'a traversé tout le corps verticalement, comme si mon sang se remettait à circuler, un courant de légèreté de la tête aux pieds. Oscar était là-bas, je me suis aussitôt senti vif et clair, aérien sur terre. Avec de l'avenir devant moi.

Cela s'était très mal passé depuis le matin, tandis que vingt-six autres bébés étaient nés en douceur, mais Oscar était avec eux maintenant, il y était arrivé, il avait gagné dans le sang son combat contre l'étroitesse.

J'ai fait un pas dans la salle de travail. Pimprenelle, seule, était étendue sur la table, sonnée, le tee-shirt et une partie du visage couverts de sang. Elle a tourné vers moi des yeux défaillants, lointains. J'ai dit :

— Oscar va bien, je crois.

Entre ses jambes, toujours largement écartées par les étriers, il y avait un trou irréel à la place de son sexe, un vide sanglant, un gouffre en bouillie d'une bonne dizaine de centimètres de diamètre d'où se déversait lentement un flot écarlate, épais, dans un seau en plastique blanc qu'on avait posé par terre. L'accoucheur avait dû découper, déchirer sa chatte comme un morceau de tissu.

Oscar était né, grâce à elle. Comment avait-elle réussi ça, comment avait-elle pu vivre ça ? Comment était-ce possible ? Elle était allongée presque sans connaissance, aussi inerte et pâle qu'une morte, avec cette plaie rouge et béante entre les jambes. Où avait-elle trouvé le courage et la force ? Je la regardais comme si j'avais devant moi une déesse, un être surnaturel.

Elle a fermé les yeux et je suis sorti sans pouvoir articuler un mot de plus, la laissant meurtrie derrière moi, seule et prodigieuse. Dans l'autre monde, en approchant de la baie vitrée, j'ai vu que Bouteille était en train de recoudre Oscar, à grands gestes lents. Elle recousait. L'œil. Elle lui recousait l'œil. En lui donnant la vie, l'accoucheur lui avait crevé l'œil. Non. Non. Bouteille m'a vu et m'a fait signe d'entrer. J'ai longé la baie vitrée jusqu'à la porte. Non. Je ne crois pas en Dieu mais j'ai pensé « Pitié mon Dieu. » Oscar est né, il ne faut pas qu'on lui ait crevé l'œil. Non. Je suis entré. Non, elle lui recousait le front. Au-dessus de l'œil droit, sous la ligne des cheveux. J'ai de nouveau senti une décharge de clarté me traverser. J'ai souri. Susan leva la tête vers Hugh, lui sourit en retour, et j'ai regardé notre enfant (Marlon Brando). Il était beau. (Jeune, évidemment, Marlon Brando.) Il était vivant, avec juste une cicatrice au front. J'avais cru que c'était l'œil, car c'est petit, une tête de bébé. Il n'avait pas une grosse tête, il avait une tête normale, le crâne en obus comme bien des bébés, mais une tête normale de bébé, pas une grosse tête d'adulte, il était beau. Les pinces du forceps, mal fixées, avaient glissé et lui avaient ouvert le front (à l'endroit où je voulais faire une croix au marqueur). Quatre points de suture, une cicatrice qui s'effacerait. Ou qui ne s'effacerait pas tout à fait, ce n'est pas grave. C'est mieux, même, c'est élégant, une cicatrice légère. Oscar était beau. Avec sa tête petite et ses deux yeux. Il était moche peut-être, je n'en sais rien, tout fripé, les yeux gonflés, le crâne déformé, mais il était, je ne sais pas comment dire, beau. C'était un être vivant. Je me foutais bien maintenant d'avoir été laissé à l'écart par Pimprenelle pendant l'accouchement — sur le coup je me disais « Ah non c'est pas vrai, je passe à côté de ce moment merveilleux, j'aurai de mauvais souvenirs », mais cet épisode technique n'avait déjà plus d'importance, tout était à venir. Finalement, la chose la plus inouïe et la plus bouleversante que j'aie vue de ma vie, ce n'était pas le type tombé raide mort en téléphonant au bar de l'aéroport, non, je n'avais jamais rien vu de plus inouï et de plus bouleversant que ce bébé qui venait d'apparaître et qui bougeait, jamais rien vu de plus beau, sincèrement, et c'était pas demain la veille que je verrais un truc plus beau, ça c'est sûr. C'était notre enfant. Je me le répétais sans parvenir à y croire. L'enfant de Pimprenelle et d'Hector : Oscar. Qui, tout à coup, vivait. Je le regardais éberlué.

Un verre de jus d'orange ne m'aurait pas fait de mal : adieu, mes radicaux libres, je ne vous regretterai pas. Oui, oui, c'est ça, bon vent.

Deux heures plus tard, Pimprenelle a tenté de s'asseoir sur la table, mais elle est tombée dans les pommes. Bouteille a suggéré d'attendre encore une heure. Je suis descendu faible et grisé dans le grand hall désert, téléphoner à toute la famille, celle de Pimprenelle et la mienne. Dans la cabine exiguë, épuisé, les nerfs abrutis, j'appelais les maisons les unes après les autres, en pleine nuit, je disais « Oscar est né, Pimprenelle a beaucoup souffert mais elle se remet, moi je suis retourné, il est beau », enfermé dans ma petite cabane je prévenais le monde.

Le lendemain matin, dans la chambre où les deux autres femmes paraissaient plus sympathiques (la deuxième avait également accouché la veille au soir) et compatissantes (« On a eu peur, on a cru que vous ne reviendriez jamais »), j'ai vu pour la première fois Pimprenelle donner le sein à Oscar. Calme, elle savait comment faire. Ils semblaient se connaître, ils allaient bien ensemble. Lui étonné, elle fatiguée. Ils faisaient plaisir à voir. Plus que ça, même. Pimprenelle était forte. Pimprenelle était merveilleuse.

Ensuite, nous sommes rentrés à la maison.

DEUXIÈME PARTIE

L'indépendance

II

[illegible]

[illegible]

[illegible]

Elle avait épousé [illegible]
Françoise, qu'il [illegible]
Maman, [illegible] prendre les [illegible]
pour des [illegible] quand [illegible]
[illegible] de Françoise [illegible]

11

J'ai rencontré Pimprenelle vers la fin du XXe siècle. Ma vie de jeune homme avait été longue, je fatiguais. Un jour de juin, emplâtré par une gueule de bois familière et dépité de m'être encore une fois contenté, la nuit précédente, de tripoter mollement l'inconnue indulgente que j'avais attirée jusqu'à mon lit et d'enfoncer quatre ou cinq fois ma bite mécanique en elle avant de m'endormir comme un roi en lui bavant dans le cou (la vie de célibataire parisien, c'est la samba permanente), j'ai dû me rendre en Allemagne pour assister à un mariage, dans la grande banlieue de Francfort, au cœur du pays des asperges. (Et je ne parle pas allemand.) La grosse femme de dermatologue que je pistais depuis quinze jours, sans avoir encore réussi à la photographier en position coupable avec l'un de ses trois amants, y était invitée. (Elle avait raconté à son pauvre époux que la mariée, française, était la meilleure amie de sa cousine Machine, mais faut pas prendre les canards sauvages pour des oies blanches : quand on habite Paris, la banlieue de Francfort est un endroit rêvé pour se faire grimper dessus par son coquin (je n'aurais évidemment pas fait le voyage si je n'avais pas acquis la certitude de son mensonge, en vieux canard sauvage). D'autre part, je savais qu'elle ne pouvait pas être partie retrouver l'un de ses gigolos dans la banlieue d'Amsterdam ou dans une auberge du Massif central, car son pauvre époux connaissait vaguement l'un des invités et avait émis le souhait de profiter du coup de téléphone réglementaire de sa femme pour échanger deux ou trois mots avec lui. Se sachant traquée, j'imagine, elle n'avait pas cherché à contourner cet obstacle grossier. De toute façon, se disait-elle sans doute, qu'on se fasse énergiquement tringler dans la banlieue de Francfort ou à deux pas du Tâj Mahal, quelle différence ?)

La grosse femme du dermatologue, que j'appellerai Solange (elle, pas le dermatologue), devait prendre l'avion vers midi. Pour des raisons que n'importe quel détective devinera sans que j'aie besoin d'en faire part, j'avais été obligé de me rendre sur place en voiture. J'étais parti à 9 heures du matin, après avoir pris congé le plus dignement possible de ma compagne nocturne (comment s'appelait-elle ?), qui avait failli se départir un instant de son indulgence. Je n'avais emporté qu'une tenue de rechange et quelques accessoires de toilette (une brosse à dents et un tube de dentifrice), au cas où il me faudrait passer une nuit là-bas (je préférais ne pas penser au moment où il s'agirait de trouver un endroit pour dormir dans la banlieue de Francfort, au cœur du pays des asperges) ; une chemise et une cravate (mais au dire du dermatologue, que j'appellerai Robert, je ne risquais pas de tomber dans un temple de la haute-couture et mon tee-shirt noir, sous mon costume, suffirait largement) ; et un cadeau pour les mariés (après deux jours d'hésitations et de recherches (je ne pouvais pas venir les mains vides, ça ferait rustre, donc louche, ni offrir quelque chose de trop grande valeur à des gens que je n'avais jamais vus : encore plus louche), j'avais fini par dénicher une sorte de bombe à mèche, comme celles qui propulsent vers le plafond des confettis, des serpentins et des langues de belle-mère, mais de laquelle devaient jaillir et retomber en pluie des centaines de pétales de roses blanches : c'était un cadeau éphémère, certes, mais à la fois simple, original et de bon goût pour un mariage, me semblait-il). Les cinq cents premiers kilomètres n'avaient pas été joyeux, la gueule de bois sur l'autoroute n'ayant jamais donné à personne l'envie de siffloter quoi que ce soit, mais de l'autre côté de la frontière, après deux grandes boîtes de bière dans une station-service allemande (ils sont décontractés, ces Allemands), j'avais retrouvé insouciance et joie de vivre au volant, comme à mes plus beaux jours, et j'étais entré dans la petite ville où devait se dérouler le mariage en sifflotant les airs de java teutonne que j'entendais à la radio.

L'église était assez grande, sobre et chic, récemment rénovée. C'était surprenant dans le décor, composé d'une part des maisons grises de cette ville triste, d'autre part des maisons tristes de cette ville grise. Mais le plus étonnant, ce n'était pas ça. Non, ça, on s'y faisait vite. Oh la belle église, et on n'en parle plus. Le plus étonnant, à mon sens du moins, c'étaient les cinquante Harley Davidson garées en vrac devant, et les soixante ou soixante-dix bikers extrêmement chevelus qui rotaient en attendant l'ouverture des portes. Ils portaient tous des jeans sales, des bottes à écraser un cochon, des blousons de cuir noir sur lesquels étaient cousus des aigles ou des drapeaux sudistes, et des barbes. Légèrement à l'écart, se tenaient quatre ou cinq personnes âgées habillées en dimanche, et la grosse Solange en tailleur crème. Ma mission en terre étrangère ne démarrait pas de la meilleure façon possible. Pour passer inaperçu ici, il aurait fallu que je sois un véritable monstre de prémonition et prévoie de porter un jean sale, de grosses bottes, un blouson de cuir et une barbe postiche. Et encore, qui sait si on ne m'aurait pas repéré ?

A l'intérieur de l'église, je me suis assis au hasard, le plus seul possible, et me suis vite retrouvé encerclé par une horde de gras barbares qui sentaient fort. L'avantage, c'est que je n'avais pas besoin de me faire tout petit (je crois que les deux colosses velus qui m'encadraient n'ont même pas remarqué ma présence (je ne comprenais rien à ce qu'ils se racontaient au-dessus de ma tête, bien entendu, mais je pense que l'un des deux a dû dire à l'autre, dans son dialecte, quelque chose comme : « Ils sont bien ces accoudoirs, Helmut »)). J'essayais de me focaliser sur les mariés (et sur Dieu). Ils devaient avoir entre quarante et quarante-cinq ans, l'âge des secondes noces et des illusions retrouvées. Ils étaient tous les deux bien habillés, bien coiffés et bien rasés, mais un rien de pataud dans les gestes de l'homme (qui se dandinait d'un pied sur l'autre et hochait bravement la tête à chaque parole du curé) laissait deviner qu'il ne portait pas ce smoking tous les jours. Si on m'avait demandé son hobby, j'aurais dit la moto.

Solange était assise au deuxième rang, sur un banc

qu'avaient réussi à se réserver toutes les vieilles personnes normales (il ne restait malheureusement plus de place pour moi là-bas (cela dit, je me serais mal vu déranger tous les ours installés sur mon banc (« Scusi, scusi... ») et traverser l'allée centrale à petits pas pour aller poser mes fesses en lieu sûr, dans la rangée des fragiles)). Elle discutait en souriant avec sa voisine, peut-être la mère de son amie la mariée. Histoire de penser à quelque chose, je me disais que cette mariée, justement, ne pouvait pas être son amie : Solange était le type même de la femme de dermatologue, tandis que la mariée, non. On ne la distinguait de son futur époux que grâce au tailleur-pantalon ivoire qu'elle portait (« Ah, ça doit être la femme »). Cela confirmait mes soupçons de canard sauvage. Cependant, toujours pas de coquin en vue. Il s'agissait peut-être de l'un des hell's angels (ou je ne sais quelle autre équipe), on en a vu d'autres dans le genre sensationnel, mais honnêtement, ça m'aurait contrarié : je devais faire une ou deux photos, et je n'aime pas me sentir en danger de mort quand je cadre, ça ne donne jamais rien de bon.

Quand le curé a demandé aux solides tourtereaux d'échanger leurs consentements, puis de se passer les alliances, leurs soixante-dix copains se sont mis à mugir de manière impressionnante. Ils se sont levés et, brandissant haut leurs boîtes de bière, ont crié des trucs sans doute salaces dans leur langue, en éclatant de rire et en tapant du pied, tels des Vikings à la fin d'un banquet. Voir cela dans un bar ou dans un entrepôt donnerait la chair de poule. Dans une église, c'était, comment dire, irréel. Je ne savais pas comment réagir. Mes deux voisins étaient debout, ce qui n'arrangeait pas mes affaires au niveau de la désinvolture et de la confiance en soi (j'ai songé un instant à me lever, afin de me sentir tout de même plus costaud et plus présent qu'un rat, mais pour ne pas avoir l'air idiot, dressé sans raison, il aurait fallu que je beugle moi aussi des choses incompréhensibles, et je ne m'en sentais pas capable (j'imaginais la tête ahurie de mes voisins en m'entendant hurler n'importe quoi)). Et ça durait, ça durait. Mon capital désinvolture et confiance en soi s'amenuisait de seconde en seconde. Je dois également préciser que l'allemand n'est pas une langue qui me met très à l'aise. Je pense que si quelqu'un, un jour, me demandait l'heure en allemand, un frisson me parcourrait l'échine. Alors là, au milieu de ces créatures d'un autre âge qui vociféraient en chœur, j'avais l'échine plus que secouée. Mais cela ne se voyait pas, je crois. Faisant mine de penser à quelque chose, j'ai attendu que ça passe, coincé entre mes deux titans, la tête légèrement baissée, le regard absent. J'espérais que l'un d'eux n'allait pas se rasseoir sur moi.

A la fin de la cérémonie, j'ai suivi le mouvement. J'avais appris à Paris, grâce à Robert, qu'une petite fête était prévue « dans la forêt ». Ça m'avait plu, sur le coup.

Ce que j'espérais surtout, c'est qu'une fois dans la forêt au milieu de tous ces motards, on ne me remarquerait pas trop.

Les réjouissances avaient lieu au club des bikers, dans une clairière à cent mètres de l'autoroute, au centre de laquelle cinq ou six grands bancs disposés en rond entouraient une sorte de cratère noir où ils devaient faire de grands feux de joie primitive (qu'accompagnaient certainement plus souvent des ululements bestiaux que *Jeux Interdits* à la guitare). Devant une vaste cabane en rondins de bois, dont l'intérieur était décoré de drapeaux inquiétants et de posters de beautés allemandes ou texanes en string (la plupart pourvue d'énormes mamelles), ils avaient installé des tonneaux de bière et deux pompes. Sur trois longues tables étaient disposés les plats que les invités avaient apportés. Car c'était le principe : chacun devait venir avec quelque chose à manger — qui une salade de pommes de terre au cervelas, qui une salade de pommes de terre au museau. Il n'était que 17 h 30, mais tout le monde commençait à se servir, avec le plus grand naturel. Plaisir du voyage ! Fascinantes coutumes étrangères ! Je m'y serais bien mis aussi, pour me donner une contenance et ne pas être tout de suite pris pour cible, mais j'ai compris en m'approchant de la table qu'il me serait absolument impossible de porter à ma bouche un morceau de quoi que ce soit cuisiné par un hell's angel.

En réalité, peu d'entre eux avaient dû s'essayer à la vinaigrette. Des personnes absentes à l'église (ou que je n'avais pas remarquées dans l'océan de cuir et de poils) étaient apparues dans la clairière, parmi lesquelles quelques copines de motards à qui l'on devait sûrement une bonne partie de ces trésors d'inventivité culinaire (par exemple, la salade de pommes de terre à l'ananas et à la saucisse). Mais ce n'était pas beaucoup plus encourageant. Elles ressemblaient à leurs hommes : elles étaient vêtues en majorité de jeans et de soutiens-gorge sales (entre les deux, un ventre pâle et gras débordait sur la ceinture), étaient quasiment toutes coiffées de la même manière (les cheveux décolorés ou teints en noir corbeau, courts devant, presque en brosse, et longs derrière), et rotaient bruyamment comme d'autres clignent des yeux.

Peu chevelu, encore moins barbu, pesant moins de 120 kilos et habillé tout en noir (ce qui est banal en France mais peut-être moins en Allemagne), je me sentais un mauvais détective. Un simple regard circulaire, machinal, suffirait à Solange pour penser : « Tiens, un détective. »

Quand, dans l'espoir naïf d'oublier mes soucis, je me suis présenté à la pompe pour qu'on m'y donne une bière (qu'on servait ici dans des gobelets de cinq ou six litres), j'ai compris que ma situation était réellement désespérée. Car si jusqu'à présent je m'en étais tenu à une observation prudente et perplexe de l'assemblée dans laquelle j'allais devoir évoluer toute la soirée, je me suis soudain souvenu que l'une des contraintes de la vie en société est l'usage quasi obligatoire de la parole. En levant les yeux vers le cerbère montagneux et tatoué qui tenait la manette, ça m'a pris à la gorge, cette contrainte. (Bien entendu, n'étant pas idiot, je savais depuis longtemps que je ne parlais pas allemand. Mais à Paris, quand j'envisageais ce mariage et me préparais à y tenir le rôle de la mouche que personne ne remarque, je n'avais pas imaginé que tous les invités se ressembleraient, et surtout, je pensais que la petite nouba se déroulerait dans une sorte de grand pavillon qui, lui-même, se trouverait « dans la forêt ». Or dans un grand pavillon, même s'il est « dans la forêt », il n'est pas sorcier de ne parler à personne, de rester sur une chaise et de faire le dépressif ou le poète — ou bien, si nous sommes tous attablés, de manger tranquillement, le nez dans son assiette, après avoir haussé quelquefois les épaules et les sourcils en réponse aux questions de ses voisins pour leur faire savoir que malheureusement c'est pas la peine, on comprend rien. Mais lorsqu'il n'y a pas de grand pavillon, lorsque les convives sont réunis simplement « dans la forêt », à même la forêt, c'est bien plus compliqué. La seule solution pour ne pas avoir à parler serait de marcher sans cesse au milieu des motards rassemblés en petits groupes, ce qui donnerait l'air d'un fou, ou de se poster debout près d'un arbre, en bordure de clairière, ce qui finirait par attirer l'attention et la méfiance (« Qui est cet homme tout vêtu de noir qui nous observe dans l'ombre depuis quatre heures ? » ne manquerait pas de demander l'un d'eux, en allemand). La raison aurait voulu que je renonce immédiatement, mais elle me connaît mal — qu'elle se rassure, c'est réciproque. Quand je tiens une bonne piste, je ne lâche plus.) Sous le regard de l'effrayant sert-bière, j'ai tout de même réussi à demander un verre : j'ai pointé le doigt vers la pompe et j'ai souri. Je devais ressembler à un demeuré, mais il avait l'habitude. Le problème s'est posé quand, me tendant un gobelet mousseux que je n'aurais pas trop de deux mains pour tenir, il m'a parlé. En me regardant droit dans les yeux. Il m'a dit une phrase en allemand. Je n'aurais jamais cru que quelque chose puisse être aussi incompréhensible. Même l'intonation de sa voix ne me fournissait aucun indice. Il avait pu me dire « Ça va vous faire du bien, une petite bière », ou « La prochaine fois que tu dis pas s'il te plaît je te brise la colonne vertébrale » ou encore « Rendez-vous dans une demi-heure dans le petit bosquet derrière la cabane » — je n'en avais pas la moindre idée. Refusant, je ne sais pourquoi (un réflexe de détective pris au piège, à mon avis), de lui avouer en anglais ou en français que je ne parlais pas allemand (si on découvre que je suis étranger, il va forcément s'en trouver un pour me poser des questions, histoire de montrer qu'il a fait des études (les réflexes étant ce qu'ils sont, je n'ai pas eu le temps de penser que le garde-pompe n'allait pas se mettre aussitôt à prévenir tout le monde que je ne parlais pas allemand)), j'ai eu la seule réaction qui me semblait possible pour ne pas le vexer : j'ai de nouveau souri, et j'ai hoché la tête. Puis je me suis vite éloigné, sans attendre de pouvoir constater l'effet produit sur lui (s'il m'avait proposé la botte derrière la cabane, ou même simplement demandé si j'avais une cigarette, je préférais ne pas voir ça).

C'est en me retournant le cœur battant, l'âme petite et honteuse, que j'ai vu Pimprenelle. C'était une plume blanche. Elle se tenait debout près de Solange et la mariée, grande et fine, le corps en équilibre, semblant discuter avec elles mais sans parler. Elle diffusait de l'absence autour d'elle. Elle avait les cheveux blonds, légers, juste sur les épaules et coiffés simplement, avec une raie sur le côté et une mèche sur le front. Elle n'était pas maquillée. Elle portait une longue robe blanche, sobre et droite, des Kickers, et n'était pas là quelques instants plus tôt.

Ce que j'ai ressenti quand elle est apparue dans mon champ de vision est à la fois extraordinaire et banal, du moins raconté partout, et facile à décrire : j'ai immédiatement su que c'était elle que je cherchais frénétiquement depuis vingt ou vingt-cinq ans parmi toutes les femmes (malgré le désordre spontané qui s'est créé dans mon esprit, j'ai repensé bêtement à une phrase que j'avais entendue deux ou trois semaines plus tôt près d'un comptoir, dans la bouche d'un jeune caïd qui avait un avis sur tout, et qui évoquait là la disparition d'une moto, si ma mémoire est bonne : « Mais ouais, tu parles, c'est comme retrouver une aiguille dans une meute de chiens ! » — ça m'a permis de prendre un peu de recul, de distraction, car j'étais presque gêné de vivre à mon tour cet instant fulgurant qu'on recase comme un vieux bonbon dans tant de films et de livrettes à l'eau de rose), et en une seconde je me suis senti happé par elle, projeté en elle — je lui appartenais, j'étais déjà quelque part en elle, en une seconde de mélange. Je la reconnaissais comme celle en qui je devais me fondre — j'éprouvais une sensation, violente, de reconnaissance. C'est comme ça.

Il m'était arrivé plusieurs fois de tomber en admiration devant la beauté d'une fille ou d'une femme, de me trouver fasciné et attiré par son mystère, de penser : « Oh ! », mais ce n'était pas pareil. En découvrant Pimprenelle, je n'ai prêté attention ni à sa beauté ni à son mystère, je n'ai pas eu le temps, je l'ai seulement vue et adoptée. Et habitée aussitôt, sans sa permission. Je ne me suis même pas demandé avec anxiété si j'allais pouvoir lui parler, la séduire, déclencher en elle un sentiment semblable au mien. Pas plus que si je venais de choisir une pute. Ou d'apercevoir ma mère dans la rue. (Pourtant, bien entendu, je ne voyais en elle ni une pute ni ma mère — au contraire.) Il me suffisait de l'avoir trouvée, de savoir qu'elle était là : le reste n'était qu'une question de mots, de manières, de construction. Un peu de Meccano amoureux au milieu des brutes barbues. De toute façon, elle ne pouvait pas rester en dehors de moi : nous étions déjà, sans qu'elle le sache, naturellement, fondus l'un à l'autre. C'est niais ou prétentieux, je ne sais pas, mais étant donné ce que je ressentais, la réciproque me semblait évidente. (Quand le jaune d'œuf est mélangé au blanc, comme je dis toujours, le blanc est mélangé au jaune.)

Quelques instants plus tard, alors que je me concentrais pour aller la voir (n'aie pas peur, Hector, elle ne peut pas te repousser, c'est fait d'avance, tu es le jaune d'œuf, tu es le jaune d'œuf !), l'assemblée a décidé de donner ses cadeaux aux mariés. Services à thé, plats à poisson, carafes, lampes de chevet, casques, tout y est passé. (Les motards sont des gens comme les autres, finalement.) Solange s'était fendue d'un vase. Pimprenelle, dont je ne savais pas encore si elle s'appelait Gudrun ou Paulette (j'avais simplement noté qu'elle parlait allemand — ce qui n'a pas entamé mon amour animal), leur a offert un chapeau à chacun, une imposante toque de fourrure pour elle, et pour lui un feutre noir qui lui irait comme une voilette à un boxeur. Mon tour a fini par venir, à mon grand regret (mais c'est la loi de la nature). Comme plusieurs fois déjà dans ma vie, je me suis dit que je ferais bien de réfléchir avant de me lancer dans des aventures : je décide de faire quelque chose, souvent, et j'oublie d'imaginer ce que ça donnera quand je le ferai, je ne projette pas (enfin, des fois, quand même, si (mais alors ça m'envoie droit au désastre, en général, car j'étudie trop, je m'emmêle dans les conjectures et les suppositions qui en découlent, j'en tire des hypothèses quant aux réactions du camp adverse et c'est foutu je n'aurais jamais dû réfléchir)). Primo, j'aurais très bien pu ne rien apporter, car dans une forêt pleine de motards ivres personne ne se rend compte de rien. Primo. Bon. Secundo, comment, mais comment n'ai-je pas pensé, troufion que je suis, qu'une bombe n'est pas une soupière ou un plateau à fromage, qu'on ne la donne pas, mais qu'on la fait exploser ? Comment n'ai-je pas pensé (tocard) que j'allais inévitablement attirer l'attention de tout le monde, de ma propre initiative ? (Même dans d'autres circonstances, si tous ces sauvages avaient l'âme romantique et parlaient un français parfait, tous les regards se seraient tournés vers moi, celui que pourtant l'on surnommait autrefois l'Anguille, le Fantôme ou l'Imperceptible.) Dans ces moments-là, je me demande ce que je vaux réellement. J'aurais donné n'importe quoi pour pouvoir revenir en arrière et essayer autre chose. Mais, mais, mais (car il y a un mais), il était trop tard.

Alors voilà, inutile d'attendre plus longtemps, je l'ai fait je l'ai fait, autant le raconter : je me suis approché du couple massif, je leur ai montré ma bombe en tendant la paume de ma main gauche vers eux (Halte !) pour dire « Attendez, attendez, vous allez voir », j'ai bredouillé deux ou trois mots dans ma langue pour qu'au moins la mariée, qui parlait français, comprenne, puis j'ai reculé de deux pas en continuant nerveusement mes attendez-vous-allez-voir, plusieurs grosses têtes ont lentement pivoté dans ma direction, et j'ai posé ma bombe par terre, pendant qu'un cercle de graisse et de cheveux sales se formait autour de moi. Grâce à ma science du signe, j'ai demandé aux spectateurs de reculer un peu, encore, encore, et comme ils rechignaient j'ai sorti mon briquet de ma poche et l'ai montré à l'assistance, aux quatre points cardinaux. Sans que personne m'ait forcé, moi dont le rêve était de rester discret, je me mettais à jouer le magicien de rue qui tente grossièrement d'éveiller l'intérêt des passants, allons-y m'sieurs dames, avancez, n'ayez pas peur, pas trop près quand même, attention, c'est un numéro fantastique, allons-y, allons-y, venez voir, je suis le grand Hector ! Les motards étaient à présent tous là et grommelaient de plaisir anticipé : un truc qui allait exploser, ça ne pouvait être que bon. Solange me regardait d'un air étonné et amusé (je suis détective privé, m'sieurs dames, j'enquête sur la grosse femme en tailleur crème, là, eh oui madame, c'est bien vous !) et Pimprenelle d'un air absent. Je ne pouvais pas m'arrêter, mais je me serais volontiers défoncé le crâne à coups de marteau. J'ai demandé à la mariée de s'approcher et lui ai confié le briquet, en lui recommandant de s'éloigner dès qu'elle aurait allumé la mèche — on ne sait jamais avec ces engins sataniques. Elle s'est exécutée de moyenne grâce, pour me faire plaisir, puis a jeté le briquet et malgré sa silhouette épaisse s'est mise à courir à toutes jambes jusqu'aux bras de son mari, loin du danger. Chacun a retenu son souffle, j'ai même vu quelques géants aux traits ingrats faire encore un pas en arrière, pour ma part je me suis contenté d'un petit mètre de sécurité, seul face à la bombe (quand on connaît bien son numéro et qu'on ne laisse rien au hasard, on sait mesurer les risques : on sait exactement jusqu'où on peut aller sans que ce soit imprudent (des pétales de roses ne devraient pas me faire grand mal, normalement)), la mèche se consumait, se consumait (je m'en voulais toujours, mais au fond de moi, je ne pouvais contenir un innocent sentiment de fierté à l'idée de la multitude de pétales blancs, immaculés, qui allaient tomber en pluie sur ces étrangers un peu frustes — ils préféraient les soupières et les casques, n'appréciaient ni la poésie ni l'élégance, mais ils ne connaissaient pas l'éclat chic de Paris, certains allaient peut-être changer d'avis...), et tout à coup, la bombe a explosé. Il y eut un bruit épouvantable (plop), le couvercle tomba sur le côté et quelques pétales blancs, immaculés, furent propulsés dans les airs jusqu'à un mètre du sol avant de retomber autour du tube de carton.

Les motards ne sont pas ce que croient les habitués du préjugé. Ce sont des gens doux. Pas un seul n'a fait la moindre remarque, pas un seul n'a tenté de me frapper ni même de me pincer la joue en rigolant, ils ont juste tourné le dos et sont repartis vers leurs bières et leurs histoires de bécanes. Les mariés m'ont adressé un sourire apitoyé qui se voulait reconnaissant et se sont rapidement remis à discuter avec leurs parents, n'osant pas venir me remercier. Solange ne s'intéressait plus à moi (j'étais en fin de compte l'un des meilleurs détectives de ma génération : un type aussi grotesque, aussi nul, et qui, de plus, se donnait sans hésiter en spectacle alors que personne ne l'avait remarqué jusqu'alors, ne pouvait pas être un limier chargé de filer sournoisement une vieille renarde qui en avait déjà démasqué deux — très fort, Hector). Pimprenelle, elle, s'éloignait avec ses Kickers vers le grand feu que les hommes des âges farouches avaient allumé au centre de la clairière, dans le cratère. Elle marchait comme si le vent la poussait. Avant de se détourner, elle m'avait fixé quelques secondes, sans que je puisse deviner si c'était un regard indifférent, fatigué, interloqué ou affectueux. J'étais le seul à ne pas pouvoir partir tout de suite (dès que ma bombe a explosé je disparais dans un coin, non, ça n'allait pas). Il a donc fallu que je reste un moment debout près du tube de carton et des quelques pétales, pour assumer les retombées de mon numéro, accompagner mon cadeau jusqu'au bout. C'était poétique, tout de même, cet éclatement minuscule et blanc parmi les monstres. Deux petites filles en robes roses, sorties de la terre ou descendues du ciel, sont venues ramasser les pétales en poussant des cris aigus d'excitation, comme si elles n'avaient jamais rien vu de si beau et de si précieux. J'avais envie de les prendre dans mes bras et de les couvrir de baisers. Mais je ne l'ai pas fait, raisonnable.

Pimprenelle était allée s'asseoir seule sur l'un des bancs de bois qui entouraient le feu. N'ayant nulle part où me poser, j'ai trouvé que c'était une bonne idée : j'allais m'asseoir sur un banc voisin. J'aurais bien demandé un autre seau de bière, pour m'abrutir confortablement les neurones et ne plus penser à ma prestation ridicule que sous l'angle amusant de l'humour, mais je me sentais encore désagréablement plein du premier verre et, même si je savais que ce n'était qu'une affaire de Meccano et que je n'aurais nul besoin d'être au sommet de ma forme physique pour signaler mon existence à Pimprenelle et l'entraîner de fil en aiguille jusqu'au matelas moelleux de la passion, je préférais, pour le principe, ne pas aborder l'amour (pour la première fois de ma vie) avec un gros ventre. Pour tout accessoire d'entrée en scène, je me suis donc contenté d'une cigarette. Et, habile Hector, de mon tube de carton. L'idée m'était venue d'aller le jeter dans le feu. Car se diriger droit sur un banc et s'asseoir dessus, c'est louche. On sent le type un peu fou. (Si.) Et lorsqu'il y a une belle fille dans les parages, c'est pire, on sent le type primaire qui a un plan. A moins, bien sûr, à moins de le faire avec naturel. Marcher normalement, ni trop vite ni trop lentement, ne regarder nulle part en particulier, laisser ses bras flotter autour de son corps, et non pas pendre, s'asseoir sans s'en rendre compte. Mais je ne m'en sentais pas capable. Le naturel forcé, c'est au-dessus de mes moyens (déjà le naturel tout court, il faut vraiment que je sois seul, dans une pièce aux volets fermés (ça ne sert à rien, donc)). Et quand on n'a pas l'aisance innée, il faut être inventif : grâce au coup du tube de carton dans le feu, j'allais pouvoir m'asseoir sur le banc comme n'importe qui. Je me suis avancé vers le cratère, où brûlait tout ce qui peut brûler (quelques branches, des cageots, des assiettes en carton, des emballages, du papier cadeau, des bouteilles en plastique, on jetait tout là-dedans (ce qui arrangeait encore mes affaires, question naturel)), et j'y ai lancé mon tube, avec une décontraction qui m'a surpris moi-même, même si c'était facile. Le type qui a participé à beaucoup de feux de camp. Dans sa jeunesse, attention, plus maintenant. Sur le chemin du retour, j'ai ôté mon sac matelot de mon épaule, pour chercher quelque chose dedans, et comme c'était le bazar à l'intérieur, car je suis un type un peu pop, il a fallu que je m'asseye pour mieux fouiller. (Pimprenelle m'a raconté plus tard qu'elle avait eu envie d'applaudir.) J'avais dû m'installer à deux bancs d'elle (ce n'était sans doute pas plus mal) : celui qui se trouvait à sa droite était déjà occupé par deux hell's angels (pardon les gars, je suis adepte de l'amitié virile, vous me faites une petite place ?), et la combustion de tout dégageant quelques flammes mais surtout une épaisse fumée noire que le vent dirigeait droit sur le banc qui se trouvait à sa gauche, je n'avais pas pu m'y poser non plus (tous mes efforts auraient été ruinés si je m'étais mis à fouiller dans mon sac, le plus naturellement du monde, dans ce torrent de fumée noire). Je me suis donc assis à deux bancs d'elle, non loin du gros des invités debout, ce qui me permettait d'une part de ne pas perdre Solange des yeux (je n'avais toujours repéré personne qui puisse faire office d'amant crédible), d'autre part, tout simplement, d'avoir quelque chose à regarder (je n'allais pas fouiller un quart d'heure dans mon sac, le feu ça allait deux minutes (il ne s'agissait pas de passer pour un inconditionnel de Cat Stevens), et quant à fixer intensément Gudrun ou Paulette, même si cela me paraissait être la chose la plus naturelle à faire, je craignais, on ne sait jamais, que cela ne lui donne pas de moi l'image d'un homme pur, ému et désintéressé dans l'immédiat par le cul). Un groupe de motards venait de proposer un jeu au marié. Dans certaines fêtes nuptiales, moins rustiques que celle-ci, on s'amuse parfois à courir avec un œuf dans une cuiller, ou à faire tenir une orange entre les corps gloussants des jeunes époux. Ici, il s'agissait de démolir un énorme cylindre de béton à l'aide d'une masse. A l'intérieur de ce paquet original, de plus d'un mètre de haut sur cinquante centimètres de diamètre, se trouvait un cadeau que découvrirait l'heureux élu s'il tapait pendant une ou deux heures. (Les motards allemands ont gardé le sens des joies simples et vraies.) Au bout de dix minutes, il était torse nu, trempé, cramoisi (tel un authentique médecin accoucheur), et soulevait sa masse avec rage, de plus en plus péniblement (je crois que je n'aurais même pas pu la décoller de terre), en poussant des grognements et des jurons qui retentissaient dans toute la forêt.

Pour ma part, au bout de dix minutes, j'étais toujours assis sur mon banc. Ayant mal au cou, j'ai laissé le destructeur à son ouvrage et j'ai tourné la tête l'air de rien vers Pimprenelle. Elle observait elle aussi le curieux spectacle de cet homme aux prises avec ses origines, et m'a souri. Je lui ai souri en réponse. Je n'aime pas faire ça. Sourire à quelqu'un, comme ça, d'accord, ça vient tout seul — quand je suis très insouciant (ivre, j'entends). Mais répondre à un sourire par un sourire, voilà qui est plus difficile. Car une seconde plus tôt on ne pensait pas à sourire, et tout à coup on n'a plus le choix, il faut étirer les lèvres et en faire remonter les coins, pour laisser apparaître quelques-unes de ses dents. Personnellement, je n'y arrive pas. Si, j'y arrive, musculairement parlant, là par exemple j'ai souri à Pimprenelle, je sais donner à ma bouche une forme de croissant, mais ça doit être pathétique à voir. (Pourtant, quand je suis seul dans une pièce, je souris sans arrêt — je ris, même.)

Soudain, au moment où je m'apprêtais à la rejoindre sur son banc (effort à peine imaginable, en ce qui me concerne, mais qui me permettrait au moins d'éviter l'épreuve d'un trop long sourire figé (et puis c'était Pimprenelle, mon blanc d'œuf, l'heure n'était plus à l'atermoiement ni à la trouille)), il s'est produit un de ces invraisemblables concours de circonstances qui n'arrivent qu'une fois par siècle. Tout s'est passé très vite, mais j'ai l'habitude et je revois parfaitement, comme sur des diapositives, les différentes actions qui se sont enchaînées et combinées pour me ligoter et me conduire à ma perte. Dans un premier temps, le vent a tourné. On a connu plus dangereux comme circonstance, c'est vrai. Mais en tournant matoisement, le vent a dirigé sur moi la grosse fumée noire qui se dégageait du cratère. Ça se complique, déjà. J'étais alors comme assis à califourchon sur une locomotive à vapeur. Mais ce n'est pas encore très grave, des choses de ce genre arrivent plus d'une fois par siècle, j'en suis sûr, et la parade semble toute trouvée : se lever et partir. C'est ce que j'allais faire, allez Hector, il est temps de mettre les bouts, lorsque l'impensable s'est produit : à l'instant précis où la fumée me prenait pour cible, ou peut-être une demi-seconde plus tard, un hell's angel est venu s'asseoir à côté de moi. Pour celui à qui il arrive rarement des malheurs, ça n'a a priori rien de tragique, au contraire, ce ne sont que deux événements distincts, même s'ils sont presque de même nature. C'est mal connaître la poisse. Moi, j'ai compris tout de suite : je ne pouvais plus me lever. On ne se lève pas d'un banc au moment même où un hell's angel vient de s'asseoir à côté de vous. Ce serait très malvenu. Si c'était une jolie fille ou un petit employé de la Poste, je ne dis pas, ils ne songeraient même pas à se vexer, tu penses, mais un hell's angel, patibulaire, ventru, poilu et sentant fort, non, ce serait trop évident. Il s'installe près de moi, je me sauve ? Eh non, ce n'est pas possible. Je peux tout de suite faire une croix là-dessus. Il ne va pas en croire ses yeux, si je m'en vais aussi sec en le laissant tout seul comme un couillon, il va me demander des explications (en allemand, misère). Vous êtes tous les mêmes, les culs-serrés, je te fais peur ou quoi ? Oublions, oublions. Je ne peux pas partir, c'est déjà une chose. On avance. Alors voyons, que me reste-t-il d'autre, comme solution, maintenant que je suis pris en sandwich ? Eh bien, rien. (Ça n'a pas traîné.) Je suis coincé, avec toute la fumée dans la tête. Il va falloir que je me fasse une raison. Sans broncher. (Je disais que ça n'arrivait qu'une fois par siècle, pour être prudent, mais je défie quiconque, mort ou vif, de prétendre qu'il ou elle a subi un jour le même coup du sort.) (Il fallait bien que ça tombe sur quelqu'un, je suppose.) Le pire, c'est qu'un petit employé de la Poste ou une jolie fille seraient même partis avant moi (je suis assez résistant à la fumée, tout de même). Mais lui, le hell's angel... Il ne bouge pas. Tranquille, il regarde le feu. On est bien, ici. Je crois qu'il ne s'aperçoit même pas que nous sommes enveloppés d'un épais nuage toxique. Il est moins exposé que moi, qui prends carrément tout dans le nez comme si on me visait avec une lance d'incendie, mais il n'est pas épargné par le surplus. Et pourtant, il ne plisse même pas les yeux, et semble respirer normalement. Il en a vu d'autres, à mon avis (il a le visage tout buriné).

Je pense que deux minutes, c'est un délai correct, je ne vais pas non plus passer toute la nuit avec lui pour ne pas le froisser. Dans deux minutes, je pourrais partir rejoindre Pimprenelle sans que cela constitue une insulte, un malpoli que sa présence abomine ne serait pas si long à réagir. Le tout, c'est de tenir le coup jusque-là. Sans avoir l'air trop crispé. Je me suis donc adossé le plus possible au banc, bien en arrière, et, les yeux plissés, les lèvres pincées, essayant d'aspirer un peu d'air moins pollué, par petites bouffées, du côté de ma bouche opposé au hell's angel, j'ai attendu que ça passe. (Dix secondes... Quinze...) Détendu, détendu. C'est sympa, ce feu. Bien sûr, il y a ce flot de fumée âcre et nocive qui déferle sur moi, mais ce n'est pas la fin du monde. On veut toujours que tout soit parfait. Je suis bien, là, avec mon hell's angel. Et depuis quand je n'ai pas vu un feu de camp ? Hein ? My lady d'Arbanville, why do you lalala... C'est chaleureux, c'est paisible. Une bonne flambée, rien de tel pour réchauffer le cœur, comme on dit. Ça change de Paris, au moins. Je distingue mal les flammes, d'où je suis, mais qu'importe... Non, le principal, c'est de ne pas tousser. Car là, si par malheur je suis saisi d'une violente quinte de toux, si je me mets à pleurer et à devenir tout rouge, je ne ferai plus du tout illusion. S'il me voit m'asphyxier sans bouger, le hell's angel va croire que je n'ose pas me lever à cause de lui. Sûr. Mais pour l'instant, ça va. Je construis un bouclier mental entre la fumée et mes muqueuses. La meilleure technique, en fait, est de se replier sur soi-même, de s'immerger au tréfonds de soi-même et d'oublier l'extérieur. Comme les plongeurs en apnée. Ça doit faire une minute, là. Je suis bientôt au bout. Toi le frère que je n'ai jamais eu... Le plus humiliant, c'est d'imaginer que tous les autres participants ont dû interrompre ce qu'ils étaient en train de faire, cesser de discuter et se tourner vers moi en se demandant qui est ce malade qui rêvasse pile sur le passage de la fumée noire, à côté d'Hermann. On ne reconnaît pas son visage, dans ce brouillard opaque, mais ça doit être un drôle de branque. Ou alors il est sacrément bourré. Quelqu'un veut aller voir s'il ne s'est pas évanoui ?

Et Pimprenelle, Pimprenelle. Que pense-t-elle ? Je viens de lui sourire, et soudain j'ai été dérobé à sa vue... et je ne réapparais pas. Suis-je toujours l'homme de sa vie, après ça ? Un mollasson qui ne réagit pas dans de pareilles circonstances ? Un schizophrène qui ne se rend compte de rien ? Oui, bien sûr, je suis toujours l'homme de sa vie. Elle s'en fout, de ça. Elle a sa petite clé de Meccano sur les genoux, elle m'attend, elle sait que rien ne peut nous empêcher de fabriquer un support de couple vite fait, avec deux vis, deux écrous et trois petites barres à trous, et de nous en aller illico main dans la main, comme une omelette. Allez, il est temps. Ça fait bien une minute trente, il est temps. J'ai la tête qui tourne mais je m'en tire bien. Le hell's angel ne m'a même pas adressé la parole, j'ai du bol, je m'en tire bien. Maintenant que les premiers spasmes arrivent, il est temps. Comment on se lève ? Non, ça c'est se pencher en avant. Les pieds, les pieds. Voilà...

Je me suis levé avec grâce, en déséquilibre, et me suis dirigé vers Pimprenelle en récupérant progressivement mes esprits et mon souffle (ce qui m'a empêché de prendre tout à fait conscience de ce que je faisais). Elle fumait une Gitane, les yeux dans le vide. Je me suis assis près d'elle, majestueux, avec une entrée en matière toute trouvée :

— Il y a moins de fumée, par ici.

Si elle ne comprenait pas le français, tant pis, ce n'était pas plus mal. Elle m'a dévisagé une seconde ou deux, très pure mais avec de la langueur et de l'absence au fond, en souriant gentiment (si j'ai le visage couvert de suie, je me hais). Puis elle a dit :

— Oui mais vous avez bien résisté, quand même. Vous êtes fort.

Et voilà comment j'ai réussi à m'extraire de ce marécage de cambouis, de bière et de vinaigrette, de blousons graisseux, de fumée noire agressive, de masses velues et rotantes, de femmes cylindriques aux dents pourries, de batteries de cuisine et de voitures hurlantes sur l'autoroute, pour atterrir près de Pimprenelle, la femme la plus légère de la création, la plus seule, portée par la grâce, la plus instable, la plus étrange, la plus candide et la plus cinglante, la plus bizarrement habillée, une fille irrésistible et seule, avec des yeux gris et des cheveux fins, qui s'appelait Pimprenelle.

On ne peut pas dire qu'elle était bavarde (je découvrirais même par la suite qu'elle parlait assez peu), mais elle répondait aux questions avec une innocence et une sincérité désarmantes. Et comme je ne savais pas quoi faire d'autre que de lui poser des questions (je ne me voyais pas lui parler de moi, ça me semblait n'avoir aucun intérêt (« J'aime le gratin dauphinois, je suis détective privé, je suis venu en voiture »)), ce qui me permettrait peut-être d'éclaircir cinq ou six des dix mille facettes indéchiffrables que j'avais en face de moi, elle m'a beaucoup répondu, s'est ingénument confiée à moi, mais sans attacher une grande importance à ce qu'elle disait, et probablement pour me faire plaisir. J'ai appris par exemple qu'elle se trouvait idiote ou qu'elle aimait se faire baiser brutalement (je me demande laquelle de mes questions a pu entraîner cette confidence (je suis timide)), mais elle m'a a surtout parlé de son enfance (là encore, je ne sais plus pourquoi).

PIMPRENELLE ET SON ENFANCE

Pimprenelle n'a pas eu une enfance agréable, mais à son avis, elle était déjà solitaire et malfaisante de nature. Faut voir. Elle est née dans le nord de la France, près de Lille. Sa mère lui a causé beaucoup de soucis. Elle n'était pas méchante mais névrosée, maniaque, obsédée par l'ordre et la propreté. Elle l'aimait, sans doute. Simplement, la maison et le respect des règles passaient juste avant l'amour maternel. Pimprenelle devait faire avec. Maman disait que le seul moyen honorable d'aller de la naissance à la mort était de satisfaire la personne qui se trouvait au-dessus de soi, de ne surtout jamais lui donner de raison de se plaindre. (Dans la chambre de petite fille de Pimprenelle, j'ai trouvé un jour dans une boîte pleine de souvenirs d'enfance, bien rangés, un petit livre qu'on appelait, vers chez elle, une « poésie ». A l'intérieur, les membres de sa famille et quelques camarades de classe (disons collègues de classe, car clle n'avait pas d'amis) avaient inscrit des encouragements ou des maximes. En plusieurs endroits, on pouvait lire des conseils du genre : « Si ton patron est fier de toi, tu seras heureuse. ») Et comme Pimprenelle affichait une certaine résistance à ce principe de base, sa mère ne cessait de lui répéter qu'elle n'était bonne à rien, mais que si elle se reprenait et réussissait à trouver une place de serveuse quelque part, et à la conserver, elle aurait atteint le maximum de ce que peut espérer de l'existence une personne respectable. En attendant ses 15 ans, où elle allait tout envoyer balader, partir de la maison et vivre enfin dans la saleté, le désordre et la rage (à l'époque où je l'ai trouvée dans cette forêt allemande, elle avait 24 ans et, malgré une apparence douce et immaculée, ne se lavait qu'une ou deux fois par semaine et habitait un studio impénétrable où se trouvaient réunies les puces de Clignancourt et toutes les solderies de fringues de New York, en vrac), en attendant d'avoir d'assez bonnes jambes pour fuir, elle a dû se plier dans la haine à la discipline aberrante imposée par la maîtresse de maison. Elle n'avait pas le droit de rester dans sa chambre dans la journée, pour ne rien déranger — et bien entendu, il était hors de question qu'elle y invite qui que ce soit. Le matin, elle ne pouvait pas en sortir tant que ses dix poupées n'étaient pas parfaitement alignées, assises en rang militaire, le dos à deux doigts du mur exactement. Ni tant que toutes les franges du tapis n'étaient pas droites et strictement parallèles les unes aux autres. Elle n'avait pas le droit d'entrer dans le salon, pour ne rien salir — c'était une sorte de musée de bibelots et de meubles cirés, parfaitement propre et mort, qui ne recevait jamais un visiteur. Dans la cuisine — la seule pièce autorisée, avec les toilettes et, le matin, la salle de bain —, elle devait toujours se rincer les mains avant d'ouvrir un placard, même celui qui cachait la poubelle, afin de ne pas salir les poignées. Pas un verre, ni un stylo ni une enveloppe ne devait rester sur la table plus de dix secondes après son utilisation. On pouvait allumer la radio deux ou trois minutes pour écouter les informations, mais il fallait l'éteindre aussitôt après, pour éviter le désordre sonore. Après chaque utilisation de l'évier, ne serait-ce que rincer un verre, il fallait entièrement l'essuyer avec une éponge, puis le sécher avec un torchon prévu à cet effet. La moindre goutte d'eau oubliée sur l'inox déclenchait la colère de la mère, qui désespérait de voir sa fille devenir soigneuse un jour. Une goutte d'eau ou une miette, même minuscule, sur le carrelage, exposaient Pimprenelle à une crise de nerfs maternelle immédiate. En sortant de la cuisine, elle devait ouvrir la porte avec un torchon prévu à cet effet, afin de ne pas salir la poignée. Un jour, sans que sa mère s'en rende compte, elle a sorti un petit landau de poupée dans l'allée dallée du jardin, pour le pousser ailleurs qu'entre les quatre murs de sa chambre. Elle a dû faire face à un tel déferlement de fureur et d'injures qu'elle n'a plus jamais rien sorti de cette chambre où elle n'avait pas le droit d'entrer. Elle détestait sa mère.

Ligotée et matraquée, Pimprenelle développait parallèlement un fond de sauvagerie animale. Elle n'aimait pas les bonbons, les sucettes ou les chocolats, elle préférait la viande, grignoter des saucisses dans la journée ou manger du pâté au petit déjeuner. Elle a pris l'habitude de mordre les gens qu'elle n'aimait pas, comme d'ailleurs ceux qu'elle appréciait — c'était devenu un moyen d'exprimer ses émotions, quelles qu'elles soient. Il lui est arrivé de déchirer des pulls avec ses dents. Son quatre-heures était toujours le même : une tranche de pain tartinée avec de la moutarde.

Son père lui a causé quelques soucis, lui aussi. Exaspéré, abattu par l'existence que lui faisait mener sa femme, il s'est détourné d'elle, par instinct de survie, et a fini naturellement par tomber amoureux d'une autre. Pimprenelle avait onze ans lorsque cet homme qu'elle vénérait, qui représentait pour elle la seule figure bienveillante, aimable et admirable de son univers, donc de l'univers, est parti de la maison — la laissant seule. Elle n'en a pas été surprise, car elle l'avait toujours imaginé entouré de femmes magnifiques dès qu'il sortait du royaume de sa mère, offrant un peu de lui à chacune selon ses envies, en prince. Mais ce départ l'a achevée, cassée. Elle a vu la femme se traîner en hurlant sur le carrelage, accrochée au bas du pantalon de l'homme, celui-ci donner de furieux coups de pied pour tenter de se dégager, réussir péniblement à la tirer hors de la cuisine, ouvrir la porte d'entrée malgré les prières hystériques de la femme et s'enfuir rageusement en la laissant disloquée par terre, ravagée de douleur et de honte, la tête sur le paillasson.

Ce soir-là, treize ans plus tard, nous sommes repartis ensemble de la forêt allemande. Une demi-heure auparavant, je m'étais aperçu en tournant la tête que Solange avait disparu, mais cela n'avait aucune importance. Je m'en allais pour plusieurs mois d'inconscience et de liberté avec Pimprenelle, comme un fou exalté, j'allais la suivre et me laisser débloquer, délivrer, j'allais perdre joyeusement la tête et m'ouvrir au monde à côté de Pimprenelle, absorber par contact sa sauvagerie, son audace, son inconséquence et un peu de sa grâce, devenir aussi naturel et irresponsable qu'elle, passer entre les gens : je ferais des choses imprévisibles et inconcevables pour moi jusqu'alors, je m'allongerais près d'elle sur l'herbe humide du jardin de mes parents trois minutes après notre arrivée dans leur pavillon de banlieue, le jour où ils la verraient pour la première fois, stupéfaits (elle porterait un petit costume doré d'acrobate, une sorte de combinaison-short moins pudique qu'un maillot de bain, et des mi-bas translucides, je me coucherais avec elle sur le gazon comme si j'avais toujours adoré faire ça, moi qui ne mettais jamais un pied dans ce jardin), je danserais avec elle sur des tables de bistrots, je partirais de l'autre côté du monde sur un coup de tête commun, je porterais des bagues étincelantes, je me raserais entièrement la tête, je l'écouterais en souriant parler de cul à des inconnus, je planterais n'importe qui en plein repas, je me détournerais sans scrupule ni gêne des gens que je n'aime pas, je lui demanderais d'emménager chez moi trois jours après notre rencontre. Je flotterais béat dans sa lumière.

Ce soir-là, en Allemagne, lorsque nous sommes montés dans ma voiture pour prendre la direction de Paris, j'ai laissé derrière moi, dans la forêt, près du cratère et de sa fumée noire, entre les motards, mes soirées devant une casserole de nouilles et la télé, mes nuits à divaguer plein d'alcool dans les bars du quartier, mes heures de lecture au lavomatic, mes dîners sans intérêt ni joie avec des amis qu'il fallait voir, les films de cul sur le câble, le choix difficile des caleçons aux Galeries Lafayette, mes journées entières à regarder les Jeux olympiques en mangeant du camembert et des Krisprolls, les filles anonymes dont je ne connaissais que la chatte, les réveils pâteux mais insouciants, à 14 heures, avec pour seul projet d'aller boire quelques verres au Saxo Bar en sortant, les huit jours de vêtements sales en pile sur une chaise de la chambre, les bains de deux heures dans l'appartement vide, le whisky à la bouteille en fin d'après-midi, avant de descendre, en écoutant de la musique fort, Janis Joplin, Chet Baker ou Il Etait Une Fois, le Papier d'Arménie pour ne pas avoir à aérer en hiver, les terreurs des dépistages HIV, tous les six mois, l'euphorie de l'avenir ensuite, les passants qu'on aimerait embrasser, leurs mystères, les coups de téléphone encore, les courses au Super U de l'avenue de Clichy, la Danette, la moussaka Marie, le poisson à la bordelaise Findus, les spaghettis Barilla et les steaks hachés Charal, le taboulé en barquette, le saucisson prédécoupé, le thon et le jambon pour le chat, le pack de bières, les Mikado pour le lit, les marches tranquilles d'un point à un autre, presque au hasard, les attentes sans regarder l'heure, les discussions faciles et volatiles au comptoir, les débuts de soirée qui s'éternisent au Flore, assis seul à observer les gens qui entrent, les fêtes dans l'ombre à regarder les danseuses en buvant du mauvais punch, les longs retours dans Paris à pied quand le jour se lève, depuis un appartement inconnu, par Montparnasse, Ternes, l'avenue Marceau, Saint-Germain, République, Denfert, Pigalle, j'ai le temps de ne pas prendre le métro, de respirer dans l'air gris clair entre les immeubles, les lèvres séchées, le corps aussi, de traverser les rues, d'acheter un jus d'orange Minute Maid au marchand de crêpes, de sentir sur moi l'odeur de la fille, de marcher, un peu sale, fatigué, sans souci, de regarder les gens qui travaillent. Je passe prendre des viennoiseries avant de monter, je jette ma veste sur une chaise, j'enlève mes chaussures, je nourris le chat qui miaule, je fais un café, je pose le bol et le sachet de la boulangerie sur la table basse, je m'assieds sur le gros fauteuil noir, je regarde Télématin.

12

— Hector ! Qu'est-ce qu'il fait là, le bol ? C'est pas vrai !

Je viens de sortir de la salle à manger, quatre ans plus tard. J'y prends mon petit déjeuner tous les après-midi vers 14 heures (je travaille la nuit, jusqu'à 7 heures), et aujourd'hui je suis passé vérifier quelque chose sur l'ordinateur, dans mon bureau — qui est la pièce voisine. Je n'aurais pas dû faire ça. Je n'en avais que pour une ou deux minutes et j'ai pensé qu'elle ne passerait pas par là pendant ce temps, qu'elle ne verrait pas le bol sur la table. Perdu. Il faudrait que j'arrête de penser, ça me joue des tours. Dès la dernière gorgée de café avalée, sans même reposer le bol, j'aurais dû le rapporter à la cuisine, à l'autre bout de l'appartement (il faut emprunter un couloir très étroit et long de plus de neuf mètres, complètement ridicule, pour aller jusqu'à la cuisine), le rincer dans l'évier et le mettre dans le lave-vaisselle. En sortant, j'aurais pris soin de laisser la porte exactement comme je l'ai trouvée en entrant, et comme elle doit toujours être : ouverte, mais pas tout à fait, car il ne faut surtout pas qu'elle soit en contact avec le mur (cependant, attention, il est impératif qu'elle reste suffisamment ouverte pour qu'on puisse passer sans la toucher — je me suis fait souvent avoir, avec ça). C'est ce que je fais maintenant, donc. Sinon elle va hurler. Je laisse tomber le texte que j'étais en train de relire (six jeunes femmes violées dans le même quartier de Reims) et je rapporte mon bol. Devant notre chambre, je croise Pimprenelle, qui ne me regarde pas mais secoue la tête d'un air méprisant (« Il comprendra jamais, ce connard »). Puis elle se baisse pour ranger l'intérieur de la petite maison de toile multicolore que nous avons offerte à Oscar pour Noël. Il a un an et demi, maintenant. Assis non loin de là dans sa tenue d'intérieur (une sorte de jogging qu'il a le droit de salir sur notre parquet), il l'observe d'un œil intéressé, semblant se demander ce qu'elle fait. Elle a son visage des mauvais jours : très pâle, les traits relâchés, les paupières lourdes, les yeux légèrement vers le haut, l'ensemble respirant le dédain et la haine. Elle est laide.

Je les regarde deux secondes, triste, puis, avant qu'elle ne se retourne et ne me demande ce que je fous là, planté comme un abruti, je reprends ma route vers la cuisine. Je rince mon bol dans l'évier, je le mets dans le lave-vaisselle. Il a une place et une inclinaison très précisément définies, mais j'ai depuis longtemps l'habitude et ne me fais plus engueuler sur des trucs aussi simples. J'essuie le robinet que je viens de toucher avec une feuille de Sopalin (les mains, même propres, laissent des traces, invisibles pour le commun des mortels (pas pour Pimprenelle : « Hector, le robinet... »)). Une goutte d'eau est tombée sur le plan de travail, malgré mes précautions, pendant le trajet du bol de l'évier au lave-vaisselle. Fier et soulagé de l'avoir repérée, je la fais disparaître avec une autre feuille de Sopalin (trois rouleaux sont disposés aux endroits stratégiques de la cuisine), que je jette ensuite avec la première dans la grande poubelle en aluminium qui se trouve sous la fenêtre. Je replace bien le couvercle, la poignée parallèle au plan de la fenêtre. Je ne touche à rien d'autre, je n'ai pas le droit. (Pour être honnête, j'ai le droit, mais immanquablement elle repasse derrière moi et remet en place tout ce dont je me suis servi, en poussant de gros soupirs agacés, même si je me suis appliqué à tout repositionner au millimètre (la bouteille de jus d'orange dans la porte du frigo (l'étiquette vers l'extérieur), la verseuse de la cafetière (la poignée orientée sur le 4 d'une montre, lorsqu'on est en face), un rouleau de Sopalin (à un doigt du mur, la tranche de la première feuille face à l'utilisateur)). Je fais de mon mieux (moins pour lui faire plaisir, bien sûr, que pour éviter ses colères), mais c'est inutile : je l'ai vue plusieurs fois, par exemple, ouvrir un tiroir que je venais de bien fermer, pour le refermer mieux.) Pourtant certain de n'avoir rien dérangé, rien oublié, je jette comme toujours un coup d'œil circulaire. Parfait, on dirait que je ne suis qu'un courant d'air. Avant de sortir, je déplace la poubelle d'un demi-centimètre (peut-être un peu moins) sur la gauche : je ne me laisserai pas écraser comme ça.

Au moment où je passe la porte, elle entre en trombe. Elle marche toujours à toute vitesse d'une pièce à l'autre, comme pour me faire sentir que je suis un fainéant qui ne se rend compte de rien, qui ne comprend même pas que pour que tout soit fait dans un appartement, il faut foncer. Je m'arrête après trois pas dans le couloir. J'entends le bruit de la poubelle sur le carrelage. Je souris, mais aussitôt :

— Hector, tu le fais exprès ou quoi ? L'évier, putain !

Tête de linotte. Depuis quelques jours, elle a ajouté une règle aux deux ou trois cents que je dois respecter dans l'appartement : il ne suffit plus maintenant de nettoyer les robinets et la surface de l'évier après chaque écoulement d'eau, il faut aussi sécher les parois et le fond, jusqu'à la grille du trou d'évacuation, avec du Sopalin. C'est trop récent, je n'y ai pas pensé. A ma décharge, il faut remarquer que c'est un cercle vicieux : plus elle devient exigeante, plus je suis obligé de contrôler mes gestes et d'effacer toute trace de mon passage, plus je dois avoir de choses en tête et plus je cours le risque d'en oublier. Donc plus il faut que je sois à la hauteur, moins je suis à la hauteur.

L'année dernière, nous avons quitté le deux-pièces du 27 rue Gauthey dans lequel j'ai passé treize ans, dont onze en célibataire ivre de liberté, pour emménager dans un grand appartement du Xe arrondissement, au 40 rue de Chabrol. C'est un quatre-pièces de 110 m^2, où nous vivons désormais enfermés. La cuisine donne sur la cour ; le couloir de neuf mètres, qui permet d'accéder à droite à la salle de bain et plus loin à gauche aux toilettes, mène à une vaste entrée : à droite se trouve notre chambre, qui donne également sur la cour ; en face se trouve la salle à manger, qui donne sur la rue ; depuis notre chambre, on entre dans celle d'Oscar, qui donne sur la cour ; depuis la salle à manger, on entre dans mon bureau, qui donne sur la rue ; le couloir se poursuit au-delà de l'entrée, à droite après notre chambre, sur six bons mètres, et offre encore quatre portes : la première ouvrirait sur notre chambre (qui a donc trois portes), mais nous ne nous en servons jamais ; au fond, trois autres : à droite la deuxième porte de la chambre d'Oscar ; à gauche la deuxième porte de mon bureau ; en face, enfin, tout au bout, la porte de la penderie. Chacune des quatre pièces est équipée d'une cheminée en marbre. Les fenêtres sont hautes, avec de grands carreaux.

13

Je me demande si j'ai un jour imaginé ce que pouvait être une « vie de couple » agréable. Sans doute, mais alors presque inconsciemment, comme on rêve de l'hypothétique « femme de sa vie », de manière diffuse et permanente, sans y penser vraiment. Je n'ai jamais passé plus de quelques jours avec une fille, et jamais cru pouvoir le faire (je m'ennuyais tout de suite), la question ne se posait donc pas, mais j'avais probablement comme tout le monde une image au fond de moi, utopique et banale, que je n'ai dû aller regarder de près que deux ou trois fois en quinze ans. Si j'essaie de m'en souvenir, il me semble voir un bel appartement, grand, à Paris (avec des cheminées et de grandes fenêtres), deux personnes à l'intérieur, calmes et amoureuses, bien distinctes. Chacune a quelque chose à faire, chacune a une vie. Ces deux personnes se croisent dans les couloirs, elles dorment ensemble, baisent, écoutent de la musique, sc posent quelques questions. Je crois que cela n'allait pas plus loin, mon image, que deux vies qui s'unissent dans le même appartement, harmonieusement, chacune gardant ses particularités et ses centres d'intérêt. En général, je voyais les deux personnages lire sur un fauteuil, sur un lit, ou boire du café dans des tasses bleu clair. C'était une image.

En passant dans la salle à manger pour retourner travailler dans mon bureau, je baisse les yeux vers le répondeur (certains réflexes sont tenaces). Non. Trois messages, les mêmes qu'hier, les mêmes qu'avant-hier. Personne n'a appelé depuis cinq jours. Le premier message, de son père, date d'au moins deux semaines. Le deuxième est de ma mère. Le troisième de la sienne. A l'époque où j'ai rencontré Pimprenelle, j'en trouvais sept ou huit en rentrant chaque soir, qui clignotaient sur ce même répondeur noir à chiffres rouges. Plus d'une vingtaine de personnes m'appelaient régulièrement, et je n'en éprouvais aucune joie particulière. Elles ont toutes disparu. Cinq ou six d'entre elles, tenaces comme des réflexes, téléphonaient encore au printemps dernier. La dernière fois que nous avons reçu un appel qui ne provenait pas de l'une de nos deux familles, c'était il y a cinq mois : ma meilleure amie, Catherine, demandait ce qu'on devenait. Depuis trois ans et demi, nous n'avons dîné avec personne, nous n'avons vu personne.

Je reste un moment debout devant l'ordinateur à fixer l'écran, j'allume une cigarette, mais je n'ai pas le courage de me replonger dans cette histoire de viols en série. Je n'ai plus beaucoup de forces, en ce moment, et pas le moral. Je m'approche de la fenêtre, haute, propre, et je regarde dehors. Nous habitons au premier étage, c'est une bonne chose, on voit bien les gens qui passent.

Une très vieille femme traverse la rue devant chez nous, petite et voûtée, sèche, fragile. Elle ressemble à un bébé. Qui traverse la rue. Elle tient mal sur ses jambes, ne sait plus comment on doit s'y prendre pour marcher vite. Son visage est crispé par la peur. Elle n'ose pas tourner la tête à droite et à gauche, pour mieux se concentrer sur le but à atteindre, l'autre trottoir, mais on voit qu'elle y pense, qu'elle sent venir la voiture qui va la percuter de côté et la projeter à dix mètres. Elle a vécu presque un siècle pour aujourd'hui traverser une rue comme lorsqu'elle avait deux ans. Peu de progrès. Au moment où elle pose un pied sur la terre promise, Pimprenelle entre en coup de vent dans mon bureau.

— Ça pue la clope, Hector...

Elle ouvre l'autre fenêtre, éteint le chauffage, pousse un livre sur l'étagère de la bibliothèque pour l'aligner avec les autres, décale de quelques centimètres la lampe qui se trouve près de mon ordinateur et, avant de ressortir, repousse contre la table la chaise que j'avais légèrement tirée pour me mettre à travailler avant de me raviser. La vieille petite fille reprend un chemin plus paisible sur le trottoir. On peut se demander pourquoi je ne dis rien (je pourrais tenter « Touche pas à ça, fous-moi la paix dans cette pièce, dégage ! »), mais on connaît mal Pimprenelle. Elle est violente. Et puis je l'aime encore.

Pimprenelle est aujourd'hui l'inverse de ce qu'elle était quand je l'ai rencontrée (et moi aussi, je suppose). Je ne sais pas quand cette transformation a commencé (et je ne sais pas non plus quand j'ai commencé à céder sur tout, à baisser les bras face à elle). Les premiers mois, dans ma mémoire, baignent dans une euphorie floue. On se couchait dans l'herbe, on dansait sur les tables. Ensuite, si j'essaie de schématiser, elle a opéré en deux temps. D'abord, elle m'a isolé du reste du monde. J'ai dû prendre cela pour une marque de passion, je pense même que j'en ai ressenti de la fierté, voire un peu de plaisir, au début. Nous n'étions pas comme les autres, nous vivions quelque chose d'extraordinaire, pourquoi perdre du temps à discuter avec des gens, pourquoi diluer notre amour dans le monde commun ? Elle me disait qu'elle n'aimait personne, qu'elle n'avait pas envie de parler à qui que ce soit d'autre que moi. Bien entendu, si je voulais, je pouvais sortir, accepter les dîners, mais il ne fallait pas que je me vexe si elle restait à la maison. J'ai résisté comme je pouvais, organisé deux ou trois repas avec des gens que j'aimais, au restaurant ou chez eux, mais elle en repartait agacée, lasse et amère. Je l'aimais, je m'en voulais de la forcer, de lui imposer ces corvées. Alors je suis sorti un peu tout seul. Elle s'asseyait sur mon gros fauteuil noir quand je m'en allais, et quand je rentrais elle était assise sur mon gros fauteuil noir. Elle n'avait pas bougé, pas mangé, pas lu, elle m'avait attendu les yeux sur la télé, sans intérêt. Et ne me reprochait rien. C'étaient les premiers temps de notre amour, je découvrais à 34 ans cette sensation enivrante (c'est le bon mot), et forcément je me demandais ce que j'étais allé foutre à bavarder toute une soirée avec Bidule ou Machin alors que la femme la plus belle du monde, et la seule avec qui je me sente réellement bien, naturel, patientait toute seule sur mon gros fauteuil noir, dans mon appartement, avec mon chat. J'ai arrêté, progressivement, de sortir sans elle. Je ne voyais plus que les amis de quartier que nous croisions au Saxo Bar ou au Soleil, l'après-midi, ou en début de soirée, avant d'aller dîner tous les deux au restaurant. Elle n'aimait pas trop ces moments au comptoir. Je ne pouvais pas lui en vouloir, ce n'étaient pas ses amis. Et je me voyais dans la peau du type qui traîne toute la journée avec ses copains de rade pour discuter de courses de chevaux, le type buté qui ne comprend pas que ça n'intéresse pas sa femme et qui ne peut pas s'en passer. Le beauf qui veut bien sacrifier pas mal de choses mais pas sa bière et ses potes. Alors nous avons changé de bistrot, j'ai bu mes bières et elle ses cafés dans un bar lugubre de l'avenue de Clichy, le Splendid, dont le seul avantage était que nous n'y connaissions personne.

Elle était jalouse. Quand j'allais dîner quelque part, elle disait qu'en m'attendant elle m'imaginait entouré de créatures magnifiques et langoureuses, pendues à mon corps (si désirable), et que ça la mettait au supplice. Mais ces craintes de jeune fille se sont vite transformées en soupçons malsains et pathétiques. Si j'embrassais une femme dans la rue ou dans un bar pour lui dire bonjour, elle pâlissait aussitôt et je la sentais se crisper. Si j'avais le malheur de discuter avec elle plus d'une quinzaine de secondes, elle devenait carrément mauvaise. Il lui est arrivé plusieurs fois de me planter là et de s'éloigner toute seule. Et quand elle parvenait à se contrôler, à ruminer son dépit et sa hargne, elle me le faisait payer cher ensuite. Elle ne m'adressait plus la parole, boudait comme une gamine, en grondant de temps en temps (« Qu'est-ce qu'elle a de si extraordinaire, cette fille ? T'as l'air de bien t'amuser, avec elle, hein ? Mais vas-y, si elle t'intéresse tellement plus que moi, vas-y, je te retiens pas, va la baiser. Qu'est-ce que ça peut me foutre ? De toute façon t'as raison, elle est mille fois mieux que moi. Je suis une merde, moi. Je peux pas t'en vouloir, vas-y, barre-toi »). Lorsque la peur et la tension retombaient, une ou deux heures plus tard, elle s'excusait, m'expliquait qu'elle s'estimait si peu qu'elle ne comprenait pas que je n'en préfère pas une autre, dix autres, me jurait qu'elle s'en voulait d'être comme ça mais que c'était plus fort qu'elle.

Je n'avais pas le choix. Je m'en foutais, de ces filles à qui je disais bonjour. Quant à elle, je la trouvais magnifique, insaisissable, différente de toutes les autres, j'aimais son visage et son corps de princesse vicieuse, son esprit de fillette cinglée, on baisait comme des fous, elle me faisait rire et je pouvais discuter de n'importe quoi avec elle. J'ai pensé qu'elle finirait par changer, par comprendre. Mais sur le moment, je n'avais pas le choix : je croisais dans la rue une fille que je connaissais et qui ne m'intéressait pas plus que ça, soit je parlais avec elle et j'y gagnais deux heures de sales scènes grotesques avec la femme que j'aimais et qui me fascinait, soit je l'évitais et je continuais joyeusement ma journée miraculeuse avec la femme que j'aimais et qui me fascinait. Facile.

Il restait le téléphone, qui sonnait souvent. Elle n'appréciait pas non plus. Les premiers temps, elle changeait de pièce quand je parlais à quelqu'un, ou bien restait sur le fauteuil mais se renfermait et ne disait plus un mot pendant une heure : une enfant triste qu'on délaisse, qui sait que les adultes sont plus intéressants qu'elle et qui en souffre en silence, seule dans son coin. Puis elle a commencé à m'adresser le même genre de reproches que pour les filles que nous rencontrions dehors. De manière de plus en plus brutale. Même lorsque je parlais à un homme, elle perdait la tête. Si je riais au téléphone, ou si je discutais de choses que je n'avais pas abordées avec elle (une enquête sur laquelle je travaillais, ou n'importe quel sujet d'actualité que mon interlocuteur évoquait), elle en déduisait que je la trouvais sinistre ou stupide (« Si tu as besoin de quelqu'un d'autre pour rigoler ou parler de trucs sérieux, c'est que je ne te suffis pas, je suis trop con, trop nulle, on n'a vraiment rien à foutre ensemble »). Désespérée, humiliée, rongée de rage contre elle-même, elle donnait des coups de pied dans les meubles pour se calmer, cassait des verres, des lampes, ou se donnait des coups de poing dans la tête pour se punir d'éprouver des sentiments pareils et de les montrer, elle se cognait devant moi ou plus tard dans la salle de bain, je l'entendais se cogner en jurant entre ses dents. Qu'est-ce que je pouvais faire ? Manifestement, elle ne parvenait pas à se retenir. Donc j'avais le choix, encore, endurer ces démonstrations affligeantes qui gâchaient toutes nos journées (car si elle redevenait parfaitement normale et amoureuse dès que ses tourments la lâchaient, dès qu'elle s'était vidée de sa fureur, je n'avais pas, de mon côté, la faculté de tout oublier sur un claquement de doigts, comme elle, comme les enfants et les fées, je restais marqué, rancunier, hostile et cafardeux jusqu'au lendemain au moins), subir ces tempêtes écœurantes, ou me priver de bavarder avec des gens plutôt sympathiques. Alors je laissais le répondeur branché en permanence, et je décrochais de moins en moins en entendant la voix de celui ou de celle qui appelait, d'abord seulement quand il s'agissait de personnes que j'aimais particulièrement, puis plus du tout. J'étais parfois obligé de rappeler, mais ses réactions étaient encore plus extravagantes (« Dis tout de suite que je t'emmerde ! Je peux partir de ta vie, si t'as pas envie de discuter avec moi, je veux pas te forcer »). Quand elle prenait sa douche ou quand elle dormait, j'en profitais, je parlais à voix basse, quand elle sortait faire une course j'essayais de grouper deux ou trois appels (mais nous ne nous quittions pas plus de dix minutes par jour, et pas tous les jours — sauf quand je devais filer quelqu'un dans Paris, mais cela devenait de plus en plus rare). Je trouvais ces situations si sordides, je me voyais si piteusement dans la peau d'un acteur de feuilleton minable (« Allô, Gloria ? C'est moi. Tu m'entends ? ») que j'ai fini par arrêter, dégoûté par la honte.

Quelques amis ont téléphoné six ou sept fois, sur deux ou trois mois, sans que je les rappelle.

Ce que je pouvais faire, on me dira, c'était la quitter. Elle me le conseillait d'ailleurs sans arrêt (six mois après notre rencontre, nous n'avions quasiment plus d'autre sujet de conversation que notre propre histoire) : « Je te pourris la vie, tu vois bien. Je te l'avais dit. Et ça ne va pas s'arranger, tu peux me croire. Ne reste pas avec moi. » Mais il n'est pas facile d'accepter de se séparer définitivement de quelqu'un qui nous bouleverse, dans le seul but de reprendre contact avec des gens qu'on aime bien et qu'on fréquente déjà depuis dix ou quinze ans.

J'y ai réfléchi de manière plus approfondie, cependant, quand j'ai remarqué qu'elle commençait à ne plus supporter que je montre trop d'intérêt pour un film à la télé (sur le côté, je sentais sa tête tournée vers moi, ses yeux fixés sur moi pour essayer d'attirer mon attention par télépathie), ni que je me passionne pour un livre. Là, ça tournait au vinaigre. En quatre ou cinq mois, je l'ai quittée trois fois. L'une pour m'échauffer, les deux autres sérieusement (elle est partie avec toutes ses affaires, d'abord une semaine chez son père, puis la dernière fois dix jours dans l'appartement vide d'un type du quartier ? Stéphane). Mais sans elle, je ne tenais pas bien longtemps. Qu'est-ce que j'en avais à secouer, des films à la télé ?

Nous allions dîner tous les jours au restaurant, tous les deux. C'était notre seule occupation, notre seule activité sociale. (Nous n'allions plus au cinéma, par exemple. La dernière fois, je l'avais sentie mal à l'aise pendant tout le film, elle ne se préoccupait pas de ce qui se passait sur l'écran, elle avait toujours la tête tournée vers moi, vers mes mains. En sortant de la salle, bouillonnante, elle m'avait demandé si je me foutais de sa gueule, si je m'étais bien amusé avec ma voisine de siège — dont je ne savais même pas si elle était blonde ou brune, si elle avait 16 ou 75 ans.) Un soir, en sortant de table vaguement ivre, j'ai compris que je n'existais plus pour personne au monde, en tout cas physiquement, ct que l'unique moyen dont je disposais encore pour garder le contact avec mes semblables, c'était d'observer à la dérobée les clients des tables voisines, et de tendre l'oreille.

Quand je m'efforce de penser sérieusement à ce que je suis, à ce que j'aime, quand j'essaie d'écarter les parasites et de voir mon cœur, je me rends compte que rien d'autre ne me touche, rien d'autre ne m'intéresse (hormis Pimprenelle...) que les êtres humains. Je n'ai aucun goût particulier pour la forêt, les rivières, les oiseaux, les chaussures, le pudding ou les voitures. Une lampe de chevet ne m'intéresse que si elle est d'occasion, car je pense à la jeune femme ou au vieil homme qui ont appuyé mille fois sur l'interrupteur le soir avant de s'endormir. Un livre ne m'intéresse que parce qu'il est écrit par un être humain, parce qu'il évoque la vie d'êtres humains. Ça se formule bêtement, mais je n'aime rien d'autre que les gens. C'est déjà beaucoup. Et c'est précisément ce que Pimprenelle m'a enlevé. Elle est apparue et m'a privé de tout ce que j'aimais.

Ayant réussi à m'isoler du monde (sans trop de mal, il me semble, si l'on se souvient que j'étais, à 34 ans, l'un de ces célibataires légendaires qu'on dit endurcis et dont on prétend qu'il est presque impossible de changer les manies), elle est passée à la seconde et dernière étape : elle m'a transporté dans une prison qu'elle a construite elle-même et dont elle a établi toutes les lois. Trois mois après la naissance d'Oscar, donc, nous avons déménagé rue de Chabrol. Ça tombait bien, Pimprenelle détestait l'appartement de la rue Gauthey. Elle percevait des traces de filles partout. Et surtout, elle vivait cernée par le seul aspect de ma vie qu'elle ne pourrait jamais contrôler : mon passé. C'était un calvaire pour elle.

Pimprenelle n'est jamais contente. En particulier,

elle n'est jamais contente de ce qu'elle a. Si nous sortons le soir, elle est furieuse parce qu'elle va se coucher tard et que sa nuit sera trop courte ; si nous ne sortons pas le soir, elle est furieuse parce que je la considère comme une domestique qui doit passer sa vie dans la cuisine. Si elle passe l'aspirateur, elle est furieuse parce qu'elle ne se trouve bonne qu'à ça, parce qu'elle a le dos cassé, parce qu'elle n'en peut plus ; si elle ne passe pas l'aspirateur, elle est furieuse parce que la poussière envahit tout, parce qu'elle n'est même pas « capable de tenir une maison ». C'est pour cette raison que je l'ai laissée choisir seule notre nouvel appartement. Je savais qu'elle n'y serait pas bien, que rien n'irait dans cet appart de merde et qu'elle attendrait impatiemment, putain, notre prochain déménagement, aussi je préférais que ses critiques et son irritation ne se répandent pas sur moi — j'avais déjà de quoi m'occuper. (Ancien détective spécialisé dans la psychologie de l'adversaire (par obligation, car physiquement je manquais d'atouts), j'avais encore une fois fait mouche : notre deux-pièces de la rue Gauthey était trop petit, beaucoup trop petit, on se marchait dessus, putain, on ne pouvait rien ranger correctement ; notre quatre-pièces de la rue de Chabrol s'est avéré trop grand, beaucoup trop grand, on revenait crevé de la cuisine et il fallait des heures et des heures pour faire tout le ménage, putain.) Elle a donc choisi ce 110 m² du Xe arrondissement, loin de mon quartier de célibataire célèbre, loin des seuls visages connus que je pouvais encore croiser dans la rue, loin des bars amis dans lesquels je risquais de me précipiter à tout instant. Lors du déménagement, elle m'a convaincu habilement (pas du tout, en fait, mais j'ai fait comme si) de laisser sur le trottoir quelques monuments de ma vie antérieure : les quatre chaises horribles que j'avais acquises à prix d'or dans un dépôt-vente, à 22 ans, lorsque j'avais fait mon entrée en fanfare dans Paris ; mes meubles de cuisine, pourtant sobres, fonctionnels, et comme neufs, que j'avais choisis dix ans plus tôt au BHV avec une fille dont j'ai oublié le prénom ; la grande armoire déglinguée de ma chambre ; mon grille-pain Seb ; ma table de chevet ; ma petite armoire de salle de bain, à trois miroirs ; et mon gros fauteuil noir. Ensuite, elle s'est attelée au remplissage et à la décoration de notre nouvelle demeure. Elle a acheté tous les meubles nécessaires (tables, chaises, fauteuils, canapé, armoires, étagères, placards de cuisine et de salle de bain), qu'elle a disposés comme elle l'entendait, ainsi que des lustres, des cadres, des photos, des miroirs et de nombreux objets divers, qu'elle a placés où elle l'entendait. (Si elle trouvait un reproche à me faire à propos de notre cadre de vie, je voulais bien être pendu.) Tout était en place, l'enfer pouvait commencer.

En réalité, Pimprenelle a entamé sa métamorphose lorsqu'elle est revenue de la maternité avec Oscar. Nous habitions encore rue Gauthey. Je ne sais plus quand j'ai compris qu'elle changeait, mais je situe mon premier étonnement (amusé) le jour où elle a décidé de nettoyer la baignoire. J'ai dû cependant froncer les sourcils ou incliner la tête une semaine plus tôt, lorsqu'elle m'a proposé de ne plus solliciter Soumia, une amie du quartier qui venait faire le ménage régulièrement à la maison depuis cinq ou six ans. Elle préférait s'en occuper elle-même. A mon avis, ce n'était pas une période idéale pour ce genre de résolution responsable, en ces premiers temps où le bébé, qu'elle allaitait, la tuait, mais je n'ai pas voulu la contrarier. Un soir, donc, elle a décidé de nettoyer la baignoire. En deux ans, je ne l'avais jamais vue nettoyer quoi que ce soit — sauf une fois où je l'avais suppliée de passer un rapide coup d'aspirateur, pendant que je m'attaquais à la salle de bain, dans un appartement de New York que nous quittions après deux semaines de location (ainsi, c'est vrai, que le jour très particulier où nous étions revenus de Veules-les-Roses dans l'appartement investi par Thierry et Taouf, mais cette éruption ménagère n'avait pas eu de suite). J'ai regretté de lui avoir fait remarquer plusieurs fois, depuis que nous nous connaissions, son manque d'ardeur dans ce domaine. Car elle a mis deux heures et demie pour nettoyer la baignoire. J'étais devant la télé, j'attendais, je ne comprenais pas ce qui se passait. Deux heures et demie, cela me semblait un peu long pour une baignoire, même si je n'avais pas de références très solides en la matière. J'ai pensé qu'elle s'était mise en devoir de laver toute la salle de bain (si elle est très sale et qu'on s'applique bien, cela peut éventuellement prendre deux heures et demie, quand on est fatigué et qu'on n'a pas l'habitude, un soir où par malchance le débit de l'eau est très faible, à peine un petit filet), je me suis dit que le moment était assez mal choisi, j'ai même préparé deux ou trois phrases diplomatiques pour lui expliquer que la plupart des gens raisonnables, ceux dont le couple n'explose pas au bout de dix jours, ne consacrent pas leurs nuits à faire le ménage à fond, surtout quand ils savent qu'ils vont être réveillés à 5 heures par les hurlements d'un bébé qui ne connaît pas la vie, mais ça n'a servi à rien car, avec sagesse, elle s'était contentée de la baignoire. Qui devait être bien propre, maintenant. Je suis allé voir, intimidé : oui, elle était bien bien propre.

Je ne me suis pas alarmé, car dans les dernières pages de ma bible, il était expliqué que le baby blues peut avoir des effets réellement spectaculaires. Bien sûr, ils n'avaient pas prévu qu'une jeune mère pourrait soudain prendre deux heures et demie pour nettoyer une baignoire, les meilleurs ont leurs limites, mais ils donnaient tout de même quelques pistes intéressantes. Hormis la tristesse sourde et inattendue qui déployait ses ailes noires dans l'âme de la femme, deux principaux dangers la guettaient : d'une part, elle pouvait être saisie d'une véritable frénésie domestique, d'un besoin irrépressible d'ordre et de propreté dans la maison (l'arrivée soudaine de nouvelles responsabilités, le désir de bien faire, de ne pas se laisser déborder, l'instinct de protection, le syndrome du nid) ; d'autre part, elle risquait de retomber violemment en enfance et de se projeter dans la peau de sa mère, par réflexe, de reproduire inconsciemment ses gestes, d'adopter pendant un temps sa manière de voir et d'agir (la crainte de ne pas être à la hauteur, la sensation de panique, l'obligation de trouver un modèle). Pour Pimprenelle, ces deux menaces se confondaient dangereusement. Mais comme les spécialistes insistaient sur le côté normal et temporaire de cette phase perturbée, je ne me suis pas alarmé.

Dès les premiers jours que nous avons passés rue de Chabrol, j'ai compris que j'avais eu raison de ne pas m'alarmer : je venais de gagner trois mois de relative insouciance, les derniers. Car Pimprenelle est passée outre le côté normal et temporaire de la phase perturbée. Elle a continué sur sa lancée. Elle avait vécu vingt-six ans comme une révoltée, prête à tous les excès pour ne pas ressembler à sa mère, et soudain, le temps de passer de l'été à l'automne, elle est devenue sa mère. En pire. Après avoir agencé à sa guise chaque pièce de l'appartement dans lequel elle m'enfermait, elle en a aussitôt pris le commandement. Ça, j'imagine que c'est arrivé à plein de pauvres types qui se sont laissé charmer puis clic clac domestiquer sans comprendre ce qui leur arrivait. (« Ne fume pas dans la chambre ! ») Mais beaucoup s'en tapent, ils font avec, ce n'est pas si terrible, ils travaillent dehors, ils se barrent de temps en temps (« Lâche-moi, connasse »), ils ont des distractions. Moi, c'était moins commode. Je n'avais pas de distractions, je travaillais à la maison, et si j'osais un audacieux « Laisse-moi tranquille, Pimprenelle », elle courait vers moi et me frappait aussi fort qu'elle pouvait (d'un autre côté, je n'aurais pas aimé vivre avec une femme à qui j'aurais pu dire « Lâche-moi, connasse » sans même qu'elle se donne la peine de répondre). Et surtout, quand mes frères pauvres types étaient priés d'enlever leurs chaussures en entrant, de ne pas fumer dans la chambre, de rincer la baignoire après leur douche ou de ne pas laisser traîner des boîtes de bière vides sous le lit, je devais pour ma part passer trente secondes à remettre en place au millimètre la chaise sur laquelle je venais de m'asseoir, ne jamais fermer la porte de notre chambre mais ne jamais la laisser entrouverte de plus de dix centimètres (je me suis souvent emmêlé les pinceaux, entre les douze portes de l'appartement), replacer le cordon du téléphone dans une position très précisément définie par elle, ce qui n'a l'air de rien mais peut prendre un certain temps (heureusement, je ne m'en servais presque jamais, du téléphone), je devais respecter un nombre incalculable de règles et d'interdits, qui s'accroissait d'ailleurs chaque jour. Peu à peu, Pimprenelle est devenue complètement folle. Sept ou huit mois après notre emménagement, je me suis aperçu que plus un seul de mes gestes, même les plus anodins et les plus intimes, ne m'appartenait. Elle décidait de tout. Le volume sonore de la télé quand j'étais seul à la regarder, l'aération de mon bureau pendant que je m'y trouvais, l'heure à laquelle je pouvais utiliser la salle de bain, l'éclairage de toutes les pièces (« Allume le lustre, Hector, tu ne vois rien »), l'endroit où je devais poser mon *Paris-Turf* (j'aime encore jouer aux courses) et le temps que je pouvais l'y laisser avant de le mettre à la poubelle. Je n'osais plus rien faire, plus rien toucher. (Je ne craignais pas de me faire arranger le portrait (je lui aurais cassé tous les os du corps d'une main, car je suis fort comme un Turc, je crois l'avoir déjà dit), mais je savais qu'elle repassait partout derrière moi pour combattre ma négligence, que ça lui faisait perdre beaucoup de temps (ce n'était pas mon problème, dans l'absolu, elle pouvait perdre toute sa vie si elle voulait, mais, bien que passant ses journées entières à la maison, elle courait du matin au soir comme une dingue, me faisait vivre malgré moi dans une ambiance d'urgence et de stress permanents, et on mangeait à minuit), je savais également que ces retouches incessantes lui aiguillonnaient les nerfs, qu'au-delà d'une certaine tension elle ne parvenait plus à se maîtriser et qu'Oscar et moi allions inévitablement en subir les conséquences pénibles.) J'étais moins à l'aise et libre dans notre petit nid d'amour qu'un paysan maladroit invité à séjourner une semaine chez un riche et rigoureux industriel (il aurait gagné un concours, disons). La plupart du temps, je restais assis sans rien faire. J'ai vingt fois pensé qu'elle ne pouvait pas aller plus loin, que nous avions atteint les frontières du supportable, voire du possible, mais trois jours ou un mois plus tard, je découvrais que si, elle allait plus loin, et que non, les frontières n'étaient pas encore atteintes. Ses limites étaient inconnues, comme on dit d'un cheval qui gagne course sur course. Ma situation empirait inexorablement. Et cela continue aujourd'hui. Je ne sais pas quand ni comment cela s'arrêtera.

Quand je l'entends râler dans mon dos, quand je la vois poser un regard noir et soupçonneux sur une lettre à mon nom, ou se précipiter comme une harpie outrée vers un cheveu qu'elle a aperçu sur le bord du lavabo, je repense parfois, mélo, à la jeune femme énigmatique aux cheveux blonds et légers que j'ai rencontrée dans la forêt, en longue robe blanche et Kickers, à son visage enfantin et absent, à la culotte qu'elle montrait à tout le monde en dansant sur les tables du Saxo Bar, la jupe sur les hanches.

14

Je suis assis sur le canapé, je regarde la télé. Il est 16 heures. Je ne devrais pas être là. Je ne m'installe normalement ici qu'aux alentours de minuit, pendant que Pimprenelle nettoie la cuisine, mais mon dos a pris la forme du dossier de la chaise de mon bureau, et je me lasse de l'ordinateur (j'écris toute la nuit des textes ridicules que je relis ou fais mine de corriger dans l'après-midi, je baigne constamment dans le sang et la prose dégoulinante — il y a Internet, bien sûr (je m'en sers pour envoyer mes papiers à *Privé,* car si je me déplace pour les leur apporter, si je laisse Pimprenelle une ou deux heures toute seule, elle est très tendue quand je reviens), mais une fois que je suis allé faire un tour sur un forum de turfistes, que j'ai jeté un coup d'œil à un ou deux sites de cul et que j'ai fait défiler une série de photos sans âme des hôtels de Venise, je ne sais plus quoi faire, ça m'ennuie, c'est froid.

Je sais ce qui va se passer dès que je me lèverai du canapé, même si c'est juste pour aller aux toilettes ou chercher une bière dans le frigo : Pimprenelle entrera dans la salle à manger avant même que j'en sois sorti, alertée par son sixième sens que quelque chose vient de bouger quelque part dans la maison, donnera quatre puissants coups de poing sur le bord de chacun des deux gros coussins de cuir, pour bien les repositionner, bien les enfoncer sous le dossier, puis déplacera le canapé d'un ou deux centimètres vers l'avant ou l'arrière, la droite ou la gauche (je n'ai jamais réussi à savoir quelle était sa place exacte, elle doit voir des marques au sol que mes yeux d'humain classique ne distinguent pas), et baisser le son de la télé de trois degrés.

Pour l'instant, je l'entends secouer des trucs par la fenêtre de notre chambre, ça claque. La première chose qu'elle ait secouée, je crois que c'était le coussin du chat, rue Gauthey. Ça me paraissait plutôt normal, il était toujours plein de poils. Ensuite le drap, la taie d'oreiller et la couette de notre lit, tous les matins (quand elle est venue habiter chez moi, nous sommes restés plus de deux mois non seulement sans aérer les draps, mais sans même les changer : elle aimait s'envelopper de l'odeur de sueur sure, de sexe et de sommeil, et malgré mes protestations écœurées (ça sentait franchement le clochard lubrique qui se néglige), refusait en riant de me laisser mettre ces loques poisseuses et nauséabondes à la machine). Aujourd'hui, elle secoue tout par la fenêtre, le drap et la couette bien sûr, la nappe (une première fois à la fin du repas, une seconde fois après le café), les serviettes, de table ou de toilette, les torchons, tous les coussins de l'appartement au moins une fois par jour, les bavoirs d'Oscar, ses peluches, ses deux tapis, et tous les vêtements plusieurs fois (avant de les mettre au sale, puis avant de les laver, avant de les étendre sur le séchoir, et enfin avant de les plier) — dès que j'enlève un tee-shirt ou une paire de chaussettes, elle s'en empare, ouvre la fenêtre et les secoue. Elle agite tout ça dehors, avec une énergie appliquée, aussi naturellement que si elle jetait un papier froissé à la poubelle, elle ne se rend même plus compte que c'est bizarre (tous nos voisins dont les fenêtres donnent sur la cour parlent d'elle, c'est sûr, en secouant, eux, la tête). Elle doit se dire que tout s'imprègne d'une sorte de poussière dont il faut à tout prix se débarrasser.

J'ai les yeux sur LCI, c'est le journal. Pas mal de gens crèvent à la surface de la planète, dégommés d'une pichenette.

Oscar fait sa sieste, comme tous les après-midi. Dans cinq minutes, après les infos, je vais aller aux chiottes, où je feuilletterai le dernier numéro de *Voici,* puis je me laverai les dents, je me raserai et je prendrai ma douche. Dès que j'aurai coupé l'eau, Pimprenelle entrera pour se laver les mains (ce qu'elle fait plus d'une dizaine de fois par jour). Avant que nous sortions ensemble de la salle de bain, à 16 heures 30, j'aurai rincé la baignoire et le petit tapis en mousse (pendant ce temps, Pimprenelle remet correctement la serviette que je viens d'étendre, et donne un quart de tour à ma brosse à dents dans le verre en plastique), enfin j'aurai ouvert la fenêtre, pour aérer. Je refermerai soigneusement la porte de la salle de bain, car ni Oscar ni le chat n'ont droit d'y entrer. Je la suivrai dans le couloir jusqu'à notre chambre, où j'arriverai avec un peu de retard sur elle. Elle sera déjà en train d'ouvrir la porte de celle d'Oscar pour aller le réveiller. Je m'habillerai. Pendant qu'elle changera Oscar, j'irai dans la cuisine pour laver la cafetière dont elle aura déjà ôté le filtre, je la replacerai de mon mieux, je rincerai et sécherai l'évier, même le fond, et les robinets, je mettrai le lave-vaisselle en marche, je prendrai le sac que Pimprenelle a déjà sorti de la poubelle et remplacé par un neuf, et j'irai le déposer dans l'entrée, ouvert, à un mètre environ de la poussette d'Oscar, le long du mur mais surtout sans le toucher (rien ne doit toucher les murs nulle part dans l'appartement). Puis j'irai fermer les fenêtres de mon bureau, débrancherai le diffuseur d'huile essentielle et ferai brûler une feuille de papier d'Arménie dans le cendrier. En sortant, je n'oublierai pas de laisser la porte grande ouverte (elle doit être fermée quand nous sommes là (pas vraiment fermée, seulement poussée) et ouverte quand nous sommes dehors). Je prendrai mon sac matelot et le sac US de Pimprenelle dans la salle à manger pour aller les poser dans l'entrée, à dix centimètres du mur opposé à celui où se trouvent la poussette et le sac-poubelle. Ensuite je passerai la tête dans la chambre d'Oscar (Pimprenelle lui enfilera son pull) et je demanderai :

— Qu'est-ce que je te sors ?

Elle me répondra par exemple :

— Ma veste à carreaux.

Ou bien :

— Mon manteau en cuir.

De la penderie, au bout du couloir idiot, je sortirai ma veste et mon pardessus, que je mettrai, ainsi que le manteau en cuir, que je déposerai sur la poussette. Puis je m'assiérai sur notre lit. Cinq secondes plus tard, Pimprenelle, tenant Oscar en chaussettes dans ses bras, sortira de sa chambre et me le posera sur les genoux. Je lui mettrai ses chaussures, placées plus tôt par Pimprenelle à côté de l'endroit où je dois m'asseoir, et son anorak, posé sur notre armoire. Pendant ce temps, Pimprenelle laissera tomber la couche sale dans le sac-poubelle ouvert (qu'elle déplacera de trois ou quatre centimètres), puis s'éloignera vers la cuisine pour vérifier si j'ai bien mis le lave-vaisselle en route (je l'entendrai tripoter la cafetière au passage), entrera dans la salle de bain pour fermer la fenêtre et ajuster une dernière fois la serviette, puis reviendra dans l'entrée enfiler son manteau. J'installerai alors Oscar dans sa poussette, fermerai le sac-poubelle et mettrai mes chaussures, posant mes chaussons à leur place près de la porte d'entrée, à cinq centimètres du mur et fantastiquement parallèles. Oui, j'ai des chaussons. Pendant ce temps, Pimprenelle ouvrira les deux battants de la porte de notre chambre et les deux battants de la porte de la salle à manger (c'est le même principe que pour la porte de mon bureau : les deux battants ne doivent être ouverts que lorsque nous sommes absents (je ne sais pas pourquoi)), et partira vérifier dans mon bureau si j'ai bien fermé les fenêtres, débranché le diffuseur et fait brûler du papier d'Arménie. Je descendrai en portant la poussette et l'attendrai une minute dans la cour avec Oscar (en haut, elle s'assurera du parallélisme de mes chaussons — je le sais car lorsque je m'amuse à les décaler d'un demi-centimètre (je suis un homme de défi, un barbouze), je les retrouve alignés en rentrant), elle passera devant nous pour aller déposer le sac-poubelle dans le local à poubelles, puis nous sortirons et nous nous dirigerons tous les trois vers la place Franz-

Liszt, à cent mètres de chez nous. Là, j'irai au tabac avec Oscar (qui aime voir le chien), acheter deux paquets de Camel pour moi et un de Gitanes pour Pimprenelle, et elle à la boulangerie, acheter du pain, une quiche pour moi, un croissant ou un pain au chocolat pour Oscar, un sandwich et une quiche pour elle, qui n'a encore rien mangé depuis son réveil, à sept heures (elle n'a pas le temps). Nous nous retrouverons sur le trottoir et entrerons au Floréal, le café qui fait l'angle avec la rue Lafayette. Trois quarts d'heure plus tard, quand Oscar aura terminé son goûter (je hais ce mot, sans raison particulière), nous partirons faire les courses au Champion de la rue de Maubeuge (elle s'occupera du caddie, je courrai après Oscar dans les rayons), puis nous reviendrons par la rue de Bellefond. Au niveau du petit pont qui passe au-dessus de la rue Pierre-Semard, nous nous arrêterons pour allumer chacun une cigarette, que nous terminerons pile à la porte de notre immeuble. Ainsi s'achèvera notre seule sortie de la journée.

Pimprenelle remontera la première avec les sacs du Champion et le pain. Je la suivrais à vingt secondes environ avec Oscar dans la poussette (je suis fort). Au début, je rangeais la poussette dans l'entrée. Depuis trois mois, je la transmets à Pimprenelle dès que j'ai franchi la porte, car elle ne me fait plus confiance : j'ai dû plusieurs fois la placer trop près du mur, et surtout oublier souvent de mettre les deux roues avant parallèles. (Elle n'a jamais voulu que je m'occupe de grand-chose dans cet appartement, mais désormais elle fait presque tout (c'est pourquoi je reste toujours assis, benêt). Constatant que je n'étais décidément pas fiable, elle m'a repris au fil du temps, une à une, les rares missions anodines qu'elle me confiait : faire le lit, changer Oscar, ranger ses jouets, remplir ses biberons d'eau, lui ôter ses chaussures quand nous rentrons (et pourtant, comment peut-on mal ôter des chaussures ?), préparer le café, passer l'aspirateur dans le couloir, mettre la table, remplir la gamelle de mon chat, transporter les sacs Champion de l'entrée à la cuisine (je les pose mal près du frigo), allumer ou éteindre les radiateurs, et tant d'autres de mes hobbies.) A partir du moment où je lui tendrai la poussette, tout sera réglé à la seconde et au millimètre, après la folie de l'extérieur. Je poserai mon sac dans l'entrée, j'échangerai mes chaussures contre mes chaussons (en même temps que Pimprenelle), j'irai ranger ma veste et mon pardessus dans la penderie, puis pisser et me laver les mains. Quand je reviendrai, elle aura enlevé l'anorak et les chaussures d'Oscar, qui se trouvera toujours dans la poussette (il ne faut pas qu'il traîne dans l'appartement avec sa tenue de ville). Sur notre lit, Pimprenelle aura posé sa tenue d'intérieur, et à côté de l'endroit où je vais m'asseoir, ses chaussons. Je le prendrai alors dans mes bras, le coucherai sur notre lit et le mettrai en jogging, avant de lui laver les mains avec une lingette (comme environ toutes les heures). Pimprenelle rangera son manteau dans la penderie (je m'en chargeais il y a encore peu de temps, mais elle s'est mise un jour à douter : elle n'a plus pu s'empêcher de faire le chemin jusqu'au fond du couloir pour aller vérifier, dix minutes après, si je l'avais convenablement disposé sur le cintre), se lavera les mains, portera nos deux sacs dans la salle à manger (ils doivent être installés chacun de manière très rigoureuse (notamment la position de la bandoulière), et je n'y arrive pas) puis préparera l'appartement : elle fermera un battant des portes de notre chambre et de la salle à manger, ouvrira les fenêtres de mon bureau, dont elle fermera la porte, allumera la télé, ainsi que quelques lampes un peu partout (je lui ai proposé plusieurs fois de le faire, pour gagner du temps, car je suis sûr que je serais capable d'appuyer de manière correcte sur un interrupteur — mais non, elle reste obstinément convaincue qu'elle allume mieux que moi), arrangera le cordon du téléphone et rectifiera l'emplacement d'une chaise — car même sans intervention humaine, pendant notre absence, tout se détériore si on n'y prend pas garde. Au moment où je poserai Oscar par terre, après avoir traîné autant que possible (car si je lui laisse sous-entendre, par mes paroles ou mon attitude (en étant prêt avant elle, par exemple), qu'elle est trop longue, qu'elle perd du temps, elle cède instantanément à ses nerfs (sachant certainement, au fond, que c'est vrai, qu'elle ne se comporte pas comme les autres, elle s'en veut, se méprise, se dégoûte) et entre dans une colère venimeuse qui la soulage et nous fera passer une soirée affreuse, une de plus), pendant que je lisserai soigneusement la couette sur laquelle je me serai assis avec Oscar, elle prendra les sacs Champion et les apportera dans la cuisine. Ensuite, je jouerai avec Oscar, au ballon ou aux voitures, dans notre chambre, le couloir ou la salle à manger (mais pas dans sa chambre, car ensuite ce serait la pagaille, là-dedans), pendant une petite heure : c'est le temps qu'il faudra à Pimprenelle pour ranger les courses et faire couler le bain. (Ce qu'elle fait d'autre pendant cette heure, je ne l'ai jamais su.

Je l'entends s'affairer, marcher vite dans le couloir, ouvrir et fermer plusieurs fois la porte de la salle de bain, remuer de la vaisselle, ouvrir et fermer plusieurs fois le robinet de l'évier. J'ai toutefois remarqué, en allant jeter plus tard un coup d'œil indiscret dans la cuisine, qu'elle prépare des trucs dont elle aura besoin dans la soirée : elle pose près de la cafetière les deux tasses dont nous nous servirons dans plus de cinq heures, et dessus, un filtre à café dont elle a déjà replié les bords : vers une heure du matin, il ne restera plus qu'à le placer dans le porte-filtre, ce sera bien dix secondes de gagnées. Elle est si paniquée à l'idée de se laisser « déborder » (par les objets, qui finissent par se retrouver à des places complètement farfelues si on baisse un tant soit peu sa garde, mais aussi par le temps, qui prend vite le pas sur nous si on oublie de se donner une marge de sécurité, de « s'organiser »). Elle prépare tout des heures à l'avance, et perd ainsi des heures. Le plus déconcertant, c'est sans doute le diffuseur d'huile essentielle. Etant donné que nous fumons après le repas, elle l'allume quelques minutes dans la salle à manger quand nous en sortons en fin de soirée, après le café. C'est normal. (Yes !) Un soir, en revenant de la cuisine avec le café, elle m'a demandé d'aller le chercher dans mon bureau, si ça ne m'ennuyait pas, et de le poser par terre près de la prise — ça lui éviterait d'avoir à le faire tout à l'heure, quand il faudrait le brancher (il n'a pas d'interrupteur). Ça se tenait, même si j'étais tout disposé à lui rendre ce service plus tard, au moment opportun. Elle préférait le savoir là, bon. Un soir, c'est en débarrassant la table, soit plus d'une heure avant le café, qu'elle m'a suggéré de le mettre en place. J'ai trouvé que c'était exagéré. Devant ma passivité, elle est allée le prendre elle-même. Trois jours plus tard, ne supportant plus de la regarder, assis, faire le détour jusqu'au bureau avant de partir vers la cuisine, j'ai fini par céder. Un soir, en revenant une heure plus tard avec le café, elle a trouvé que le diffuseur n'était pas tout à fait bien positionné. Elle s'est baissée pour le décaler d'un ou deux centimètres, afin qu'il soit parfaitement à sa place tout à l'heure, après le café, quand elle se baisserait pour le brancher. Je lui ai dit que c'était ridicule, elle s'est braquée, vexée, et ne m'a plus adressé la parole jusqu'au moment d'aller se coucher. Durant toute une semaine, j'ai donc essayé de le poser au bon endroit, exactement, pour qu'elle n'ait pas à infliger en arrivant un nouvel effort à son corps déjà rompu par dix-huit heures de travail. Mais à chaque fois, après avoir posé le plateau, elle faisait trois pas, se baissait, et corrigeait la position de ce diffuseur maudit d'un ou deux centimètres. J'ai cependant fini par triompher de sa vigilance en prenant les lattes du parquet comme repères et en mesurant les distances avec mes doigts. Et puis un soir, le mois dernier, elle a posé le plateau sur la table, s'est dirigée vers le diffuseur, très naturellement, et s'est baissée. J'ai failli lui sauter à la gorge, depuis ma chaise (un bond en l'air de plusieurs mètres). Mais elle ne l'a pas déplacé. Elle a simplement avancé la prise jusqu'à deux centimètres du mur (je la déposais un peu au hasard, à une dizaine ou une quinzaine de centimètres), afin que sa main ait moins de chemin à faire plus tard, quand il s'agirait de brancher l'appareil.

— Tu fais exprès, Pimprenelle, c'est pas possible.

— Quoi ? Qu'est-ce que ça peut te faire, de toute

façon ? Je t'ai rien demandé. C'est toi qui le branche, le diffuseur ?

— Non. Mais on vit ensemble, et te voir faire des trucs aussi idiots me tue. Quand tu vas le brancher, ton diffuseur, tu crois que tu vas gagner du temps si ta main parcourt deux centimètres au lieu de dix ? T'as pas l'impression de faire quelque chose de débile, là, en perdant vingt secondes maintenant, et en te baissant deux fois au lieu d'une pour gagner un millième de seconde tout à l'heure ? Tu te dis pas qu'il y a un problème dans ta tête ?

Elle a baissé les yeux en attendant que ça passe, sans écouter, et n'a plus ouvert la bouche jusqu'au moment de me souhaiter bonne nuit, allez on n'y pense plus, on va pas se faire la gueule pour ça, on oublie. Depuis, tous les soirs, près de deux heures avant qu'elle ne le branche, j'installe le diffuseur d'huile essentielle sur le parquet de la salle à manger, à un doigt du côté de telle latte et à quatre doigts de son extrémité, et pose la prise à deux centimètres du pied du mur, les deux fiches exactement orientées vers les deux trous de la prise femelle. Moi, le type qui aimait voir s'entasser deux mois de courrier en pyramide mouvante sur sa table basse, il n'y a pas si longtemps, le type qui n'a pratiquement jamais réussi à apercevoir le fond de son évier en treize ans, le type dont les chaussures n'ont jamais été laissées deux fois à la même place dans l'appartement. Je positionne la prise deux heures à l'avance. Je me fais de la peine, je me dis que si quelqu'un, caché derrière un meuble, me voyait faire ça, il secouerait tristement la tête, mais comme toujours, je n'ai pas le choix. Si je ne le fais pas, c'est elle qui le fera. Et si c'est elle qui le fait, elle perdra encore plus de temps, et sera encore plus fatiguée, donc encore plus nerveuse.) Quand le bain sera prêt, Pimprenelle viendra chercher Oscar et l'emmènera dans la chambre pour le déshabiller. Pendant ce temps, je rangerai tous les jouets que nous aurons déplacés (ils doivent être alignés de part et d'autre du couloir, à cinq centimètres du mur (une petite locomotive en plastique, un téléphone à roulettes, un canard en bois et un camion de pompiers doivent être perpendiculaires à la plinthe, je ne sais pas pourquoi, et tous les autres parallèles, y compris des petites voitures pas évidentes à aligner impeccablement)), mais cela ne servira à rien, car après le bain, elle corrigera la position de chacun. Ensuite, j'irai boire un whisky et fumer une cigarette dans le bureau. Dès que la cigarette sera écrasée (le timing est une des clés de notre réussite), je filerai dans la cuisine et viderai le lave-vaisselle — inutile d'évoquer la précision avec laquelle doivent être rangés dans les placards et tiroirs les assiettes, verres, couverts et casseroles. Puis je préparerai le repas d'Oscar. Quand j'apporterai son assiette dans la salle à manger, elle arrivera avec lui et l'installera sur sa chaise. Elle évoluera un peu partout dans l'appartement, elle mettra de l'ordre dans chaque pièce, videra et rincera la baignoire, disposera en différents endroits de la cuisine tout ce dont elle a besoin pour préparer notre dîner, pendant que je donnerai à manger à Oscar (elle prend un peu plus de temps chaque semaine : avant elle revenait entre le plat et le dessert, maintenant bien après la fin du repas — et c'est pareil pour tout, elle est malade). Après le dessert, je le tiendrai quelques minutes dans mes bras, elle ira fumer une cigarette dans le bureau. Ensuite elle le couchera, j'irai fumer une cigarette dans le bureau, et j'y resterai pour écrire un peu ou me promener sur Internet, plein d'ennui. Je ne la verrai plus (je l'entendrai laver la chaise d'Oscar (à la lingette javellisée) et notre grande table (à l'éponge, qu'elle ira rincer dans la cuisine lointaine avant de la repasser une fois)). Environ deux heures plus tard, elle m'annoncera que le repas est prêt (c'est difficile à croire, même pour moi, mais même les soirs où je la supplie de faire quelque chose de très simple, pour que nous ne mangions pas trop tard, des spaghettis au beurre et deux tranches de jambon, il lui faut plus d'une heure (j'ai souvent pensé à aller l'espionner par l'entrebâillement de la porte, mais si elle me surprend, je serai ridicule)). Elle mettra la table, car je ne sais pas le faire bien. Je viderai mon cendrier dans la poubelle de la cuisine, j'aérerai le bureau cinq minutes, brancherai le diffuseur et ferai brûler du papier d'Arménie. Nous mangerons devant la télé. Elle fumera deux cigarettes, moi aussi, puis elle repartira vers la cuisine avec le plateau chargé, après avoir secoué la nappe par la fenêtre et l'avoir remise en place, pour ma part j'installerai le diffuseur par terre, avec cette science du détail qui me caractérise désormais, et m'allongerai sur le canapé pour regarder la télé, la vie quotidienne d'un conducteur de métro ou les ravages de l'héroïne dans le monde occidental. Comme un butor de mari qui laisse sa femme tout faire. Elle reviendra environ une heure plus tard (tous les soirs, elle lave entièrement et soigneusement sa cuisine : l'évier, le plan de travail, la cuisinière, comme si un inspecteur risquait de passer dans la nuit), une heure et demie si elle a du linge à étendre. Dès qu'elle entrera avec le plateau, je me lèverai du canapé, elle passera aussitôt un chiffon à poussière dessus, pour enlever les poils de chat (mon chat vient s'allonger contre moi quand je suis sur le canapé) et les différents machins invisibles à l'œil nu que mon corps aura laissés, donnera des coups de poing dans les coussins de cuir pour les remettre en place, secouera celui du chat (posé dans un panier près du radiateur) par la fenêtre, vérifiera si le diffuseur est bien positionné, arrangera une chaise, une lampe, et se rendra dans le bureau pour aller secouer par la fenêtre l'autre coussin du chat, celui qui est posé sur le récamier rouge qu'elle a trouvé un jour aux puces, avant notre rencontre. De mon côté, je passerai la brosse adhésive sur mon pull ou mon tee-shirt (car elle ne supporte pas d'y voir un poil de chat), remettrai sur la table nos deux paquets de cigarettes et nos deux briquets (qu'elle aura posés sur la cheminée après le repas), et servirai le café. Nous le boirons en regardant la télé. Une demi-heure plus tard, elle secouera de nouveau la nappe par la fenêtre, pour chasser les résidus de tasses, j'imagine, et partira vers la cuisine avec le plateau. J'irai m'asseoir en face de mon ordinateur dans le bureau. Elle sera de retour de la cuisine au bout de trente-cinq minutes, branchera le diffuseur dans la salle à manger, allumera un bâton d'encens, et viendra fumer près de moi une dernière cigarette (une de mes Camel, dont elle enlèvera le filtre). Elle aura ouvert la fenêtre. Nous ne nous parlerons pas beaucoup. Elle refermera la fenêtre, débranchera le diffuseur dans la salle à manger, l'installera savamment sur la cheminée du bureau, à sa place habituelle, et m'embrassera pour me souhaiter bonne nuit. Vingt-cinq minutes plus tard, je l'entendrai fermer la porte de notre chambre pour se coucher. Il sera 2 h 30. Ereintée, elle ne pourra lire que cinq ou six lignes (avant la naissance d'Oscar, elle terminait un livre en deux jours). Je travaillerai jusqu'à 6 h 45, j'ouvrirai les deux fenêtres et brancherai le diffuseur, je viderai le cendrier dans la poubelle de la cuisine, je refermerai minutieusement le couvercle, me brosserai les dents, retournerai dans le bureau fermer les fenêtres, débrancher le diffuseur et faire brûler du papier d'Arménie dans le cendrier, puis de l'encens dans la salle à manger. J'irai pisser, et entrerai dans notre lit une ou deux minutes avant que le radio-réveil ne tonitrue le jingle de France Info, à 7 heures. Elle m'embrassera et se lèvera comme un fantôme, livide et gazeuse, pour démarrer une nouvelle journée de rallye ménager, courant et tournoyant sans un instant de répit d'une pièce à l'autre, sans parvenir, à cause de centaines de gestes et de trajets inutiles, à faire la moitié de ce que font chez elles les femmes qui ne travaillent pas à l'extérieur, ou les hommes. (Mieux rangé qu'une chambre d'hôpital inoccupée, notre appartement, hormis la cuisine (aucune au monde n'est plus propre), la salle de bain et tout ce qui se secoue, est relativement sale — les étagères sont couvertes de poussière, on voit à peine à travers les vitres.) Je réglerai le radio-réveil sur 13 h 30, enfoncerai dans mes oreilles des bouchons jaunes de marque Ear (pour ne pas être réveillé par le joyeux tintamarre d'Oscar, ni par les cris de Pimprenelle), et avant de m'endormir, je lirai pendant une heure, car je ne serai pas très fatigué.

Depuis des mois, nous faisons chaque jour exactement la même chose. Le moindre imprévu, le moindre dérèglement, affolerait Pimprenelle et nous plongerait tous les trois dans le chaos de sa peur et de sa colère, dans un orage de hurlements, d'injures et de coups, de haine. C'est l'une des raisons pour lesquelles nous ne voyons jamais personne (la principale étant, je l'ai dit, que Pimprenelle ne supporte pas que je m'adresse à quelqu'un d'autre). Parfois, dans ces journées vides, solitaires et toutes semblables, des images me reviennent en tête, sans raison, quand je prends ma douche ou quand j'essuie l'évier, je me vois au comptoir du Soleil, une Carlsberg à la main, entouré de cinq ou six habitants du quartier que je connais bien, qui rigolent et racontent des choses, je me vois vider mon verre et en demander un autre ; je me vois dîner dans un appartement, à une table de huit ou dix personnes qui discutent par trois ou quatre, qui me posent des questions ou répondent aux miennes ; je me vois dans la chambre d'une fille que je ne connaissais pas la veille, elle enfile sa culotte devant la glace, elle doit partir travailler ; je me vois assis seul dans un bar où je ne connais personne, j'écris sur un bloc de correspondance comme j'en achetais deux ou trois par semaine, je commande un café, puis une bière, un whisky, le bar est presque désert, j'écris une lettre de dix pages, une autre de quinze, j'ai tout mon temps.

15

Il est 16 h 05, je me lève du canapé et ouvre l'une des fenêtres de la salle à manger, pour prendre l'air avant de partir vers la salle de bain. Je ne suis pas accoudé à la rambarde de fer forgé depuis quinze secondes quand j'entends Pimprenelle, dans mon dos, donner ses coups de poing rageurs dans les coussins. Elle déplace le canapé de deux ou trois centimètres, puis baisse le son de la télé jusqu'au dernier niveau avant le silence. Elle n'aime plus le bruit dans la maison. Ça dérange l'atmosphère (elle prétend que c'est pour ne pas réveiller Oscar, mais la télé ne l'a jamais réveillé). Rue Gauthey, elle mettait souvent des disques, Billie Holiday ou des chansons tziganes, et montait le volume pour danser sur le parquet, plus légère que la musique. Ici, les rares fois où je mets un CD ou la radio pour faire danser Oscar, elle se précipite dans la pièce dès que nous en sommes sortis et éteint tout de suite.

— Hector ? Qu'est-ce que tu fais ?
— Je regarde dehors.

— Ah.

Je l'entends pousser un soupir d'agacement derrière moi. Elle lève probablement les yeux au plafond. Elle doit se dire que c'est vraiment n'importe quoi, dans cet appartement. Que je ne l'aide pas à y faire respecter un minimum d'ordre, que je suis un vrai beatnik. Je ne devrais pas regarder dehors à cette heure-là. Mais je ne peux pas lui obéir sur tout. Même si elle m'a changé en robot, en loque docile, j'ai parfois quelques remontées d'indépendance. Je vais rester à la fenêtre deux ou trois minutes avant d'aller prendre ma douche. Qu'elle aille au diable.

Sur le trottoir, juste en dessous de moi, deux femmes discutent, parfaitement ordinaires. Le visage mou, les cheveux ternes, ni courts ni longs, les vêtements passés, informes, le corps fatigué. L'une des deux habite notre immeuble, je crois. L'autre, d'après ce que je comprends, est contrôleuse SNCF. Elle n'est pas contente, elle dodeline mécaniquement une tête contrariée, à cause de la grève des contrôleurs annoncée pour demain. Elle se lamente, d'une voix traînante :

— Ça m'embête, c'est toute la journée, cette grève, c'est vingt-quatre heures, de minuit à minuit. Mais moi, demain, je devais commencer qu'à midi. Si tu réfléchis bien, ça me gâche toute une matinée de grève, puisque je prends qu'à midi. C'est comme s'il y avait pas grève le matin, pour moi. C'est quasiment comme si je travaillais. Reconnais que j'ai vraiment pas de chance, quand même. Pour une fois qu'on fait grève, pourquoi je commence pas à 8 heures ? Ça me déprime, je t'assure. Toute une matinée où j'aurais pu ne pas bosser !

Je referme la fenêtre et vérifie que j'ai bien mis dans mon sac matelot la lettre que je dois poster tout à l'heure, pour payer la redevance télé. Oui. J'ai à peine fait deux pas vers la porte que Pimprenelle, qui était en train de rectifier l'alignement et l'orientation des pièces du jeu d'échecs posé sur le meuble de la chaîne hi-fi, en fait cinq vers mon sac, se baisse, le ferme correctement et place la bandoulière comme elle veut qu'elle soit placée. Elle ne peut pas s'en empêcher. Je lui ai pourtant demandé cent fois de ne pas toucher à mon sac (si une seule chose m'appartient encore, c'est ce sac : je ne veux pas avoir l'impression de commettre un délit chaque fois que je prends quelque chose dedans (le laisser très exactement dans la position où je l'ai trouvé, ce n'est même pas la peine d'y penser, j'ai souvent essayé, c'est impossible)), je l'ai suppliée, je lui ai ordonné d'arrêter, je lui ai juré que la prochaine fois, je lui mettais une baffe (c'est un peu exagéré, pour une histoire de sac, mais elle me rend fou), et je l'ai fait, je lui ai mis une baffe, mais elle semble ne rien comprendre : dès le lendemain, elle a recommencé (je n'allais pas lui remettre une baffe, tout de même). J'ai le sentiment de parler à un bouc entêté que rien, jamais, n'empêchera de baisser la tête et de foncer dans le mur. J'ai le même problème avec mes chaussures, dans l'entrée. Un jour, elle a décidé qu'il était préférable que les lacets soient rabattus à l'intérieur. Ça faisait plus propre, ça faisait pas l'appartement que la maîtresse de maison ne sait pas tenir. Je n'ai rien dit pendant deux mois, je m'en foutais, mais un soir de dispute, je lui ai hurlé que je voulais que mes lacets restent à l'extérieur de mes chaussures (j'ai dû avoir l'air fin).

C'est devenu une question de principe, comme on dit. Elle s'est retenue pendant quatre jours, sans doute au prix de longs et violents efforts intimes, mais le cinquième le barrage a sauté, elle a abandonné le combat et s'est remise à rentrer mes lacets, comme s'il ne s'était rien passé, en espérant peut-être, secrètement, que j'avais oublié. Là encore, j'ai tout essayé, toutes les prières et toutes les menaces. Pour une paire de chaussures. Qu'es-tu devenu, pauvre Hector ? Maintenant, quand je passe devant et constate l'intervention de la force de l'ordre, je donne un petit coup de pied dedans, créant ainsi un bordel sans nom dans l'appartement. Lorsqu'elle en a marre de voir son couloir ainsi bafoué, elle arrête. Et reprend au bout de trois ou quatre jours.

Je ne pense pas qu'elle le fasse exprès pour massacrer ma vie, pour m'anéantir. Je crois plutôt qu'elle est cinglée, névrosée jusqu'au cœur. Car parmi les cinquante choses que je l'implore de toutes les manières possibles de ne plus faire, il en est de nombreuses qui n'ont pas un rapport direct avec moi : ne plus se laver les mains si souvent ; ne plus mettre trois quarts d'heure pour passer la serpillière dans les toilettes de 2 m ; ne plus se défouler en criant sur Oscar quand ses nerfs ont pris possession d'elle (je l'ai avertie que je lui balancerai, cette fois, un coup de poing si je la revoyais décharger injustement sa tension sur lui (moi qui suis doux comme un agneau sous opium, je pourrais, dans ces moments où elle s'en prend à lui, lui éclater la tête contre le mur — j'en arriverai là, dans peu de temps), et là encore je l'ai fait, j'ai donné pour la première fois de ma vie un coup de poing à une femme, la mienne, qui me l'a rendu aussi sec, assaisonné de coups de pied et de mugissements hystériques, et suivi de deux heures de larmes et d'abattement vaseux — le lendemain, elle braillait comme un démon au-dessus de son lit parce qu'il mettait plus d'un quart d'heure à trouver le sommeil (lui, dans l'après-midi, il l'avait laissée dormir paisiblement deux heures dans la voiture bloquée dans les embouteillages, en revenant de chez mes parents, sans dire un mot, sans se plaindre)) ; ne plus me frapper quand je le tiens dans mes bras ; ne plus lui interdire de toucher au téléphone (qu'il adore) parce que ça modifie l'emplacement du cordon. Tout cela, elle ne le fait pas contre moi, ni contre Oscar. Elle le fait car c'est plus fort qu'elle. Que la jalousie ou la peur des araignées soient plus fortes qu'elle, je peux le comprendre. Mais des gestes ou des paroles, je comprends moins. Il m'arrive de plus en plus de me demander si elle n'est pas, tout simplement, stupide. Quand on connaît les conséquences d'un acte (elle touche à mon sac : je hurle ; elle claque les portes et me parle comme à son pire ennemi si je dois aller boire un verre avec le patron de *Privé :* je fais la gueule jusqu'au lendemain ; elle coupe les tomates en cubes parfaitement égaux, qu'elle range ensuite en triangle équilatéral parfait avant de les jeter dans la poêle : elle se couche à 3 heures du matin en pleurant de fatigue), et qu'on agit quand même, quand on ne tire absolument aucune leçon de ses expériences, même si elles se sont répétées trente ou cent fois, c'est, à mon avis, la marque la plus flagrante d'un manque d'intelligence. L'intelligence, c'est ce qui sert à évoluer en fonction de l'extérieur, de ses « réponses », c'est ce qui sert à apprendre. Moi par exemple, qui suis extrêmement intelligent, j'ai compris que lorsque je téléphonais à mes amis, elle perdait toute maîtrise, que lorsque je posais un verre sur la table de la salle à manger, elle paniquait (« Qu'est-ce que c'est que ça, Hector ? »). Je fonce donc ranger mon verre dans le lave-vaisselle dès que j'ai bu la dernière goutte de jus d'orange ou de whisky, et je ne téléphone plus à mes amis. Voilà. Je suis intelligent. J'ai compris qu'il était vain, tristement vain, de m'acharner sur sa manie d'ajuster sans cesse les vêtements d'Oscar, ou sur son refus systématique de voir qui que ce soit. C'est trop vaste et trop complexe pour moi, je ne suis pas très intelligent, ça me submerge. Alors je m'accroche pour la forme à de petites choses, facilement contrôlables, mes derniers bastions : mon sac et mes chaussures.

— Putain, Pimprenelle, ne touche pas à mon sac...

Elle ne tourne même plus la tête, elle a l'habitude. Je râle, parfois je crie, mais elle sait que je ne peux rien faire d'autre. Alors elle laisse passer, comme si ma voix la traversait, et s'éloigne vers notre chambre. Je prends encore la peine de me baisser, de desserrer l'ouverture du sac et de déplacer la bandoulière, pour qu'il semble avoir été posé négligemment, mais je ne le ferai plus longtemps.

Je me dirige à mon tour vers notre chambre : c'est là que je dois me déshabiller (car Pimprenelle craint que, si j'enlève mes vêtements dans la salle de bain, il ne s'en dégage toutes sortes de particules qui se déposeraient sur le carrelage). Elle est à quatre pattes sur le parquet, la moitié supérieure du corps dans la maison de toile d'Oscar, comme deux heures plus tôt. Nous l'avons installée là parce qu'elle prendrait trop de place dans sa chambre, et nous avons mis une dizaine de jouets dedans, un tambour, un boulier, Oui-Oui, un petit train qui siffle, un dauphin qui se trémousse en chantant *Hotel California*, Po et Tinky Winky (les télétubbies), des cubes... Oscar n'y entre presque plus. Car dès qu'il en sort, même s'il n'y a passé que trente secondes, Pimprenelle surgit de sous le lit ou du haut d'une armoire et se précipite pour tout remettre en ordre à l'intérieur : les cubes dans leur boîte, à dix centimètres de Po, assis contre le « mur » du fond à une place immuable, le petit train à droite, parallèle au boulier, et distant de lui de vingt centimètres, le dauphin en face de l'entrée, la tête légèrement tournée sur la gauche, le tambour au fond à gauche (l'axe des baguettes, fixées verticalement de part et d'autre, doit former un triangle avec le coin), Oui-Oui de trois quarts par rapport à Tinky Winky. Une fois que tout est soigneusement rangé, elle ressort et ferme la porte (si, pour une raison ou une autre, elle est trop pressée pour bien faire, elle revient une ou deux heures plus tard pour affiner le travail, comme en ce moment). Ça ne doit pas être drôle pour Oscar : chaque fois qu'il y entre, il trouve tous ses jouets à la même place, figés, sans vie, comme dans une petite maison témoin pour enfants. Une petite maison morte.

Bien entendu, il en va de même pour sa chambre. Chaque jouet est exposé sur le tapis à un endroit précis, que seule Pimprenelle connaît. Il peut les prendre, mais dès qu'il en repose un, elle sort de l'ombre et le remet en place. Elle a de moins en moins de boulot : il n'y va jamais, dans sa chambre.

Tout ce qu'elle détestait chez sa mère, tout ce qui a détruit son enfance, tout ce qu'elle trouvait monstrueux lui paraît aujourd'hui normal, et même obligatoire. C'est une fille modèle. Elle détruit l'enfance d'Oscar avec application.

Avant que j'aie fini de me déshabiller, elle repart vers la cuisine. Je pose sur l'armoire mon pantalon de jogging, mon tee-shirt et mon pull, qu'elle reviendra secouer par la fenêtre dès que je serai dans la salle de bain. J'ai un peu le cafard.

Je repense au jour, il y a longtemps, au 27 de la rue Gauthey, où elle m'a demandé pour la première fois, devant la chaise rouge de ma chambre sur laquelle s'entassait un bon mètre de linge sale, timidement, en souriant : « Ça ne t'ennuie pas si je prends deux ou trois trucs pour les laver ? »

Je la croise dans le couloir, je suis nu (j'ai juste mes chaussons, car il ne faut pas marcher pieds nus dans l'appartement, ça salit le carrelage), elle ne me regarde pas. Dans mon dos, je l'entends s'exclamer :

— Oh non ! Non !

Je pivote par réflexe avec la vivacité d'un petit animal (nu, c'est très beau), mais je devine de quoi il s'agit. J'ai pourtant à peine le temps de bondir sur le côté et de me plaquer au mur (une chorégraphie avant-gardiste : « Corps et chaussons dans la tourmente »), elle a déjà fait demi-tour et fonce vers la cuisine, les mâchoires serrées, l'œil fixe et incendiaire, en me bousculant au passage car le couloir est trop étroit. Je préfère rester collé au mur quelques secondes, comme un petit animal apeuré (le souffle court) : je sais qu'elle va revenir à grands pas et ne veux pas risquer de me la prendre en pleine poire. La voilà, elle tient une feuille de Sopalin à la main, je le savais, passe devant moi comme si j'étais un tableau accroché au mur, et trois mètres plus loin plonge sur une poussière qu'elle attrape dans son Sopalin. Un aigle sur un lapin. Au troisième passage, encore chaude mais calmée, elle me demande :

— Qu'est-ce que tu fous là ?

Je ne réponds rien, quoi que je dise elle va s'emporter et je n'aime pas me battre quand je suis nu, je la suis dans la cuisine afin de m'assurer qu'il reste du jambon pour le chat (c'est ridicule, d'aller vérifier ce genre de chose nu, mais je sais que si je ne le fais pas tout de suite, avec tout ce que je dois avoir en permanence à l'esprit dans cet appartement, je vais oublier). Quand j'entre, elle referme le couvercle de la poubelle. Elle se retourne vers moi, une lueur d'incompréhension dans le regard. Je m'accroupis et ouvre la porte du frigo (c'est mon petit frigo de célibataire, dont le dessus constitue une espèce de plan de travail à hauteur de taille, il faudra un jour ou l'autre que nous en achetions un plus grand), il est plein à craquer. Je la sens déstabilisée, elle ne sait plus quoi faire, on ne passe pas par la cuisine juste avant de prendre sa douche. J'écarte des purées en barquette pour Oscar, un pot de mayonnaise, je ne vois pas de jambon. Je devine sa silhouette désorientée sur ma gauche, elle ne bouge pas (c'est très rare), elle voudrait dire quelque chose mais elle se retient — il reste encore de la marge avant la folie pure, elle n'ose pas s'écrier : « Tu n'as pas le droit d'entrer nu dans la cuisine ! » Apparemment, il n'y a plus de jambon, il faudra penser à en prendre au Champion. Pour mieux voir, je sors deux pots de yaourt et les pose sur le frigo. Erreur.

— Merde, Hector ! Tu te fous de ma gueule ou quoi ?

— Qu'est-ce qu'il y a, encore ?

— Mais t'es vraiment con, c'est pas possible ! Je t'ai dit de ne rien poser sur le frigo !

— Ah non, tu m'avais pas dit ça.

— Si, je te l'ai dit, mais t'écoutes rien, on dirait que t'as toujours la tête ailleurs. Putain !

— Et pourquoi il ne faut rien poser sur le frigo ?

— Tu crois que j'ai pas assez de choses à laver dans cette cuisine ?

— Je te l'ai déjà dit, je crois au contraire que tu laves trop de choses, dans cette cuisine. Si tu...

— Lâche-moi, avec ça, c'est pas ton problème.

— De toute manière, ne me dis pas que ces pots de yaourt vont salir ton frigo, quand même...

— Mais si, putain !

— Arrête, Pimprenelle. Il n'y a rien de plus propre au monde qu'un pot de yaourt.

— Oui, d'accord. Va prendre ta douche.

Peu à peu, elle a pris l'habitude de me parler comme à un chien. D'un ton sec et méprisant. Avant, elle était gentille, étrange et prévenante. Elle mettait la petite robe à rayures bleues et rouges que j'aime, elle m'offrait des briquets chinois, elle me suçait dans la cuisine. Maintenant, elle passe son temps à me donner des ordres d'une voix sèche et irritée, à propos de tout, comme si cela faisait partie de l'ordre établi, de la nature. Ne plie pas ton écharpe comme ça. Remets la télécommande en place. Donne ce papier sale qui est dans la poche de ta veste. Va ranger ce tournevis (à je ne sais combien de tiges). Ça, c'est dans les moments où elle est calme, insouciante. Lorsqu'elle est nerveuse, c'est-à-dire lorsqu'elle se sent débordée ou que je me suis laissé aller à un reproche infime, elle m'aboie carrément dessus, et saupoudre ses ordres de « Putain ! » et de « C'est pas vrai ! » exaspérés et presque comiques (j'imagine toujours, quand une telle pluie de consignes autoritaires s'abat sur mon crâne douloureux, que quelqu'un nous regarde et se demande si je suis débile ou quoi). Alors : d'où tient-elle le droit de me commander ? Pour qui se prend-elle ? J'ai souvent envie de lui foutre des claques, pour qu'elle se réveille. Mais je ne le fais pas, et je ne comprends pas pourquoi.

Depuis quelque temps, je ne proteste même plus. Je me suis défendu, pourtant. Jusqu'à 35 ans, j'ai envoyé paître tous ceux qui essayaient de diriger ma vie. Dès qu'on m'ordonnait quelque chose, je souriais et je m'en allais. Au travail, si on se mettait à me parler comme à l'école, je partais tranquillement chercher ailleurs, laissant bouche bée l'aboyeur sûr de lui. Avec les filles, je m'évaporais à la moindre tentative de domination, de prise de pouvoir — et je me fondais de nouveau dans le monde. Je ne suis ni le pape ni Madonna, c'est le moins qu'on puisse dire, mais je n'aime pas qu'on tente d'exercer un quelconque contrôle sur moi, j'ai suffisamment obéi pendant ma période scolaire. J'étais bon élève, j'ai fait mon temps. Maintenant, qu'ils aillent tous au diable. Sauf Pimprenelle. Je n'arrive pas à la chasser, celle-là. Va au diable, Pimprenelle, s'il te plaît. Ne me donne pas d'ordres, ne m'étouffe pas, je suis un sauvage, un rebelle, un être vaniteux mais libre. Au fond de moi, je suis le pape.

Quand elle a commencé à me traiter comme un épagneul, à l'époque où nous sommes arrivés rue de Chabrol, j'ai résisté. T'es pas bien de me parler comme ça ? T'as décidé qu'on était chez toi ? Et puis change de ton. Et je t'emmerde. Mais soit elle s'enfermait dans ce fameux mutisme de petite fille, qui donne furtivement l'illusion de la victoire (ah je l'ai refroidie, je suis pas le premier épagneul venu), soit elle contre-attaquait avec plus de férocité encore, moi aussi je t'emmerde, pauvre tache, et cela se terminait invariablement en coups de toutes sortes et en bagarre par terre, parfois sous les yeux ahuris d'Oscar, et plus tard sous les yeux épouvantés d'Oscar, qui hurlait. J'ai cru que ça lui passerait, qu'elle comprendrait : non. J'ai fini par baisser les bras. Je n'aime pas ces scènes immondes, la vulgarité de ces combats de bas étage, le spectacle révulsant qu'on donne à Oscar, je n'aime pas les injures et la violence, car je suis le pape. Au mieux, quand elle joue au petit chef, je secoue la tête et pousse un soupir consterné. Je récolte toujours la même chose : « Quoi, qu'est-ce qu'il y a, encore ? Me fais pas chier, hein ! » Alors sans répondre, je m'éloigne vers mon bureau. La seule solution est de s'éloigner. La seule solution serait de partir.

16

Il est 19 heures, je joue avec Oscar dans la salle à manger, il me tend les pièces du jeu d'échecs une à une et essaie de répéter les noms : pillon, vayé, tou. Pimprenelle s'active du côté de la cuisine, sort les tasses pour le café de cette nuit ou frotte une trace sur le carrelage avec du Sopalin, elle fera couler le bain dans une vingtaine de minutes. J'ai mis la radio, je caresse les cheveux d'Oscar, ses épaules, son dos, je pense à la petite tache sombre sur l'échographie. Trois jeunes skieurs sont morts dans une avalanche à Chamonix, le moral des Japonais est en baisse, Johnny Hallyday a pris le départ du Paris-Dakar, le Premier ministre s'engage à lutter farouchement contre l'insécurité. Soudain, le téléphone sonne.

Je sursaute, je n'aime pas ça. Il ne peut en résulter que de la tension, des grognements, des soupçons, des cris, et pour moi du désespoir. Sauf si c'est ma mère ou la sienne, ou ma sœur. Ça ne peut être que l'une d'elles, d'ailleurs, je ne vois pas qui m'appellerait (et Pimprenelle encore moins, elle n'a pas d'amis, ni même de vagues relations, personne : si je lui disais de composer un numéro pour demander l'heure à quelqu'un qu'elle connaît, elle ne pourrait pas — elle a pourtant séduit tous ceux qu'elle a croisés depuis sa naissance, tout le monde l'aimait dans notre ancien quartier, mais je ne sais pas s'il existe sur terre quelqu'un de plus isolé : elle ne voit jamais personne d'autre que moi, et n'a pas de répertoire téléphonique). Le répondeur se déclenche. Sur l'annonce, je fredonne la musique de *Bonne nuit les petits,* et Oscar crie « Nounouss ! » C'était histoire de mettre quelque chose.

Malheur, ce n'est ni ma mère ni la sienne, ni ma sœur. C'est Martine Leconte, mon ex-directrice de traduction chez J'ai Lu. Je ne décroche pas. J'aimerais lui parler, mais je n'ai pas envie de passer une soirée sordide, je n'ai pas envie d'entendre Pimprenelle donner des coups de pied dans les portes, je n'ai pas envie de me battre, je n'ai pas envie de subir sa mauvaise humeur jusqu'à 3 heures du matin, je n'ai pas envie de ressentir jusqu'à 3 heures du matin l'humiliation, la honte de ne pas avoir le droit de parler à une amie de dix ans au téléphone. Martine demande des nouvelles, je n'ai pas répondu à ses deux messages de l'été dernier, elle a toujours la collection de camions de pompiers qu'elle a achetée pour Oscar, elle va bien, elle a quitté J'ai Lu pour devenir traductrice indépendante, c'est une seconde jeunesse à 50 ans, ça lui plaît, elle m'embrasse, Oscar aussi, Pimprenelle aussi. Oscar court vers le téléphone pour décrocher, je l'attrape à temps, le soulève au-dessus de ma tête et le secoue en le chatouillant sous les bras. Il rit aux éclats, je pense à la petite tache sombre.

J'espère que Pimprenelle n'a pas entendu, à l'autre

bout du couloir de cent mètres. Et pas seulement à cause de la réaction que déclencherait l'appel en lui-même, cet acharnement de l'extérieur à tenter d'entrer en contact avec moi. Mais aussi — je la connais bien —, parce qu'elle se déteste, de m'empêcher de parler à qui que ce soit, de me couper ainsi du monde, et lorsqu'elle s'en veut, elle devient encore plus agressive (de la même manière, elle se déteste de faire régner l'ordre et la terreur dans l'appartement : elle s'énerve si je lui reproche de parcourir dix mètres aller-retour pour déplacer une chaise de deux centimètres, mais ce n'est pas contre moi, c'est contre elle, parce qu'elle prend conscience de ce qu'elle vient de faire, je passe du Stabilo sur son geste, je lui rappelle son dérèglement mental — et naturellement, elle oriente sa colère vers moi, cette cinglée). Je n'effacerai pas le message de Martine, car je ne veux pas entrer là-dedans, ma vie deviendrait lamentable (tandis que pour l'instant, c'est une vie de lion majestueux), mais si elle n'a pas entendu, tout ira bien ce soir. Elle ne regarde jamais le compteur du répondeur.

Quand elle vient chercher Oscar pour l'emmener au bain, elle se plante devant moi. Elle a sa mauvaise tête, sa tête de possédée.

— C'était qui ? me demande-t-elle d'une voix de sergent qui s'apprête à punir.

— Martine Leconte.

— Qu'est-ce qu'elle voulait ?

— Rien de spécial.

— Quoi, rien de spécial ? Ça veut rien dire.

— Elle demandait des nouvelles, elle dit qu'elle a toujours les camions de pompiers d'Oscar. Elle me demande de l'embrasser, et toi aussi.

— Elle m'embrasse, moi ? Elle ne me connaît pas. Qu'est-ce que c'est que cette histoire ?

— Arrête. C'est une formule de politesse. Je ne pense pas qu'elle ait dit ça... méchamment.

— Pourquoi tu n'as pas décroché ? C'est parce que je suis là, c'est ça ? T'as des trucs à lui dire que je dois pas entendre ?

— C'est reparti...

— Alors pourquoi ? Tu vas encore dire que c'est moi qui t'empêche de parler à tes amis ? Je t'ai interdit de téléphoner, peut-être ?

— Non, encore heureux. Tu crois que tu peux m'interdire des choses ?

— Mais je veux rien t'interdire du tout ! Vas-y, appelle-les ! Téléphone à qui tu veux. Tu t'emmerdes, avec moi, de toute façon.

Oscar commence à pleurer, en nous regardant tour à tour d'un œil affolé. Inconsciemment, il tend même les bras vers elle, puis vers moi. Je lui caresse les cheveux, je me lève et pars vers le bureau.

— Tu ne réponds pas ? Hector !

— Va donner son bain à Oscar.

Je referme la porte du bureau derrière moi. Elle est impitoyable, elle ira jusqu'au bout. Il y a six mois, je pensais qu'elle ne pourrait pas faire plus, que je ne pourrais pas tomber plus bas : je me rends compte que c'était le bonheur, je recevais même parfois jusqu'à deux ou trois coups de téléphone par semaine. Et je ferais bien de profiter de ce que j'ai aujourd'hui, même si ce n'est pas grand-chose, car bientôt ce sera pire, ce sera le néant, le vrai. Elle ne me lâchera pas, elle fera pression sur moi jusqu'au degré zéro de perméabilité à l'extérieur.

J'entends Oscar qui hurle dans sa chambre, où elle est en train de le déshabiller. J'aime Pimprenelle, ou je l'aimais, je ne sais plus, mais notre histoire a peu de chances de bien tourner (mauvaise nouvelle). Car ce qu'elle veut, c'est mon malheur. Ou plutôt, mais cela revient au même, elle ne veut pas que je sois « heureux » (dans la faible mesure où l'on peut l'être, bien sûr). Elle sait que j'ai toute ma vie tiré force et plaisir du monde qui m'entourait, mais chacun de mes moments agréables avec les habitants de ce monde, chacune de mes discussions légères, chacun de mes sourires est une souffrance pour elle, puisque dans son esprit détraqué, si je suis bien avec quelqu'un d'autre, c'est que je ne suis pas bien avec elle. Chacune de mes distractions est une défaite pour elle. (Une des premières nuits que nous avons passées ensemble, rue Gauthey, elle s'est à moitié réveillée, je lisais encore, et poursuivant probablement son rêve, m'a dit d'une voix enjouée, le regard voilé : « Tu crois que tu vas gagner, mais non. C'est moi qui vais gagner. » Je lui ai raconté ça le lendemain, et nous avons bien rigolé.) Son but est de m'empêcher de vivre. Je suis mal barré.

Que sont devenus tous ces gens que j'aimais ? Martine Leconte, qui organisait régulièrement des dîners assombris de très bons vins ? Elle doit en organiser d'autres. Catherine, qui créait des costumes bizarres et beaux en écoutant l'accordéon tzigane de son mari Arnaud ? Claire, Clairon, qui n'aimait que le bleu ? Marie-Ange, qui ne se sentait nulle part à sa place ? Anoubar, qui se moquait toujours de moi ? Elise, qui mangeait des grenades ? Jean-Louis, qui disait et faisait toujours le contraire de ce qu'on prévoyait ? Diane, qui volait des croissants par timidité ? Sabine, qui voulait tout analyser ? Betty et Bernard, qui ont édité mon roman ? Franssou, qui me cuisinait des pâtes à la tomate, au fromage de chèvre et à l'huile de lampe ? Aïda, qui peignait des jeunes filles liquides ? Laurence, qui photographiait les pensées des gens ? Hedi, qui avait serré Solange ? Marie, qui vivait seule dans l'appartement où elle était née ? Joël ? Sylvie ? Isabelle ? Adeline ? Yves ? Didier ? Nadège ? Anne ? Bruno ? Nicolas ? Grégoire ? Estelle ? Florence ? Elisabeth ? Thierry ? Taouf ? Jeanne ? Bénédicte ? Ilan ? Emmanuelle ? Christophe ? Loïc ? Marie-Sophie ? Arnaud ? Helena ? Olivier ? Jean ? Sarah ? Marie-Claire ? Michel ? François ? Walter ? Ils continuent leur vie, tous, partout.

Les croiser de nouveau un jour, quelque part, ne serait-ce qu'un ou deux d'entre eux, ne serait-ce qu'une heure ou deux, me paraît impossible. Ce serait forcément seul, puisque Pimprenelle refuse tout contact avec le monde. Mais lui annoncer que je vais dîner seul avec qui que ce soit, une femme, un homme ou trois personnes, est aussi peu envisageable pour moi que pour le mari d'une femme normale l'avertir qu'il part baiser la jeune Italienne du troisième, juste une petite heure, et qu'avec un peu de chance il pourra l'enculer. Je n'arrive même plus à y penser. Quand je reçois une invitation pour une soirée ou même un cocktail quelconque en fin d'après-midi (à peu près chaque fois qu'il me pousse une dent, désormais), je la cache et la fourre discrètement dans la poubelle (bien au fond). Car si je laisse transparaître la moindre velléité d'accepter, Pimprenelle se replie sur elle-même comme un hérisson, peste entre ses dents et maltraite tout ce qui lui passe dans les mains jusqu'à mon départ : elle me laisse sortir sans rien dire, généralement, sans rien dire du tout d'ailleurs, mais c'est à mon retour que l'orage de fiel éclate et que la misère me tombe sur la tête (la plupart du temps, je me dis alors : « C'est trop cher payé ») ; et si, pour éviter cela, ou parfois pour lui faire plaisir, je déclare machinalement, en me dirigeant vers la cuisine et sa poubelle, que je n'ai aucune envie d'y aller, Pimprenelle se replie sur elle-même comme un hérisson et ainsi de suite : car elle sait que je mens, elle sait que si je n'y vais pas c'est à cause d'elle, elle se hait, ça l'irrite.

Boire un verre. Simplement boire un verre avec quelqu'un.

J'en ai bu, des verres, avec des centaines de personnes. Holà, j'en ai bu. Mais je ne réalisais pas. Je buvais mon verre comme un couillon, en discutant comme un couillon, voilà, bon, et alors, qu'est-ce qu'on fait maintenant ? Ces moments sont passés comme des courants d'air, presque sans moi. Je n'avais pas conscience du plaisir. Et pourtant j'en ai bu... Que sont-ils devenus, eux aussi, tous ces voisins de comptoir du Soleil ou du Saxo Bar, que j'aimais voir ? Je n'en sais rien, mais eux, je sais où ils se trouvent : au comptoir du Soleil ou du Saxo Bar, dans le bruit, l'ombre et le bien-être liquide, arrimés à ces comptoirs familiers sur lesquels il reste la trace de mes doigts. Loin d'ici. Encore des visages, encore des voix : Denis, François, Pedro, Audrey, Soumia,

Nourredine, Christophe, Florence, Thibault, Patrice, Arnaud, Pierre, Karine, Eric, Momo, Thierry, Jocelyn, Gaël, Anita, Nicolas, (Hector), Jean-Luc, Martine, Marie, Jeannot, Ali, Laurence, Nenad, Nadia, Henri, Alex, Khadija, Stéphane, Jacky, Goran, Virginie, Charly, Lucie, Vincent, Jeff, Alain, Francky, Jean-Marie, Gégé, Samir. Leurs noms me font du bien. Je ne les reverrai probablement plus mais je pense à eux souvent. Et je sais où ils sont.

Parfois, Pimprenelle me fait la charité. Malgré son acharnement à me posséder, elle est consciente que j'ai impérativement besoin de m'éloigner un peu d'elle de temps à autre, pour ne pas mourir asphyxié. Dans ses bons jours, quand Oscar fait sa sieste, ou quand nous sommes sur le chemin du retour après le Champion, il lui arrive de me dire, d'un ton détaché : « Va boire un verre, si tu veux. » C'est gentil de sa part. Nous sommes un couple moderne, je suis un homme libre. Et ça ne lui coûte pas grand-chose, elle sait que je ne connais personne dans les bars de ce quartier, que je vais me retrouver planté seul devant un comptoir sinistre, avec ma bière. (Je me sens comme un vieillard qu'on autorise à regarder l'émission sur le Lido, le soir du réveillon, pour qu'il retrouve un peu de sa jeunesse.) En général, je refuse. Parce que ça me donne envie de pleurer.

17

Elle vient d'ajouter une règle à toutes celles que nous devons respecter pour vivre ici, sous son toit. Dorénavant, il faudra que le couvercle de la cuisinière soit toujours fermé. J'ai honte de mentionner ça, c'est idiot. Mais j'en ai marre. Donc voilà, dès qu'on a fait cuire quelque chose, on doit poser immédiatement la casserole sur l'évier et refermer le couvercle de la cuisinière. Sinon, pense-t-elle depuis deux ou trois jours, des tas de cheveux, de poils ou je ne sais quoi vont tomber du ciel et se déposer sur le bel émail blanc, entre les brûleurs. Il faut le protéger, vite. Elle doit imaginer des cheveux et des poils en suspension dans l'air (je n'aimerais pas être à sa place).

J'ai commis une erreur, tout à l'heure. Je venais de faire chauffer le repas d'Oscar (une galette de pommes de terre au saumon, à la poêle, et une barquette de purée de carottes, au bain-marie), j'ai posé la casserole et la poêle sur l'évier, refermé le couvercle de la cuisinière, en compagnon bien dressé, et au moment de sortir de la cuisine avec les deux assiettes, tout à coup, j'ai eu une idée (c'est souvent ainsi qu'interviennent mes erreurs, malgré une attention de chaque seconde). J'ai reposé les deux assiettes sur le plan de travail (sans mettre une feuille de Sopalin sous chacune, ce qui est déjà une faute, mais consciente, celle-là — je m'en foutais, elle ne me voyait pas et ne s'apercevrait de rien), j'ai mis la poêle luisante de beurre dans l'évier et j'ai fait couler de l'eau chaude dessus : ça lui faciliterait la tâche plus tard, ce serait plus simple à nettoyer (et si des cheveux et des poils flottent dans l'atmosphère, ils ne vont pas hésiter longtemps à s'abattre sur une poêle pleine de matière grasse, pour y rester collés à jamais, et il faudrait la jeter — heureusement que j'ai le sens de l'initiative).

Je suis en train de couper la galette de pommes de terre au saumon sous l'œil brillant d'Oscar, qui sourit sans s'en rendre compte, quand Pimprenelle hors d'elle fait irruption dans la salle à manger. Si Poivre d'Arvor pouvait voir chez les gens qui le regardent, il penserait que j'ai rangé la poêle dans le frigo, ou vidé le contenu de la poubelle dans l'évier, quelque chose comme ça.

— Hector !

— Oui Pimprenelle...

— Pourquoi tu as mis la poêle dans l'évier ? Merde, à la fin !

— Pour que tu puisses la laver plus facilement.

— Sur l'évier, la poêle ! Pas dedans ! C'est moi qui la lave, c'est moi qui m'en occupe ! Elle doit être sur l'évier !

— D'accord, d'accord. Ecoute, je suis absolument désolé. Je ne le referai plus, promis. Ça va, comme ça ? C'est pas extrêmement grave, quand même ?

— C'est pas le problème. Tu n'écoutes rien de ce

que je te dis, tu ne fais jamais ce qu'il faut. J'en peux plus, moi.

— Arrête de me parler comme à un gosse. Je prépare le repas d'Oscar, je lui donne à manger, et tout ce que tu trouves à dire, c'est de gueuler parce que j'ai mis la poêle dans l'évier ? Je ne te demande pas de remerciements, mais quand même. Tu te rends compte de tout ce que j'accepte pour t'épargner des crises de nerfs ? Tu te rends compte que je vis comme un demeuré qui doit contrôler tous ses mouvements, qui ne peut pas déplacer un objet sans trembler, juste pour me plier à ton délire ? Tu te rends compte des efforts que je fais ? Ou pas ?

— Eh ben justement, non, pas tellement. Et puisqu'on en parle : tu te rends compte, toi, de tout ce que je suis obligée de faire dans cette maison ? Tu te rends compte que je repasse partout derrière toi ?

Oui, pauvre folle, je m'en rends compte, c'est bien le problème. Je n'ai rien dit pour qu'Oscar puisse manger tranquillement, et l'ai laissée repartir vers la cuisine en marmonnant des choses maléfiques contre moi, entre ses dents. Je ne la satisfais pas du tout. Rien de ce que je fais ne convient. Je suis médiocre, mauvais. Je pourrais redoubler de précautions, multiplier les petites attentions pitoyables pour caresser sa névrose dans le sens du poil, ça n'irait toujours pas. Je ne saurais toujours pas ranger un verre ou secouer une nappe par la fenêtre (« Hector, enfin, pas dans ce sens-là ! »). Encore une fois, elle se comporte avec moi exactement comme sa mère avec elle, qui critiquait chacun des gestes, anéantissait en quelques mots tous ses efforts de petite fille pour répondre à son attente (« Mais non, pas comme ça ! Tu ne comprends rien ! »), sa mère qui a écrasé et détruit peu à peu toute sa volonté, toute sa confiance en elle, tout son intérêt pour le monde extérieur et son courage pour l'affronter.

Quelque part au fond de moi, englouti sous des kilos de craintes et de tourments en désordre, il me reste l'infime espoir qu'elle ne fera pas la même chose avec Oscar. Mais je sais bien que c'est peu probable. Depuis le temps que je lutte contre elle, ou plutôt contre ce mal qui la gagne (non seulement en vain, mais pire, assistant désarmé à l'aggravation de son état), je ne vois pas pourquoi tout ce cirque s'arrêterait d'un jour à l'autre (ou alors par magie, peut-être). Elle a d'ailleurs déjà commencé, avec Oscar : le mot qu'il entend le plus souvent de la bouche de sa mère est « Non » (il n'a pas le droit d'entrer dans la salle de bain, ni depuis peu dans mon bureau, il n'a pas le droit de toucher les vitres de l'appartement, ni le téléphone, ni la télé, ni ses crayons de couleur sans autorisation spéciale, ni les pieds de sa chaise-bébé dans la salle à manger (mystère), ni aucun de nos deux sacs, ni dans sa chambre le petit matelas sur lequel elle le change, ni rien dans la cuisine, il n'a pas le droit de passer le petit balai qu'elle lui a acheté sur les murs ni sous les meubles, il n'a bien entendu pas le droit de laisser ses jouets plus de deux ou trois minutes à une place qui n'est pas la leur, dehors elle pousse des hurlements hystériques s'il met le pied dans une petite flaque, s'assoit par terre ou touche quoi que ce soit (je repense souvent au landau de poupée que Pimprenelle petite avait osé sortir de la maison, qui avait déclenché une crise de rage chez sa mère), quand nous rentrons il n'a pas le droit de faire un pas dans l'appartement tant qu'il n'est pas changé, en chaussons et mains propres (il doit attendre une bonne dizaine de minutes dans sa poussette)). Lorsqu'il saura ranger sa chambre ou mettre un bol dans le lave-vaisselle, je n'imagine pas qu'elle puisse se retenir de passer derrière lui. Et même si elle parvient à ne rien lui reprocher, à se mordre les lèvres (ce qui relèverait déjà du miracle), je sais ce qu'on ressent, à la longue, quand on constate que tout ce qu'on fait est corrigé. J'ai trente-cinq ans de plus que lui, dix ans de plus qu'elle, je suis grand et fort, j'ai eu largement le temps, avant que Pimprenelle n'apparaisse dans ma vie, de me forger une personnalité, un caractère, et pourtant, elle a réussi à détruire presque toute ma volonté, ma confiance en moi, mon intérêt pour le monde extérieur et mon courage pour l'affronter. (Presque.) J'ai honte de l'avouer, mais je me surprends parfois à penser « Elle a raison, je fais tout mal » ou « Qu'est-ce que je suis con ». (Pourtant, je sais qu'elle m'aime.) Si elle a pu laminer en moins de quatre ans un taureau fougueux comme moi, il n'est pas compliqué de deviner comment le petit Oscar vierge et sans défense ressortira de ses pattes dans quinze ans.

Mon infime espoir vit ses derniers instants sous le poids des craintes. Plus le temps passe, douloureusement, plus je me dis que rien ne pourra l'arrêter (je me la représente escaladant une montagne qui n'a pas de cime). Je tente de la freiner, de lui proposer un peu de calme, de repos, de la soulager en m'occupant d'Oscar (je joue avec lui le plus souvent possible, je me charge de son repas du soir, et depuis quelques jours, l'après-midi, je l'emmène seul au jardin public de la rue des Récollets, pour qu'il prenne l'air et voie d'autres enfants), j'essaie de lui éviter du travail en suivant ses consignes à la lettre, mais chaque minute qu'elle gagne ainsi, elle la met à profit pour travailler davantage, pour assouvir sa maniaquerie. (Il arrive régulièrement que mes parents gardent Oscar pendant un week-end. Les premiers temps, nous passions ces quarante-huit heures à traîner au lit, à nous promener dans Paris, à flotter dans les journées comme au début de notre histoire. Les deux dernières fois, elle a consacré presque entièrement ces heures offertes à l'aspirateur et à la serpillière.) Elle invente sans cesse de nouveaux réglages, de nouvelles occupations stériles. Et pourtant, elle sait qu'elle nous gâche la vie, à Oscar, à moi, à elle bien sûr. Elle nous sacrifie tous les trois pour satisfaire son obsession vorace. Mais c'est plus fort qu'elle, et elle en devient monstrueusement égoïste. Car chaque fois qu'elle se baisse pour aligner un camion de pompiers avec un train de marchandise, chaque fois qu'elle rince un lavabo comme si Landru venait de s'y laver les mains, c'est du temps qu'elle vole à Oscar. Elle le prive de la seule chose importante pour lui, alors qu'elle a tant souffert du manque de présence affective de sa mère. Elle ne joue plus jamais avec lui, et n'a même plus le temps de lui faire à manger — à dix-huit mois, on ne le nourrit quasiment plus que de produits tout prêts, surgelés ou sous-vide, achetés en supermarché. Si sa mère bossait douze heures par jour à la Bourse ou à la télé, il ne sentirait pas la différence. (Et pourtant il l'aime, je le vois, c'est toujours elle qu'il appelle la nuit quand il se réveille, il l'aime comme tous ceux qui l'ont approchée.) Ereintée, honteuse, elle se plaint sans arrêt, du matin au soir, elle court et râle, gémit qu'elle est à bout de forces, qu'elle ne tient plus, que ses nerfs la ravagent, que la fatigue la terrasse, qu'elle va s'effondrer, qu'il faut se dépêcher, s'organiser, penser à tout, vite, vite. Elle n'est pas obligée de gagner sa vie à l'extérieur, je travaille moi aussi à la maison, Oscar n'est jamais malade, nous sommes toujours tous les trois ensemble, sans horaires particuliers à respecter, sans problèmes financiers, sans autre obligation que de vivre tous les trois ensemble, paisiblement, dans un grand appartement. Nous devrions être les trois personnes les plus heureuses de Paris — ou pas loin de la tête, du moins (je me ferais une raison à propos de l'extérieur et de ses joies, tant pis). Mais non. J'ai de la peine pour Oscar. Et lorsque j'entends Pimprenelle se lamenter, pleurnicher sur son sort, j'ai envie de me jeter sur elle et de la rouer de coups jusqu'à ce qu'elle devienne toute molle et ne puisse plus s'affairer nulle part. Une femme toute molle, mon rêve. (Quoique.)

Elle vient de coucher Oscar, elle est allée préparer la préparation du repas dans la cuisine (casseroles sorties, couteaux prêts, planche à découper en place), puis poser sur la cheminée de la salle à manger le bâton d'encens qu'elle allumera vers deux heures du matin, elle entre dans le bureau, la poêle toujours dans la tête — ça se voit. Elle déplace une chaise, la lampe, lisse un rideau, soupire et grogne qu'elle est morte, avec tout ce boulot, qu'elle en a plus que marre, marre, marre. Je sens quelque chose déborder en moi, c'est de plus en plus fréquent, et sans me retourner, lui demande d'arrêter de geindre. Elle le prend toujours très mal. Elle me rétorque que je suis comme tous ces abrutis pour qui les femmes au foyer sont en vacances, que je ne réalise pas la somme de travail que cela représente. C'est sans doute vrai, en partie. Je trouve mes tee-shirts propres dans l'armoire, et je ne pense pas à me demander comment ils sont arrivés là. Mais elle en fait trois fois plus que n'importe qui, plus rien d'autre ne compte pour elle, et cela, ni Oscar ni moi, qui en subissons les affligeantes conséquences, n'y sommes pour rien. Qu'elle assume, au moins.

— Si t'es pas content, si tu trouves que je suis tellement nulle, tu dégages, tu te casses d'ici.

Elle me propose de plus en plus souvent cette issue de secours. Cette fois, je lui dis que bon, d'accord, elle a fini par me convaincre, c'est ce que je vais faire. Elle court vers moi et me frappe violemment l'arrière de la tête. Je ne bouge pas, ça résonne dans mon crâne, je lui répète que je vais partir, elle n'a pas besoin de s'impatienter comme ça. Elle m'envoie un coup de poing de bûcheron dans la tempe, en émettant un son strident. Là, ça fait mal. Je me lève pour éviter le troisième, renverse ma chaise et pousse Pimprenelle loin de moi. Elle manque de tomber à la renverse, se rééquilibre de justesse et me saute dessus le regard fou. J'esquive le premier coup, bloque le deuxième avec mon avant-bras, et prends le troisième dans la joue. Je disjoncte, saute sur elle, lui passe le bras autour du cou, serre de toutes mes forces et la fais tomber. Je lui tape deux fois la tête par terre. Dans son lit, Oscar hurle. Je me relève pour aller le voir. Pimprenelle est allongée sur le ventre, elle pleure contre le parquet.

18

Il est 19 h 30, je suis dans la cuisine, j'ouvre un placard pour prendre un verre à whisky. Pimprenelle vient d'emmener Oscar dans sa chambre pour le déshabiller avant le bain. Un bon moment se profile : quelques minutes seul avec le whisky dans le bureau, calme et fort au fond du verre, avant d'aller préparer à manger pour Oscar. Deux femmes de l'immeuble discutent dans la cour, deux grosses poules baguées qui n'ouvrent jamais la bouche lorsqu'on les croise, le bec, même quand on leur dit bonjour en les regardant dans les yeux, petits, visqueux : elles nous fixent un instant comme si on avait tué l'un de leurs enfants, les lèvres pincées, puis la tête haute et droite, continuent leur chemin de volailles outrées et sûres de leurs droits, avec leurs grosses fesses. (Je crois qu'elles n'aiment pas Pimprenelle parce qu'elle secoue toujours des trucs par la fenêtre.) Je les observe un instant derrière la vitre. Vues de haut, elles ont de petits crânes déplumés, elles font pitié. Elles sont en train de parler de la boulangère du coin de la rue, qui n'a pas l'air bien nette, quand le portable de l'une d'elles sonne.

— Oh non, encore ? Mais c'est pas Dieu possible ! dit-elle à l'autre en hochant vigoureusement la tête.

La plupart des gens sont furieux quand leur portable sonne. (« Mais qu'est-ce qu'ils me veulent, qu'est-ce qu'ils me veulent ? ») On les a sans doute obligés à en acheter un. Pourtant, on est au courant qu'ils connaissent énormément de monde, tout de même, et que ça va être un calvaire pour eux. On le sait, ça, non ? Tant pis, d'accord, ce sera leur croix. Cependant, ils sont encore plus furieux si c'est le portable de quelqu'un d'autre qui sonne. Alors là, c'est le pompon.

Cette fois, il s'agit d'une erreur. La grosse poule qui se croyait appelée range son appareil dans son sac, humiliée. L'autre jubile sous sa permanente, ses joues rosissent.

Je traverse la salle à manger avec mon whisky lorsque j'entends Pimprenelle hurler :

— Oh non ! Oh non ! Hector ! HECTOR !

J'ai la main sur la poignée de la porte du bureau. Affolé, je fais demi-tour, pose mon verre sur la table et me précipite vers la chambre d'Oscar. Il a avalé quelque chose, il s'étouffe ? Il s'est crevé un œil ? Je suis dans notre chambre, je me cogne le tibia contre le bord du lit, lorsque Pimprenelle s'égosille de nouveau :

— HECTOR, PUTAIN DE MERDE !

J'entre. Oscar est assis sur le parquet, hébété, ruisselant de vomi de la tête aux pieds, comme si on lui en avait versé un seau sur la tête (les bébés vomissent souvent comme des geysers). Il regarde sa mère, à un mètre de lui, à quatre pattes sur le tapis (synthétique et bon marché), qu'elle frotte comme une démente avec du Sopalin.

— Qu'est-ce que tu foutais ? Tu m'entends pas ou quoi ?

Oscar a tourné la tête vers moi. Il n'a que sa couche. Il me fait penser à Louis de Funès dans le film où il tombe dans une cuve de liquide vert. Il cligne des yeux, il ne comprend pas ce qui lui arrive. Je me vois faire deux pas vers Pimprenelle, qui se déchaîne sur le tapis, et lui envoyer de toutes mes forces un coup de pied dans la tête.

— Tu vas rester là longtemps comme un débile ? Va me chercher une éponge !

Je suis en chaussons, ça ne ferait pas assez mal. Je vais prendre la lampe en fer qui est sur la cheminée, et frapper de toutes mes forces sur le sommet du crâne pour le faire éclater. Une flaque gluante se forme entre les jambes d'Oscar. Pimprenelle éclate en sanglots, le Sopalin s'effrite en boulettes sur le tapis, elle pleure de rage et d'impuissance. (Un jour elle m'a raconté, écœurée, que sa mère avait fondu en larmes et s'était mise à trembler de tous ses membres parce qu'une bouteille de bière s'était cassée sur le carrelage de la cuisine.) Je m'avance vers Oscar et prends le rouleau de Sopalin.

— Qu'est-ce que tu fais ? Va me chercher une éponge, je t'ai dit ! crie-t-elle en reniflant.

— Je t'emmerde. Va la chercher, ton éponge. Pauvre fille.

Je commence à essuyer le visage d'Oscar. Il essaie un sourire, il rigole un peu, comme on fait quand on a peur mais qu'on espère encore que ce n'est pas vrai, qu'il n'y a pas vraiment de problème. Pimprenelle se relève, baisse vers moi un regard incrédule, meurtrier, et part en flèche vers la cuisine. Elle claque la porte, les murs tremblent. Dans notre chambre, ou dans le couloir, elle pousse un hurlement sauvage, à se déchirer la gorge :

— C'EST MOI QUI T'EMMERDE, ESPÈCE DE CONNARD !

Je n'ai pas fini de sécher Oscar quand il se met à pleurer. Il s'époumonera pendant une heure sans s'arrêter, emplissant l'appartement de cris suraigus, écarlate et secoué de spasmes, comme si on le brûlait au fer rouge.

19

Aller faire les courses seul est devenu mon plus grand plaisir. Quelle misère. C'est de toute façon l'un des derniers qu'il me reste (avec le whisky pendant le bain d'Oscar et les longues nuits de travail sur l'ordinateur — quelle misère, quelle dégradante misère, moi qui pendant quinze ans n'ai vécu que de plaisirs). Je ne peux désormais rien espérer de mieux que quelques instants de solitude au milieu d'une foule d'inconnus, même si c'est pour acheter des couches ou de l'eau de Javel. Mais cet après-midi, j'ai encore perdu un peu de terrain. L'étau se resserre, comme disent les bricoleurs.

J'avais réussi à obtenir le droit de me rendre au Printemps, afin d'y faire provision de bodies 2 ans. J'étais content. Avant de partir, j'ai bu un verre au Floréal, guilleret, avec Pimprenelle qui s'apprêtait à donner son goûter à Oscar. Je la sentais nerveuse, sombre, contrariée. Elle ne s'est pas retenue. Elle n'admettait pas que j'aille au Printemps seul. Incapable de se contrôler, elle a piqué sa petite crise dans le café, comme si je partais à une fête en la laissant avec Oscar sur les bras, à se coltiner tout le boulot pendant que je m'amusais. Il semblait bien que je ne serais dorénavant même plus autorisé à aller faire les courses sans elle. Mais pour la dernière fois, j'ai tenu bon. Profitant du lieu, ce bar où on nous connaissait, où elle ne pourrait donc pas se mettre à m'insulter ou me supplier en me retenant par la manche ou la jambe comme elle l'aurait fait chez nous, je lui ai rappelé que les grands magasins avec Oscar, c'était un cauchemar, je lui ai dit que j'en avais assez de ses caprices et, sans lui laisser le temps de répondre, je me suis levé et je suis sorti. En rude combattant.

Mon sac plein de bodies à la main, j'ai dû passer à *Privé,* afin d'y prendre des photos pour un papier à rendre après-demain (une histoire de secte glorifiant le sacrifice de clochards), qu'on ne pouvait pas m'envoyer par Internet — par crainte de piratage. C'est une bonne chose pour moi, les lacunes de la technologie moderne. Je rentre maintenant au domicile conjugal, il est 20 h 30. Je ne suis pas en forme. Je me suis levé à 11 heures ce matin (le type de *Privé* a appelé pour me parler de ce papier, et malheureusement quand je me réveille c'est définitif), je n'ai donc dormi que trois heures, j'ai aidé Pimprenelle de mon mieux à midi, commencé le texte sur la secte exterminatrice pendant la sieste d'Oscar, puis j'ai lutté dans la cohue au Printemps, couru pour arriver dans les locaux de *Privé* avant qu'ils ne soient vides — et j'ai encore toute une nuit de travail devant moi, jusqu'à 7 heures demain matin. Je suis fatigué. En traversant la cour, j'entends Pimprenelle qui gueule. Je monte jusqu'au premier, j'ouvre la porte, elle vient de commencer à donner à manger à Oscar. Je les vois tous les deux, il est trempé de larmes, essaie de mâcher entre deux sanglots, elle ne tourne pas la tête vers moi, de profil je remarque son teint livide et la lueur mauvaise dans son œil.

Elle ne se gêne pas pour moi, elle continue à lui gueuler dessus, parce qu'il a renversé quelques grains de riz sur la tablette de sa chaise-bébé, ou parce qu'il refuse la cuiller qu'elle lui tend. J'ai envie de sortir un revolver et de tirer dans la tête de Pimprenelle, de l'entrée à la salle à manger, la balle fuse entre les murs du couloir étroit et va se loger pile dans sa tempe. Un petit trou. Pimprenelle tombe de sa chaise et s'écrase sur le parquet avec un bruit mou. Je m'avance sans enlever mes chaussures et je m'occupe d'Oscar.

Je prends juste le temps d'enlever mes chaussures, de ranger mon manteau et ma veste dans la penderie, et je m'approche d'eux pour proposer à Pimprenelle de prendre sa place. Je n'ai pas de mauvaises intentions. Je veux juste qu'elle puisse respirer une demi-heure, pour se calmer, et surtout qu'Oscar puisse manger tranquillement. Pourtant, je suis épuisé, et je pense à la nuit qui m'attend, je préférerais me détendre un peu avant de me mettre à travailler. Mais non. (Je suis un type extraordinaire.) Elle se lève en manquant de renverser sa chaise, et je m'assieds. Je caresse les cheveux d'Oscar, je lui parle doucement, j'essaie de le faire rigoler en faisant combattre deux grains de riz, pour qu'il oublie qu'il a pleuré et se remette à manger. Dans mon dos, Pimprenelle vomit :

— Et voilà, il joue le bon père ! Gna gna gna... Ben voyons ! Evidemment, c'est facile, pour toi !

Je me lève, je me retourne, un pas vers elle, il

s'écoule deux secondes avant que je ne lui fasse exploser la tête. Ses yeux me défient, elle attend. Encore une seconde. Je l'étrangle, je lui broie la gorge, elle crève, je vais en prison, Oscar n'a plus de mère, plus de père, la femme que j'aimais est morte. Je me retourne lentement pour ne plus la voir, je me rassieds face à Oscar. Elle reste un instant derrière moi sans bouger, sans parler, puis s'en va vers la cuisine en lâchant :

— Connard.

Je ne dis rien, je donne une cuillérée de riz à Oscar.

20

La nuit, quand je travaille, je me sens à peu près bien. Même si je n'écris que des histoires de viols et de meurtres, dans un style qui me dégoûte. Pimprenelle dort profondément. Oscar aussi, petite masse claire dans l'ombre, protégée par le lit à barreaux. Il dort sur le dos, les bras levés, les mains de part et d'autre de la tête. Presque chaque nuit, vers 4 ou 5 heures, il appelle : « Maman ! Maman ! » Il me dévisage quand j'entre dans sa chambre, puis demande d'un ton inquiet (comme chaque fois qu'il pose une question) : « L'eau ? » Je lui tends le biberon, et pendant qu'il boit avidement, je lui caresse les joues, les bras, les jambes, le front. J'aime sentir qu'il est là.

Bien entendu, je ne passe pas cinq heures d'affilée à écrire. Je tourne en rond dans le bureau pour me dégourdir les jambes, et je regarde par la fenêtre. Il passe une voiture de temps en temps, vite, je regarde à l'intérieur. Je ne sais pas pourquoi, j'envie les gens qui sont dedans. J'ai l'impression que c'est parce qu'ils roulent dans la nuit en écoutant la radio, mais c'est complètement absurde, n'importe qui peut rouler la nuit en écoutant la radio, ça n'a rien à voir avec le bonheur.

Deux ou trois fois par semaine, un jeune couple se dispute, à une cinquantaine de mètres sur le trottoir d'en face. Je crois que la fille habite là, sans doute chez ses parents, et que lui vient la voir et lui demande de descendre. Pourquoi toujours en plein milieu de la nuit ? Je ne saisis pas bien ce qu'ils disent, mais j'entends leurs voix. En général, le garçon tempête pendant environ une heure, reproche je ne sais quoi à la fille en faisant de grands gestes (j'ai toujours peur qu'il ne finisse par lui taper dessus), puis elle se met à pleurer, assise devant la porte de son immeuble. Il continue un moment son réquisitoire, pour l'enfoncer, et s'assied près d'elle quand il estime qu'il s'est bien fait comprendre et qu'elle a son compte. Ils parlent alors à voix basse, peut-être durant une heure encore. Ensuite, souvent, la fille attaque à son tour. Mais le garçon réagit rapidement, riposte, puis s'en va en jurant et en lançant un bras en l'air. En claquant une porte invisible. Ils s'affrontent ainsi deux ou trois fois par semaine depuis que nous avons emménagé ici, il y a plus d'un an. Ça va très mal entre eux, je me demande comment ils sont encore ensemble. Parfois, le nez contre la vitre en hiver, ou accoudé à la rambarde en été, je me surprends à les plaindre. Je me surprends à penser, sincèrement : « Je n'aimerais pas être à leur place. »

Cette nuit, il y a une fête au quatrième étage de l'immeuble d'en face. Une cinquantaine de jeunes gens chic, de seize ou dix-huit ans, se trémoussent, chantent et poussent des cris de joie derrière les fenêtres embuées. La musique résonne dans toute la rue, j'ai du mal à me concentrer sur mes clochards sacrifiés. Je pense à la femme qui vit seule au troisième. C'est la veuve de Gilles Deleuze. Je pense à Oscar, qui doit recevoir les basses dans son lit. J'espère que ça ne va pas le réveiller (quand il se réveille parce qu'il a soif, il se rendort tout de suite ; quand il se réveille à cause d'un cauchemar ou d'un bruit, il met parfois deux heures à retrouver le sommeil, il appelle toutes les dix minutes (comme son père)). Ce que je ressens me dérange. J'ai du mal à le reconnaître, mais je sais bien que j'ai envie d'ouvrir la fenêtre et de crier « Vos gueules ! » Comme un con. Pourtant, pendant près de vingt ans, j'ai été à leur place (en moins chic). J'ai fait du bruit dans des appartements la nuit. Et quand un voisin râlait, ou pire, quand il appelait les flics, il me semblait qu'il ne comprenait rien à la vie, qu'il se recroquevillait sur sa petite existence minable, en s'agrippant de toutes ses forces à ce qu'il possédait, y compris son travail et son sommeil. Mais merde, on change. Ça m'ennuierait qu'ils réveillent Oscar, c'est tout. Je ne vais pas ouvrir la fenêtre et crier « Vos gueules ! », évidemment, mais je ne vais pas non plus m'en vouloir parce qu'ils me font chier. Tant pis, c'est comme ça. La vie change, on change. D'ailleurs Oscar, que je protège, sera un jour dans un appartement la nuit, à faire du bruit. Le petit Oscar, en sueur, poussera des hurlements. Et eux, qui sont en train de brailler à s'en déchirer les cordes vocales, « FAME, I WANNA LIVE FOR EVER ! », en levant les bras, en riant et en secouant la tête, « I WANNA LIVE FOR EVER ! », où seront-ils ? Tous ces jeunes gens de bonne famille, pleins d'espoir et d'énergie, qui crient ce qu'ils attendent, que feront-ils dans vingt ans ? (L'aigreur me guette.) FAME, FAME, ça va être dur. J'imagine que quatre-vingt-dix pour cent d'entre eux grogneront en serrant les dents, certains iront sonner pour réclamer le silence, quelques-uns téléphoneront aux flics, et très peu se souviendront qu'ils ont dansé comme des diables et chanté à tue-tête, « FAME, I WANNA LIVE FOR EVER ! », une nuit où je me posais des questions près de ma fenêtre. Et moi, dans vingt ans, je serai où ?

21

Au Floréal, je joue au flipper avec Oscar (debout sur une chaise), quand un type dans notre dos prononce une phrase que j'ai entendue des dizaines de fois. Souvent dans les bars, d'ailleurs.

— Oh, Jean, il paraît que t'es célibataire, cette semaine ? C'est la belle vie, alors ! Veinard...

Ce genre de remarque a toujours suscité en moi un mélange de dégoût et de pitié. Tous ces lourdauds qui se sont mis en ménage parce que c'est obligé, t'as pas le choix mon pote, qui ont une femme comme on a un boulot, qui en bavent depuis des années, revêches et déprimés, et se frottent les mains en ricanant dès qu'on leur octroie une petite semaine de liberté... Qui les a forcés ? Vivre avec quelqu'un, je me disais (en fringant solitaire), ça doit déjà être une drôle de galère, mais alors sans amour, quelle connerie. Ça me faisait de la peine pour leur femme, ça me faisait de la peine pour eux. Mais aujourd'hui, en entendant cette phrase dans mon dos, je comprends mieux. (Qu'est-ce qu'on change, hein.) Je trouve que « célibataire » et « belle vie » vont très bien ensemble.

Veinard, Jeannot. Tous ces pauvres types que j'ai méprisés, dans quarante bars de Paris, j'aimerais les revoir un par un pour m'excuser et leur tapoter l'épaule. Roger, Paulo, Fabrice, Lulu, Gérard, je suis des vôtres.

J'ai bien fait de quitter cet emploi de détective (merci Pimprenelle). Aujourd'hui j'ai honte d'avoir traqué partout la grosse Solange, qui se démenait de son mieux pour respirer hors du cabinet de son dermatologue. Elle avait envie de fuir, de sortir de sa vie de femme de dermatologue, et j'essayais de la ceinturer pour la ramener à son propriétaire ? Et tous les autres. Qu'est-ce qui m'a pris ?

La partie est terminée. Oscar continue à regarder le flipper, attendant qu'une boule surgisse. Je tourne la tête vers Pimprenelle, assise seule en salle. Devant elle, elle a préparé le goûter : une banane posée sur un Kleenex, un Kinder sur un Kleenex, le biberon sur un Kleenex, la boîte de lingettes sur un Kleenex. Elle fume une Gitane, les yeux dans le vide. Nous sommes très loin l'un de l'autre.

Je ne sais plus comment j'envisageais la « vie de couple », mais pas comme ça. Des existences parallèles mais indépendantes, il me semble avoir pensé ça. Pas une ligne unique, c'est sûr, et moins encore deux perpendiculaires. On ne peut plus parler de rien, Pimprenelle et moi. L'un regarde l'autre à distance, parfois. Elle ne s'est jamais intéressée à grand-chose, mais depuis qu'elle s'est métamorphosée, ses regards et ses pensées ne sont plus jamais fixés sur rien d'autre que sur les objets ou les poussières de la maison. Elle n'a plus que ça en tête, elle n'est plus que ça. Elle est si fatiguée la nuit quand elle se couche, qu'elle ne trouve plus la force de lire (souvent, en me levant pour aller pisser, je remarque sa lampe allumée : j'entre, elle dort, je lui enlève doucement le livre des mains (je corne la même page que la veille, la pliure est déjà faite), j'éteins, elle reste les deux mains tendues devant elle) ; elle n'a plus le temps de regarder quoi que ce soit à la télé, jamais un film ou une émission — sauf le début ou la fin quand on mange, mais je vois bien qu'elle s'en fout, elle a simplement la tête tournée vers l'écran, sans voir, et son attention n'est attirée vers la surface que lorsqu'il s'agit de femmes au foyer, de cuisine, de ménage, d'enfants, d'emploi du temps à la maison. Si j'essaie d'aborder un autre sujet, n'importe lequel, elle ne m'écoute pas — ce n'est pas difficile à deviner : elle a les yeux ailleurs et ne répond rien, ou de vagues marmonnements d'approbation. Il arrive même qu'elle s'endorme pendant que je lui parle.

Une femme qui ne pense qu'à l'ordre et au ménage ? Je ne veux pas d'une femme comme ça. J'aime tout le contraire. Qu'est-ce que je fais là ? Avec elle ? Une femme que je peux aimer, c'est le contraire d'une femme qui ne pense qu'à l'ordre et au ménage. C'est d'ailleurs pour ça, en partie du moins, que je suis tombé amoureux d'elle, que je ne suis tombé amoureux de personne d'autre avant elle, parce qu'elle pensait à tout sauf à l'ordre et au ménage. Elle m'a trahi. Elle était vaporeuse et aérienne, elle s'est renfermée sur elle-même, elle est devenue compacte, pesante ; elle était téméraire, inconsciente, affolante, elle est devenue prudente et peureuse ; elle était imprévisible, désordonnée, libre, émouvante, elle est devenue maniaque. Elle a trahi aussi la petite fille qu'elle était. Si celle-ci s'échappait une minute de la maison de sa mère, à 9 ou 10 ans, si elle apparaissait chez nous maintenant, juste pour se voir, elle se jetterait sauvagement sur ma femme, sur elle-même, pour se frapper et se mordre. Comme elle frappait et mordait sa mère. Et moi ? Je ne me suis pas trahi, moi ? Si le jeune homme que j'étais, le jeune Hector du Saxo Bar, venait faire un tour dans son futur, au 40 rue de Chabrol ? Il me regarderait sans comprendre, stupéfait. Il écarquillerait les yeux, j'écarquillerais les yeux, je secouerais la tête d'un air dégoûté, je ferais demi-tour, je claquerais la porte et retournerais dans le passé.

« Je ne te supporte plus. » C'est désormais la phrase qui me vient le plus souvent en tête quand je regarde Pimprenelle, ou quand je la croise dans le couloir, quand je la vois devant tous ses Kleenex au Floréal. Mais je ne sais pas ce que ça veut dire. Je ne sais pas qui est ce « te ». C'est Pimprenelle ? C'est ce qu'elle est devenue, bien sûr, mais est-ce que c'est elle ? Est-ce que c'est toujours elle ? Est-ce que je ne supporte plus Pimprenelle, ou cette personne qui a pris sa place, qui s'est substituée à celle que j'aimais ? Je ne sais pas de qui je parle, quand je dis : « Je ne te supporte plus. » Je ne sais pas si je ne supporte plus Pimprenelle, ou si j'aime Pimprenelle. Ça va mal.

22

Le temps passe. On ne baise quasiment plus. Une fois tous les deux mois, peut-être, presque par obligation, pour entretenir quelque chose. (C'était impossible pendant plusieurs mois après l'accouchement, le praticien remarquable lui ayant comme prévu massacré la chatte (et même dans le cul c'était douloureux), puis nous avons pris l'habitude de nous en passer, sournoisement.) Pourtant, c'est tout ce qui nous reste. Pimprenelle baise comme elle était avant, sans retenue, sans principes, elle me saute dessus ou me laisse faire ce que je veux. Seulement voilà, on ne baise quasiment plus. Par manque d'envie, de part et d'autre. Et parce qu'elle est trop fatiguée.

Même hier soir, rien. Dans le grand lit de ce luxueux hôtel de Lille, nous avons lu chacun de notre côté, sans parler, nous avons éteint les lumières presque ensemble, et nous nous sommes endormis. Pourtant, c'était notre nuit de noces. Nous nous sommes mariés hier à Lille. Oui, je sais, c'est n'importe quoi.

23

Je suis assis sur le canapé avec Oscar, qui s'endort contre mon épaule en attendant que Pimprenelle revienne de la cuisine pour le coucher. Sur l'écran de la télé, les tours du World Trade Center sont trouées par des Boeing 747. Ça fait beaucoup de morts, des gens qui étaient en train de boire un café dans un gobelet, de lire le journal du matin ou de regarder leurs mains, et qui ont été percutés par des avions ; des gens effarés et incrédules dans les avions, qui ont percuté des tours ; tous ces gens anéantis, avec leurs journaux, leurs gobelets, leurs bagues et leurs souvenirs, pulvérisés et précipités pêle-mêle cent mètres plus bas. De temps en temps, Oscar ouvre un œil.

Pimprenelle est de bonne humeur, aujourd'hui. Elle ne s'est pas énervée une fois depuis que je suis levé, elle me sourit, parle d'une voix posée, me touche la main dans la cuisine, soulève sa jupe pour me montrer son cul dans le couloir, et m'a achcté cet après-midi une bouteille de bon whisky. Elle vient chercher Oscar, le réveille doucement pendant que les tours s'écroulent une vingtième fois, m'embrasse, lui caresse le front, les cheveux, s'assied entre nous deux, joue quelques minutes avec lui sur le canapé (elle fait semblant de dormir et Oscar dépose un baiser délicat sur sa bouche, comme le Prince Charmant pour réveiller la Belle au Bois Dormant — il sourit fièrement lorsqu'elle ouvre les yeux, et dit : « Core ! »), puis elle le prend dans ses bras et l'emmène vers sa chambre en reniflant son cou comme un chien. Ces moments existent encore, même s'ils sont rares. Je ne sais pas pourquoi. Ses nerfs, ses doutes et son mauvais caractère la laissent en paix quelques heures, parfois toute une journée. Et je la retrouve, furtivement, elle réapparaît un instant entre deux vagues noires. Je la revois dans le couloir du Grand Hôtel de Cabourg, ses cheveux coupés n'importe comment, ses baskets en plastique rouge brillant, elle court sur la moquette en sortant de la chambre, avec ses mi-bas de nylon, sa minijupe à fleurs et son anorak rouge et bleu des années 70, trop court et trop étroit (on en voit beaucoup aujourd'hui, quatre ans plus tard, et ça me rend triste), elle court vers l'ascenseur puis se retourne vers moi comme si elle ne touchait pas le sol, avec son corps fait pour baiser, son sourire qui me désintègre, ses yeux perdus, son visage, clair, si émouvant, sa tête de folle.

A table, elle me dit qu'elle est une mauvaise mère, et qu'elle le sait. Qu'elle se consacre trop à l'appartement et pas assez à Oscar, qu'elle s'énerve trop vite, qu'elle débloque complètement, qu'elle fait tout le contraire de ce qu'il faudrait faire. Elle l'aime et ne comprend pas ce qui la pousse à se montrer parfois si bêtement obsédée par des détails, si méchante, si injuste. Elle s'en veut, elle se donnerait des claques, elle a peur qu'il la déteste un jour. Pourtant, demain, dans dix heures, elle sera odieuse avec lui, elle l'engueulera comme la dernière des marâtres, elle m'insultera quand j'essaierai de le défendre.

Elle parle toujours lucidement de ses problèmes, de son déséquilibre, et humblement. Personne ne lui fera jamais plus de reproches qu'elle-même. Dans les moments d'éclaircie, souvent le soir pendant le repas, elle admet toutes les critiques, les devance même, et analyse son comportement comme si elle évoquait quelqu'un d'autre. Elle se connaît bien, même si elle ne s'explique pas son aliénation croissante et ses brusques revirements d'humeur. Elle a conscience de tout. Pendant les premiers mois de notre histoire, il y a longtemps, elle a écrit un livre qui s'achève sur ses mots, à propos de sa mère : « Je vais bientôt être seule comme elle. »

Lorsque nous voyons d'autres personnes, ma famille, la sienne, autrefois quelques-uns de mes amis par hasard, ou des gens du quartier quand nous habitions rue Gauthey, elle est parfaite : détendue, amusante, frivole, disponible, aimable avec tout le monde, amoureuse de moi. On la trouve toujours un peu excentrique mais formidable. Même ses tantes ou ses grand-mères (qui ont pourtant eu affaire à elle) croient qu'elle a beaucoup changé depuis qu'elle est avec moi, que je lui ai fait du bien, qu'elle a « tiré le bon numéro ». Même lors des quelques dîners du début, dont elle ressortait hors d'elle, elle donnait jusqu'à notre départ l'image d'une jeune femme agréable et singulière. Si je disais à ceux qui l'ont ainsi croisée une heure ou un soir ce que je vois d'elle tous les jours, ils ne me croiraient pas. C'est certain, c'est la loi de la vie cruelle, faut pas s'en plaindre. J'ai d'ailleurs essayé une fois ou deux, et me suis heurté à des regards perplexes et presque méprisants, qu'est-ce que c'est que ce mythomane malsain, à quoi ça lui sert d'inventer ça, et Amélie Poulain milite en cachette au FN, aussi, non ? Quand je me suis décidé à en parler prudemment à mes parents (à cause d'Oscar, je ne savais plus quoi faire), qui l'ont fréquentée régulièrement durant trois ans, ils sont tombés à la renverse (c'est une image, et heureusement car je n'aurais pas supporté ce spectacle). Ils ne m'ont vraiment cru que le jour où ma mère l'a entendue épancher sa haine, dans le fond de l'appartement, pendant que je lui parlais au téléphone. Ce n'était pas la même fille que celle qu'elle voyait tous les mois. Un autre jour, Pimprenelle était en train de me traiter de connard et de m'ordonner de foutre le camp, en frappant dans un mur, le visage rouge, tremblante et démente, quand mon père a sonné à la porte. Elle s'est instantanément métamorphosée en ange de gentillesse, en hôtesse accueillante et timide (moi-même, qui suis pourtant un vieux matelot buriné, je n'en revenais pas — car je savais qu'aucun de ces deux états n'était feint, qu'elle ne truquait ni la rage ni la douceur), mais mon père avait entendu avant d'entrer. En acceptant le café qu'elle lui proposait, il paraissait mal à l'aise.

Elle a vu des psys (chanalystes et chiatres), dont un ou deux renommés, deux acupuncteurs, un étiopathe, un relaxo-je-ne-sais-quoi et un naturo-je-préfère-pas-savoir, mais aucun n'a rien pu pour elle. (Elle y est allée surtout pour me faire plaisir, pour arranger nos affaires, car au fond d'elle, elle sait que personne ne peut l'aider.) D'ailleurs, aucun ne semblait juger utile une quelconque intervention sur la matière Pimprenelle. De manière aberrante (pour des spécialistes, j'entends), ils ont tous estimé qu'elle n'avait pas de souci à se faire — même les psychanalystes, qui ne crachent pourtant pas sur le client. Ils lui ont tous dit à peu près la même phrase (avant de me la renvoyer) : « Allez, vous n'avez pas besoin de moi, vous vous en sortirez très bien toute seule, vous êtes lucide, vous êtes forte. » C'est vrai, et c'est sans doute ce qui me désespère, au sens profond du mot : elle est lucide, elle est forte. (Mais elle ne s'en sortira pas « très bien toute seule ». Ni avec moi. Elle ne s'en sortira pas.)

24

Elle est couchée depuis une heure ou deux, j'essaie de travailler, je n'y arrive pas. Je dois rendre après-demain un texte de quinze feuillets sur l'affaire des deux couples de Hollandais assassinés à Monfort. Je n'ai pas la moindre idée. Je regarde par la fenêtre, la vitrine sombre de la pharmacie d'en face, où défilent toute la journée des gens plus ou moins malades qui viennent quémander un peu de soulagement au comptoir. En ce moment, tout l'intérieur est plongé dans l'obscurité. On dirait que le cœur de la vie simple est enfermé là, à l'abri. Mais non, bien sûr.

Parfois, quelqu'un passe. Souvent un type bourré qui progresse en zigzaguant, heurte les murs et de l'autre côté les voitures garées, l'air sérieux et appliqué, persuadé qu'il marche droit, que ses efforts dissimulent habilement son état — comme moi quand je rentrais du Saxo Bar après la fermeture. Ou bien des Africains qui sortent du Colibri en riant. Ou des gens seuls qui ont l'air de se promener, lentement, vidés. J'ai remarqué que les hommes marchaient sur le trottoir, et les femmes au milieu de la rue.

Puis je reste des heures, il me semble, les yeux fixés (même pas pensivement) sur la flamme de la bougie que j'allume tous les soirs sur ma gauche (rien de mystique, c'est juste pour créer une source de lumière à l'opposé de la lampe et ne pas me sentir déséquilibré devant l'écran). Oscar ne saura peut-être jamais que c'est grâce à une bougie qu'il a réussi à se tenir debout seul pour la première fois.

OSCAR ET SA BOUGIE

Je ne me rappelle plus l'âge qu'il avait, sept ou huit mois, ou plus, à passer tous les jours avec lui on finit par mélanger, mais en tout cas il ne tenait pas encore debout sans appui. Il y parvenait à peu près si on lui tenait la main, ou s'il s'accrochait au rebord d'une table, mais les jambes tremblantes et le corps vacillant, comme les acrobates qui montent sur une planche posée sur une balle ou un bidon. Un après-midi, je ne sais plus ce que je faisais sur l'ordinateur, sans doute quelque chose d'ennuyeux, il a rampé jusqu'à moi et s'est redressé bravement en s'agrippant aux barreaux de ma chaise, comme un titan qui se relève après un coup terrible. Puis il a posé les deux mains sur ma cuisse pour se stabiliser. Pimprenelle est entrée dans le bureau, s'est approchée de nous et lui a caressé les cheveux. Je me suis penché pour l'embrasser sur la tête, mais il m'a foutu une baffe et a tendu la main vers la boîte à bougies posée sur ma table. C'est pour cela qu'il avait fait l'effort de se hisser jusque-là, il aimait jouer avec les bougies, il aimait surtout qu'on les allume pour qu'il souffle. Pimprenelle lui en a donné une, qu'il a prise dans sa main droite, puis il a ôté sa main gauche de ma cuisse pour tenir la bougie à deux mains devant lui. Et là, pour la première fois, il a réussi à rester debout en équilibre pendant plus d'une trentaine de secondes, tout seul, en s'accrochant comme à une barre dans le métro à cette bougie qu'il ne lâchait pas des yeux, concentré sur son précieux support. On le regardait tous les deux, Pimprenelle et moi, sans respirer. On aurait dit un numéro de magie fantastique. Il se tenait à cette bougie dans le vide.

Le jour commence à se lever et je n'ai pas écrit le premier mot de cette histoire de Hollandais mystérieusement assassinés. Je les plains (je n'aimerais pas être mort), mais c'est tout, je me sens loin de ça, dans un autre monde, derrière un écran infranchissable. Je n'ai du moins plus d'énergie pour le traverser : je suis resté dans le vague, à regarder à droite, à gauche, vidé. Je n'ai pas sommeil mais je n'aime pas la couleur eau sale de l'aube, je vais aller me coucher. A côté de Pimprenelle. Je suis fatigué, il ne faut pas que ça continue.

25

Je sursaute dans mon sommeil. Pimprenelle s'énerve contre Oscar, je l'entends crier malgré les bouchons Ear qui me colmatent les oreilles et m'isolent de l'univers.

— Oscar ! Ne touche pas cet aspirateur, je t'ai dit ! Putain, c'est pas vrai !

Elle ne supporte pas qu'on pose une main sur son aspirateur, pourtant rangé dans le couloir comme les jouets d'Oscar, car cela modifie obligatoirement la position du tuyau, qui doit toujours être la même. Oscar la détestera un jour. Je regarde le radio-réveil, il est 9 h 30, ce serait bien que je me rendorme. J'essaie de ne surtout pas penser, de ne pas laisser entrer dans mon esprit des phrases du genre : « Laisse-le vivre, salope » ou « Ta gueule, espèce de mégère », car dès qu'elles s'insinuent en moi, elles s'agglutinent, s'entremêlent, se renforcent les unes les autres et suintent, m'emplissent d'une haine visqueuse, d'une envie de meurtre qui se répand dans tout mon corps : ça m'empêche de me rendormir. Alors j'oublie et je retourne derrière mes boucliers jaunes.

Plus tard, elle me réveille à nouveau, je ne comprends pas ce qu'elle hurle mais elle hurle, et cela ne peut être que sur Oscar. Cette fois, je n'ai pas le temps de me protéger l'intérieur de la tête, je pense tout de suite : « Ta gueule, espèce de salope. » Je tente de lutter pendant quelques minutes, mais trop tard, c'est l'invasion, ça arrive de tous les côtés en même temps, il a dix-huit mois et tu veux le dresser, tu te défoules sur lui, il te détestera et il aura raison mais tu pourras être fière de ta maison impeccable, bien nette, bien rangée, trois vies bousillées mais tant pis, c'est l'ordre qui compte, à force de gueuler tu auras ce que tu veux, tu feras la loi, Oscar et moi comme des chiens, mais on n'est pas des chiens, tu rêves, tu ne vas pas longtemps terroriser tout le monde, attends, tu vas revenir sur terre, je vais te faire bouffer tes putains d'éponges et te fracasser le crâne sur ton putain d'évier propre, crève dans ta maison morte, je te hais. J'ai honte de penser des choses pareilles, mais je n'y peux rien, ça vient tout seul et je ne sais plus me défendre.

Au bout de dix minutes ou un quart d'heure, je me penche pour regarder le réveil, il est 12 h 45, j'ôte mes bouchons et je me lève. Ils sont tous les deux dans la cuisine, Oscar assis par terre devant le lave-vaisselle, Pimprenelle à son évier. Elle ne me dit pas bonjour, continue à frotter les robinets comme si je n'étais pas là. Elle est amorcée. Je sais qu'au moindre mot de travers, elle va exploser. La Pimprenelle d'hier soir, qui se disait mauvaise mère, n'est plus là pour la contrôler, la retenir — elle est ailleurs, je me demande où.

— Qu'est-ce qui se passe ?

— Rien.

Je dois faire attention à tout ce que je dis, et au ton que j'emploie.

— Tu m'as réveillé. Pourquoi tu cries comme ça ?

— Il touche le lave-vaisselle.

— Bon, ce n'est quand même pas un drame.

Je sais qu'il faudrait que je m'arrête là, que je me serve un café et que je parte vers la salle à manger avec Oscar, ou que j'aille prendre une douche, mais je n'y parviens pas. Je reste et je vais parler encore un peu. Garder ses distances et se montrer prudent est important, c'est sûr, mais je ne peux pas pousser la diplomatie jusqu'à la laisser se soulager sur Oscar et le maltraiter pour rien. Ce serait lâche. Il a les joues rouges et gonflées, ses molaires poussent depuis hier, il n'est pas bien. Donc je reprends, mesuré, en sachant que je ne devrais pas :

— Tu ne vas pas le frapper parce qu'il a touché ton lave-vaisselle...

— Je l'ai déjà frappé ?

— Non.

— Bon, alors, de quoi tu te mêles ?

— C'est un peu mon fils, aussi, j'ai le droit de donner mon avis. Je trouve que tu t'énerves vite.

— C'est facile, tu te lèves. C'est toi qui te tapes tout le boulot du matin, peut-être ? T'as qu'à le faire.

— Je ne sais pas si tu as remarqué, mais je travaille un peu la nuit.

— Tu parles...

C'est là que je suis censé lui lancer un objet à la figure mais, mesuré, je sors de la cuisine et entre dans la salle de bain. Pourtant, ce n'est pas gentil, cette remarque. Je fais ce que je peux depuis trois ans pour qu'elle n'ait pas à se trouver un poste de barmaid ou de standardiste, et « Tu parles », maintenant, je ne la trouve pas, je ne sais pas, je ne la trouve pas très sport. Mais j'arrive à sortir de la cuisine et à entrer dans la salle de bain.

— Qu'est-ce que tu fais, là ?

— Je vais prendre ma douche.

— Quoi ?

— ...

— Maintenant ?

— Oui.

Je la sens en arrêt de l'autre côté du mur. On ne prend pas sa douche comme ça, à n'importe quelle heure. Mais elle n'ose pas me le dire, elle a peur du ridicule.

— T'as mis le diffuseur dans la chambre ?

— Non, j'ai oublié.

— Alors va le mettre.

Je respire profondément par le nez en relâchant tous mes muscles, à l'instar de mes maîtres tibétains, je vais chercher le diffuseur dans mon bureau, l'oiseau est immobile sur la branche légère, je pose le diffuseur sur le parquet de notre chambre, au pied du lit, la prise en position, je repars dans le long couloir vers la salle de bain, le nénuphar se laisse bercer par l'onde, et je referme la porte derrière moi. Oscar vient frapper, mais je n'ai pas le droit de lui ouvrir.

Sous la douche, j'essaie de me calmer, mais au contraire la colère monte. C'est toujours comme ça. Je ne vois pas le rapport, mais à chaque fois que je suis nu dans une baignoire et que de l'eau chaude ruisselle sur moi, je me mets en colère. (A condition toutefois qu'il se soit passé quelque chose avant, je ne suis pas non plus complètement branque.) Et je ressors furieux. Cette fois encore, ça ne loupe pas : en me séchant, je sens que je ne suis plus mesuré. Je le regrette, j'ai peur de ce qui va arriver, je me promets de tout faire pour rester stoïque, mais il ne faut pas se voiler la face : je suis furieux. « Elle n'a pas intérêt à me faire chier », je pense.

Il est 14 heures quand sa voix résonne de nouveau dans tout l'appartement. Je suis dans la cuisine, je rince la cafetière, elle est dans la salle à manger et s'apprête à installer Oscar sur sa chaise pour le déjeuner.

— TU VAS ARRÊTER DE GÉMIR, MAINTENANT ? HEIN ? TU VAS ARRÊTER ?

Je laisse la cafetière sur l'évier, me sèche les mains et sors de la cuisine. Il gémit parce qu'il a mal aux dents, elle ne se souvient sans doute plus de ce que c'est, une rage de dents, on ne se souvient jamais, même une semaine après. Il gémit parce qu'il sent que sa mère a les nerfs à vif, parce qu'il est fatigué, parce qu'il est 14 heures et qu'il a besoin d'une sieste, parce qu'il ne mange que maintenant, à cause du nettoyage et du rangement, et qu'il n'est plus assez en forme pour avoir faim. Il a dix-huit mois, il a toutes les raisons dc gémir, et Pimprenelle s'acharne sur lui. Lui la rage de dents, et elle la rage dedans. Je marche lentement dans le couloir, car je ne veux pas ressembler au justicier qui se précipite pour sauver l'innocent. Mais c'est encore pire, je ressemble au justicier implacable qui ne se presse pas car il est conscient de sa force. Pourtant je ne veux rien faire, je veux juste aller voir, lui rappeler qu'Oscar est mal en point, lui demander de prendre sur elle.

Elle le tient dans ses bras, elle a le visage rouge et les yeux brillants, depuis la porte je peux percevoir la chaleur qu'elle dégage. Oscar est inquiet. Elle tourne la tête vers moi, comme un monstre.

— Il a mal aux dents, Pimprenelle. Ne lui parle pas comme ça.

— Viens pas me faire chier, toi !

— Ne me parle pas comme ça non plus. Ecoute, il est fatigué, c'est normal qu'il gémisse. Je vais lui...

— Fous-moi la paix, connard !

Oscar lui appartient, elle ne veut pas que j'intervienne dans ses affaires.

— Arrête...

— Dégage ! T'as compris ? Dégage !

La reine du monde. Elle se prend pour la reine du monde. Qu'est-ce que je peux faire ? Rien. Quelque chose de violent monte en moi, de la révolte brute, du refus qui déborde. Je m'approche d'elle, je me mets à genoux à ses pieds et lui dis du ton le plus neutre possible, très sérieusement :

— Arrête de me parler comme ça, je t'en supplie. Ça te va ? Je t'en supplie.

— Pauvre débile.

Je suis debout et je la frappe de toutes mes forces à la tête. Elle a Oscar dans les bras. Je réalise dès que le coup est donné, elle a Oscar dans les bras, il pousse un cri de terreur, il me regarde horrifié, elle vacille, je ne comprends pas ce que je viens de faire, elle le pose sur le parquet, il hurle les yeux fous, elle se jette sur moi et me cogne des deux poings le nez, la bouche, mais je ne me défends pas, je reste sans bouger les bras le long du corps, je ne comprends pas ce que je viens de faire.

— DÉGAGE, ORDURE !

Je vois Oscar assis par terre, un son atroce sort de sa bouche grande ouverte, de tout son être épouvanté, il me fixe comme s'il venait de découvrir en moi un ennemi mortel qui avait caché son jeu, il est perdu, il tourne la tête vers sa mère, il panique, je fais demi-tour, je prends mon sac et sors de la salle à manger sans savoir où je vais. Je suis dans l'entrée. Si je pars comme elle me le demande, elle va courir et tenter de me retenir par tous les moyens, je sens son regard dans mon dos. Alors je laisse tomber mon sac par terre et je continue sans rien en tête, je marche dans le couloir, j'entre dans la salle de bain, pour m'arrêter quelque part, je regarde autour de moi, je prends mon rasoir, une boîte de bouchons pour les oreilles, n'importe quoi, je suis désorienté, je prends ma brosse à dents, je la repose.

Je vais laisser Oscar avec elle, je vais l'abandonner. Les abandonner tous les deux. Partir comme un lâche, voilà, très bien. Oscar n'aura plus son père, il sera seul avec elle, mais au moins il n'assistera plus à ça, à ce combat de chiens. Elle saura s'occuper de lui. Car si je ne suis plus là, elle sera moins nerveuse. Elle n'aura personne à qui montrer sa rage. Elle s'occupera bien de lui. Et sinon, je demanderai la garde, plus tard, quand je serai loin, solide. S'ils ne veulent pas, de toute façon, je sais qu'elle s'occupera de lui. Je serai malade, je ne le verrai plus, mon fils Oscar, ou seulement de temps en temps, mais elle saura bien s'occuper de lui. Je vais partir. Si je reste, que penserait-il d'un père qui doit passer ses journées assis où on lui dit de s'asseoir, qui doit obéir et se taire, un père comme une ombre ? Je ne lui servirai à rien, il me méprisera. Je ne peux que partir.

Quand je reviens dans l'entrée, elle a commencé à lui donner à manger. Je ne les vois pas car elle a poussé la porte, mais je les entends qui reniflent. Je vais prendre ma veste et mon manteau dans la penderie. Oscar sera mieux sans moi, et moi mieux sans elle. Elle, je m'en fous. Je vais la fuir. Je vais retrouver la vie. La vie vaste et normale, pleine d'espoir. Je vais quitter mon fils, je vais quitter la femme que j'aimais, en douce. Comme un lâche, un traître, mais un miraculé qui s'apprête à refaire son apparition dehors, dans le beau monde. Je mets mes chaussures sans bruit, je prends mon sac, je mets dedans mon rasoir et les bouchons, n'importe quoi, j'ouvre la porte, je la referme silencieusement derrière moi et je suis parti.

TROISIÈME PARTIE

La force

26

J'ai réussi à me sauver. J'étais ligoté, matraqué, je me suis sauvé. J'avançais sur le trottoir de la rue de Chabrol, je n'ai pas levé les yeux vers les fenêtres derrière lesquelles je laissais Oscar et Pimprenelle, dans la prison, le sanctuaire de l'ordre et de la mort, je marchais d'un pas de cosmonaute et je n'arrivais pas encore à regarder autour de moi. J'ai tourné à gauche dans la rue Lafayette, sans savoir où j'allais. Vers le cœur de Paris, par réflexe. Je me sentais étourdi, déboussolé, gazeux à l'intérieur, j'étais trop seul au milieu de trop de gens, de trop de voitures, de trop d'air (pourtant, la rue Lafayette, question air, ce n'est pas le Pérou). Je pressentais vaguement qu'il allait falloir que je trouve un hôtel, des vêtements, puis un avocat et un petit appartement, mais il n'était que 14 h 30, j'avais tout le temps devant moi. Je me laissais gagner à chaque pas par une sensation d'ivresse printanière que j'avais oubliée, de joie vive et grisante, malgré le crime que je venais de commettre.

A Cadet, loin du quartier sinistre de la rue de Chabrol (à une seule station de métro, pourtant), j'ai décidé de m'arrêter. Je divaguais, je flottais sur un océan d'êtres humains et d'images légères sans parvenir à vraiment réaliser ce qui se passait, il fallait que je me pose. Pimprenelle ne viendrait jamais me chercher là. Je suis entré dans un grand café, un magnifique grand café banal, je me suis installé à une table, comme le roi du monde qui s'accorde un break incognito, et j'ai commandé une Carlsberg. Quand le garçon me l'a apportée, j'ai eu l'impression de retourner cinq ou dix ans en arrière, de recevoir un cadeau rare qui tombait du ciel et que je n'espérais même pas deux heures plus tôt, l'indécent privilège de pouvoir boire une bière seul dans un bar qu'on ne connaît pas. J'ai regardé autour de moi, il y avait quelques couples devant des cafés, du Coca ou de la bière, deux femmes qui parlaient de leurs collègues, une fille qui écrivait sur un bloc quadrillé, un quadragénaire qui lisait *La Tribune, Les Echos,* ou un journal comme ça. J'ai bu mon demi assez rapidement. C'était un plaisir difficile à décrire. Mais si un type en costume Armani avait bondi vers moi pour me demander mes impressions sur le goût de la Carlsberg, la fraîcheur, l'amertume, la mousse, je crois que je lui aurais trouvé du tac au tac un slogan du tonnerre de Brest — quelque chose de court avec le mot « bonheur » dedans (mais comme personne ne s'est précipité (il fallait s'y attendre), je ne me suis pas fatigué à chercher). J'étais seul au monde, c'était merveilleux. Personne ne me connaissait, personne n'avait envie de me parler, je pouvais lire, réfléchir, faire des grimaces ou me tirer les oreilles si je voulais, je me sentais entier et bien défini au milieu de l'univers anonyme. Je voyais passer des jeunes femmes sur le trottoir, derrière la baie vitrée, elles semblaient toutes libres. En quelques minutes, j'avais changé de vie. Je gardais seulement en tête l'air d'une chanson pour enfants que j'avais fait écouter tout à l'heure à Oscar pendant que Pimprenelle lui préparait à manger, mais j'essayais de le chasser. J'ai bu une autre Carlsberg, pour fixer plus efficacement ce moment — je bois deux Carlsberg dans un bar étranger — et je suis reparti.

Je suis descendu vers les Grands Boulevards. Je n'avais pas envie pour l'instant de marcher rêveusement dans des endroits calmes ou beaux, ni de retourner vers mon ancien quartier, et encore moins de téléphoner à quelqu'un pour lui donner rendez-vous quelque part. Il me fallait de la solitude entourée, du Paris touristique et bruyant, actif, et trop tumultueux pour qu'on puisse me prêter attention (car bien sûr, il me semblait que ma liberté de zombie se devinait au premier coup d'œil, et que dans un lieu peu fréquenté, on ne tarderait pas à venir me demander ce que je fabriquais là, rentre chez toi).

Boulevard Montmartre, je me suis surpris à fredonner *A la volette,* la chanson que j'avais choisie pour Oscar, au hasard, dans la Compile des Tout Petits (ou un disque de ce genre). J'ai secoué la tête et j'ai continué à marcher en essayant de me concentrer sur la foule qui m'enveloppait, sur les visages éphémères qui me frôlaient comme des météorites. Mais je ne me sentais pas encore réglé sur une fréquence assez élevée pour enregistrer tout ça, pour participer au mouvement d'ensemble, ne serait-ce qu'en pensée. J'évoluais au ralenti. Tout ce dont j'étais capable, si peu de temps après mon départ, c'était de revoir, à l'intérieur, quelques scènes de ma vie avec Pimprenelle :

Pimprenelle assise sur le banc près du feu fumant, dans la forêt allemande, et moi qui marche vers elle, affolé, décontracté ; Pimprenelle harassée sur la table de travail, écartelée et sanglante, moi qui la regarde à la porte, Oscar minuscule qui crie de l'autre côté ; Pimprenelle qui décore l'appartement, qui arrange les pièces, qui choisit la place des objets. Ces images, les étapes d'un chemin, et le pauvre résultat maintenant, moi seul et ankylosé sur les Grands Boulevards. Je devais paraître absorbé, vu de l'extérieur. Mais à ce sentiment soudain de triste surprise se mêlaient toujours des particules d'allégresse, nombreuses et agitées, qui fêtaient ma délivrance.

Sur la place de l'Opéra, je me suis de nouveau rendu compte que je chantais, misère. Et ce n'est pas n'importe quoi, *A la volette*. C'est l'histoire d'un oiseau qui s'enfuit de sa cage, se pose sur un oranger, la branche se brise, il dégringole, se fait mal au pied, et décide de se soigner pour pouvoir se marier, sur un oranger. J'aurais pu tomber sur *Il était un petit homme* ou *En passant par la Lorraine* : ça ne m'aurait pas dérangé, que le facteur se casse le bout du nez dans mes escaliers en papier, pirouette cacahouète, ni même que les trois capitaines m'appellent vilaine, mais un petit oiseau qui s'échappe, c'était vraiment pas de bol. C'était grotesque. Pour ne rien arranger, les premiers vers, que je répétais sans cesse malgré moi, étaient sans doute très poétiques à l'époque où ils ont été écrits, mais de nos jours, moins :

Mon petit oiseau
A pris sa volée,
Mon petit oiseau

A pris sa volée,
A pris sa...
A la volette !
A pris sa...
A la volette !
A pris sa volée.

Malgré la mélancolie que suscitaient ces paroles en mon cœur de mari et père déserteur, je ne pouvais m'empêcher d'imaginer, non sans une certaine gêne, un petit oiseau qui prenait une torgnole en pleine tête. Je le voyais sur sa branche, sifflotant sans se méfier, j'ai de la chance, je fais ce que je veux, il fait beau et je suis un petit oiseau, et tout à coup une espèce d'enfant de deux mètres qui surgit avec un regard féroce et lui met deux grandes claques, vlan, vlan, prends ça — puis se met à chantonner d'une voix innocente et guillerette : « Mon petit oiseau a pris sa volée... » Le pire, c'est qu'il avait ma tête en miniature, le moineau. Vlan ! Van ! Je suis vite entré dans un grand bar proche du Café de la Paix pour boire un whisky et effacer cette vision atroce d'un gentil moineau qui a ma tête et se fait démolir le portrait par une brute (les plumes qui volent, l'air ahuri du piaf), j'ai avalé une gorgée brûlante, je me suis rappelé, à titre indicatif, que je n'avais pas du tout l'intention de me marier sur un oranger, je ne suis pas un petit oiseau, de toute façon j'étais déjà marié, j'ai observé les filles autour de moi, comme au bon vieux temps, et j'ai pensé à ce que j'allais faire de ma soirée.

Une heure plus tard, dans une pharmacie, j'ai fait l'acquisition d'une brosse à dents, d'un tube de dentifrice et de somnifères (j'avais pris un rythme inversé depuis des mois et n'avais pas envie d'attendre le sommeil jusqu'à 7 heures dans une chambre d'hôtel — il ne faut pas trop présumer de son allégresse), puis j'ai marché jusqu'au Printemps du boulevard Haussmann, où j'ai acheté gaiement des chaussettes, des slips et des tee-shirts, c'est la belle vie. Un pantalon ? Non, on verra plus tard. C'est en tendant ma carte de crédit à la caissière que j'ai véritablement réalisé que j'avais quitté Pimprenelle et Oscar. Voilà, c'était fait.

Après deux heures de marche et d'hésitations (ponctuées de plusieurs pauses dans des cafés dont l'insignifiance et la laideur commençaient à me saouler — mais je ne vais pas tarder à retrouver mon rythme d'autrefois, ma confiance en moi, et bientôt je pourrai fréquenter des établissements plus singuliers, plus agréables, et discuter avec des gens), je me suis décidé pour un hôtel assez chic et confortable près de Saint-Lazare, où par chance il restait une chambre (c'est mon jour de veine). La 312 (à retenir). J'y suis entré comme un prince dans son palais, c'est pas mal, j'ai posé mes affaires neuves sur une chaise, n'importe comment, balancé mes chaussures au pied du lit, j'ai allumé la télé, monté le son, tiré les rideaux (la fenêtre donnait sur la gare), je me suis déshabillé comme un sportif fatigué (mais vainqueur), allongé nu sur le lit pour regarder le journal de LCI en vidant une mignonnette de Johnny Walker, ça barde entre Israéliens et Palestiniens, puis j'ai pris un bain, en homme heureux, dans la mousse, *Questions pour un Champion* en fond sonore, et j'ai réfléchi à mon programme du soir. J'irais manger dans un bon restaurant, seul, et ensuite peut-être que je ferais la java.

Je suis allé dîner chez Mollard, tout près de l'hôtel. Le décor était magnifique, la carte alléchante, les clients chic, pour la plupart, les garçons aériens et polis, les vins sombres autour de moi, il faisait chaud, ça sentait bon. Je n'avais pas mangé seul au restaurant depuis quatre ans — je m'offrais régulièrement ce genre de plaisir, avant, pour profiter d'un bon repas sans être obligé de composer toutes sortes d'expressions et de discuter avec quelqu'un qui ne m'intéressait pas, pour observer les gens sans avoir à me cacher ni à me sentir gêné (il y a très peu d'endroits qui le permettent), je ne trouvais cette solitude à table ni humiliante ni déprimante.

En voyant des plateaux de fruits de mer apparaître un peu partout, j'ai hésité à prendre des huîtres en entrée. Mais non, finalement. De toute évidence, je n'étais pas encore prêt. Je n'aime pas les huîtres. Or j'ai remarqué un truc, à propos des huîtres.

L'ÊTRE HUMAIN ET LES HUÎTRES

La plupart des gens aiment les huîtres. Ils en raffolent, même. Cependant, lorsqu'on fouille un peu (en bon détective), ils reconnaissent presque tous qu'ils n'aimaient pas les huîtres, avant. Pas du tout, même. (Au hasard : ma mère.) Je n'ai pas effectué d'enquête sérieuse et approfondie, j'ai souvent eu deux ou trois autres choses à faire, mais j'ai entendu cent fois cette tirade enflammée, dans la bouche du facteur ou de la boulangère : « Ah ! Les huîtres ! Il n'y a rien de meilleur au monde. Dommage que ce soit si cher, parce que vraiment, j'en mangerais tous les jours ! Et pourtant, Dieu sait si je détestais ça ! Oh non, il ne fallait pas me parler d'huîtres ! Et puis il y a six ou sept ans, allez savoir pourquoi, j'en ai goûté chez Tartempion, et depuis j'adore ça. Quand je pense à toutes ces années que j'ai perdues ! » On comprendrait ce revirement s'il y avait un motif quelconque d'aimer les huîtres, si les huîtres étaient, disons, comme les épinards ou le sport, utiles. On se dirait bon, d'accord, les gens deviennent plus sages en mûrissant, ils se font une raison et réussissent à se convaincre qu'ils adorent ça, pour ne pas se sentir contraints, n'allons pas les embêter. Mais non. Les huîtres n'ont rien à voir avec les épinards, et encore moins avec le sport (même en cherchant bien (je suis sûr qu'il n'y a rien de plus différent sur terre qu'une huître et l'athlétisme, par exemple)). Non seulement elles ne sont pas données, comme dit la dame, mais de plus elles n'apportent, à ce que j'en sais, rien de particulièrement bénéfique à l'organisme (de l'iode, mais bon). Elles sont chères et inutiles, personne n'est obligé de les aimer, et pourtant, « à force » (mais sans aucun sentiment de résignation, bien au contraire), presque tout le monde finit par s'habituer à leur goût bizarre, vers 30 ou 40 ans, et presque tous ces gens qui n'en supportaient même pas la vue en raffolent soudain, sans raison apparente.

J'ai très bien mangé. Et bu une bouteille d'excellent vin. Je suis ressorti satisfait, en laissant un bon pourboire. Quand je me suis retrouvé sur le trottoir, j'ai pensé à faire la java, comme prévu, mais je me sentais lourd.

Je suis rentré directement à l'hôtel, en me disant que je n'avais pas passé une nuit seul dans une chambre d'hôtel depuis quatre ou cinq ans, en me rappelant à quel point j'aimais ça, pourtant, ce plaisir insolite, émoustillant, semblable à celui qu'on éprouve enfermé dans sa cabane, quand on est petit. (Il faut noter que c'est moins agréable lorsqu'on est une star de la chanson, car c'est tous les soirs — pour le coup, ça ne m'amuserait pas (mais je devrais y échapper, je n'imagine pas le public se déplacer en masse si on annonce que je vais me produire sur une scène (même si ma mère sillonne le village tout l'après-midi avec une camionnette et un haut-parleur) : l'enfer des tournées, ce n'est pas pour moi).) Je suis monté dans ma chambre, en me faisant remarquer, un sourire aux lèvres, que j'aurais tout le temps de faire la java comme un dingue dans les semaines, les mois, les années à venir.

Une fois sous les draps, les rideaux tirés, une mignonnette de Johnny Walker sur la table de nuit, je me suis aperçu que j'avais oublié d'emporter ou d'acheter un livre. J'ai donc regardé assez longtemps la télé, France 2 et 3, LCI, Paris Première, TF1, TV5, M6, CNN, MTV, Arte, Rai Uno (il y avait de tout, une famille canadienne qui venait de gagner au loto, un tremblement de terre, des comiques inconnus, des Africaines qui creusaient le sol sec, une symphonie de Schumann, des maladies atroces, Jospin en tenue des îles, Harrison Ford qui frappait un type, de la chasse à la bécasse et des filles en maillot de bain qui lançaient de gigantesques dés multicolores), jusqu'à 4 heures du matin, puis j'ai programmé le réveil téléphonique sur 10 heures, j'ai mis mes bouchons et j'ai pris deux somnifères.

Le lendemain, je me suis remis à marcher dans les rues sans idée particulière. Je savais que j'allais devoir tôt ou tard me poser certaines questions (je ne pouvais pas vivre éternellement à l'hôtel, et il fallait que je récupère mon ordinateur, pour travailler et nourrir Oscar et Pimprenelle à distance), mais je remettais cela à plus tard, un tout petit peu plus tard. Comme je remettais à plus tard, bientôt, les coups de fil que je passerais aux amis que j'avais crus perdus de vue à jamais et que le sort épatant m'offrait soudain la possibilité de revoir. Je me suis laissé encore une journée entière pour marcher dans les rues et me réacclimater progressivement à ce milieu facile et turbulent qui avait été le mien pendant tant d'années.

J'ai quitté les Grands Boulevards pour descendre jusqu'à la rue de Rivoli, belle mais sans âme, puis j'ai marché un long moment dans le jardin des Tuileries. Dans la grande allée, sous le soleil, j'ai commencé, enfin, à retrouver goût à la vie. C'était plus simple ici, dans cet espace dégagé, clair et rassurant, prometteur, où se promenaient paisiblement quelques personnes insouciantes. Encouragé, j'ai traversé la Seine vers Saint-Germain, plus dense et plus humain. Là, sur le boulevard, j'ai croisé beaucoup de couples, qui s'amusaient, s'émerveillaient ou avançaient en silence mais ne semblaient pas souffrir. C'étaient juste deux individus l'un à côté de l'autre. Normaux. Il y avait aussi des vieux, qui continuaient à se promener. J'ai pensé que si nous étions restés ensemble encore trente ou quarante ans, Pimprenelle et moi, nous aurions sans doute trouvé bien anodines ces histoires de lampes à déplacer d'un centimètre, de Sopalin et de coups de téléphone ou de cartes postales qui créent des drames. Je nous voyais dans un lointain futur, presque après la vie, sourire faiblement de ces grandes scènes mélodramatiques et nous moquer de toute cette violence imbécile, de ces craintes et de ces révoltes pour des broutilles. Vieux, on se serait dit : « C'était rien du tout. » Sûr. Mais ce n'est pas rien, puisque c'est justement ce qui nous empêche de continuer ensemble jusqu'à ce lointain futur. Jusqu'à « vieux ». N'importe quoi.

Je me sentais plus que jamais cosmonaute dans la foule, avec la chanson à l'intérieur du casque :

Sur un o...
A la volette !
Sur un o...
A la volette !
Sur un
oranger.

Abruti. Je suis entré au Café de Flore pour boire un whisky sur une banquette rouge. Sur une ban, à la volette, sur une ban, à la volette, sur une banquette rouge. Il y avait Yann Andrea, tout seul dans un coin, il y avait Catherine Deneuve, Carlos, d'autres têtes qui me disaient quelque chose, beaucoup d'autres non. A deux tables de moi, une jolie fille brune remuait doucement une longue cuiller dans un jus de pamplemousse ou d'ananas. Elle avait de gros seins et l'air intelligent, et absent. Je me suis imaginé engager la conversation avec elle. J'étais content d'être libéré de

Pimprenelle. Je me suis imaginé lui demander son prénom, l'endroit où elle habitait, lui proposer de l'inviter au restaurant. Je me suis imaginé baiser avec elle, et là non, ça n'allait pas du tout. C'était comme si je m'imaginais baiser avec un routier ou une chèvre, impossible. Je n'étais pas encore prêt.

J'ai quitté le Flore cinq minutes plus tard et j'ai marché. J'ai traversé de nouveau la Seine tout au bout du boulevard, vers Bastille, puis je suis revenu jusqu'au Châtelet et j'ai pris un taxi pour la place des Ternes, où je connaissais un hôtel correct et pas trop cher (j'y avais passé une nuit huit ou dix ans plus tôt avec une grande rousse qui arrivait de la Côte d'Azur et ne voulait pas dormir chez moi — j'espérais que ça n'avait pas trop changé depuis). Avant d'aller demander s'il leur restait une chambre (la peur de je ne sais quoi), j'ai bu une bière au comptoir d'un bistrot proche, les Quatre-Saisons. Deux types près de moi se plaignaient des femmes, qui se prenaient pour les reines du monde. Ils étaient très ennuyés car ils ne parvenaient plus à se faire respecter :

— Et maintenant, essaie de leur taper dessus, elles se rebiffent. Je t'assure.

— Mais bien sûr ! Elles te font une émeute, direct !

J'ai repris un demi. Autour de deux tables rondes rapprochées, quatre hommes et deux femmes, dont j'ai compris rapidement qu'ils étaient musiciens et jouaient à Pleyel, juste à côté, se tordaient de rire parce que l'un d'entre eux s'était aventuré la veille au soir dans un bar du XIXe arrondissement et y avait vu un homme se faire flinguer de trois balles dans le crâne. Tous trouvaient cela très exotique et drôle. On peut interpréter Brahms ou Schubert tous les soirs, immergé dans la beauté de la musique, sortir des sons bouleversants d'un violon, et être con comme un dindon. Ils sont partis quelques instants plus tard, en ricanant.

Je finissais mon verre quand un Noir fort bien habillé est entré (il n'était pas d'une élégance ni d'un raffinement hors du commun, mais il portait un costume neuf, une chemise blanche, une cravate et des chaussures vernies — on devinait sans mal, à son regard et à ses gestes, qu'il n'était pas coutumier de ce style de tenue). Il tentait de donner une image d'assurance et de décontraction, mais ses yeux trahissaient une grande fatigue. Il s'est approché du bar, impeccable et embarrassé. La femme qui servait, dont j'avais entendu qu'elle s'appelait Marinette, lui a demandé ce qu'il désirait boire. Rien, il venait simplement chercher du travail. Est-ce qu'on avait quelque chose pour lui, en cuisine ou à la plonge ? Dès les premiers mots qu'il a prononcés, il a paru évident qu'il était complètement ivre. Il bredouillait, dérapait sur les mots, bégayait et se retenait d'une main au comptoir. Sa journée avait sans doute été longue et désespérante, il avait dû s'accorder un verre ici et là pour se redonner courage et foi en lui, pour ne pas laisser tomber, et de refus en refus, il atteignait le bout de la route rond comme une queue de pelle. (S'ils étaient restés, les musiciens classiques se seraient sûrement mordu les lèvres pour ne pas exploser de rire.) Marinctte lui a bien entendu expliqué qu'ils n'avaient besoin de personne pour le moment. Il l'a remerciée très gracieusement, en essayant de montrer que ce n'était pas grave et qu'il ne lui en voulait pas, car il allait trouver très bientôt, puis il a tourné les talons et s'est dirigé du pas le plus distingué possible vers la porte vitrée, le soir dehors, en titubant. Il avait répété des heures ses formules de politesse, s'était ruiné pour acheter ce costume, tout était parfait, remarquablement calculé, mais à cause de quelques verres, s'il était entré en tee-shirt sale, une clope à la bouche et une laitue sur la tête, le résultat aurait été le même. Je l'ai regardé continuer sur le trottoir jusqu'au prochain café. Je me suis senti profondément triste.

En sortant, j'ai téléphoné à Pimprenelle d'une cabine. Je voulais m'assurer que tout se passait bien avec Oscar, qu'elle n'avait pas gravement déraillé, et aussi, tout de même, lui dire que j'étais parti sur un coup de tête, plus ou moins, que je dormais pour l'instant à l'hôtel, mais que je ne reviendrais pas. Je lui en voulais à mort, c'est le cas de le dire, je n'avais jamais haï personne comme elle, mais je savais qu'elle souffrait, et il ne faut pas exagérer. Ce doit être douloureux et affolant, quelqu'un qui disparaît d'une seconde à l'autre, plop, plus personne dans l'appartement — et ne donne plus de nouvelles, comme s'il n'existait plus.

Elle pleurait en décrochant, et lorsqu'elle a reconnu ma voix, elle s'est reprise aussitôt, en reniflant, avec une sorte de sourire d'espoir dans le silence, attendant ce que j'allais dire. Quand je lui ai expliqué que c'était terminé, que je ne retournerais pas à la maison, elle s'est remise à pleurer, à crier, à me supplier de ne pas la laisser, elle criait qu'elle m'aimait, qu'elle regrettait tout ce qu'elle avait fait ou dit, qu'elle allait changer, elle criait que je ne pouvais pas l'abandonner avec Oscar, que je devais revenir près d'elle, près d'eux, qu'elle allait devenir folle si je la laissais seule, qu'elle ne pourrait pas vivre, elle pleurait, criait que c'était impossible, qu'elle n'avait plus envie de rien sans moi, que je la tuais si je partais, et j'entendais Oscar qui commençait à pleurer aussi derrière elle. Je lui ai répété plusieurs fois qu'il était trop tard, puis j'ai été obligé de raccrocher, pendant qu'elle criait « Non ! Non ! ».

Que je rentre, que tout recommence, c'était hors de question. Je ne suis pas fou. J'ai appelé mes parents, mon seul lien avec elle, afin de leur raconter ce qui se passait et leur demander de lui téléphoner un peu plus tard, pour tenter de la calmer, et de vérifier qu'elle gardait contact avec la raison et la vie, même confusément. Je ressentais quelque chose de très désagréable : je me trouvais odieux. (C'est injuste.)

L'hôtel existait toujours, j'y ai pris une chambre (plus chère que selon mes calculs, mais du temps avait passé). Encore un peu coincé, j'ai remis au lendemain mes grandes retrouvailles avec la véritable indépendance fructueuse, je suis allé dîner dans un tex-mex infect, boire trois ou quatre verres aux Quatre-Saisons, jusqu'à la fermeture, et je suis monté me coucher. Très bien. Le livre que j'avais acheté à La Hune dans l'après-midi était ennuyeux, je n'arrivais pas à me concentrer dessus, aussi je me suis de nouveau plongé dans la contemplation de la télé — qui ne recevait pas les chaînes du câble, cette fois. Je me sentais encore excité par la situation, l'hôtel, la liberté, encore chargé d'euphorie latente, mais un peu moins que la veille.

C'est le lendemain, comme convenu, que tout s'est réellement déclenché. Après un bon petit déjeuner sur le lit, en regardant les émissions du matin sur France 2, je suis parti marcher au parc Monceau, où des gens couraient, puis je me suis installé dans un bar assez classe, j'ai commandé un Coca et j'ai donné trois coups de téléphone. J'ai d'abord appelé l'agence qui nous louait l'appartement de la rue de Chabrol, dont la directrice était sympathique et compréhensive. Elle m'a dit qu'elle n'avait pas de petit deux-pièces sous la main, mais qu'elle allait voir ce qu'elle pouvait faire — je n'avais qu'à la rappeler dans deux ou trois jours. Ensuite, étant donné que j'envisageais maintenant les choses plus sérieusement (je ne pouvais pas continuer à dépenser ainsi de l'argent en hôtels et restaurants sans rien gagner dans le même temps, chaque poignée d'euros que je claquais était une poignée d'euros que je volais à Oscar, et à Pimprenelle (je devais commencer par choisir des hôtels plus modestes, puisque ça risquait de durer — et même lorsque j'aurais trouvé un appartement, il me faudrait travailler davantage pour payer les deux loyers (cela dit, j'avais le plus grand mal à croire que Pimprenelle se contenterait d'un « Bon, d'accord, je reste dans cet appartement et toi dans le tien », cela me paraissait tout à fait irréaliste — mais on verrait bien, plus tard))), j'ai téléphoné au rédacteur en chef de *Privé* pour savoir si je pouvais travailler dans les locaux du journal pendant quelque temps, et s'il pensait qu'il serait possible de me confier plus de papiers à écrire. Quand je voulais pour la première question, sans problème, pour la seconde on y réfléchirait. Enfin, j'ai appelé un avocat dont j'ai pris le nom au hasard dans l'annuaire du bar, Maître André (ça faisait puissant marabout, ça donnait confiance). Il m'a rapidement expliqué que ce ne serait pas facile, puisque j'avais délibérément quitté le domicile conjugal, mais que je passe le voir, on en discuterait.

En reprenant mon chemin à pied dans Paris, n'importe où, je sentais presque physiquement des portes s'ouvrir devant moi. J'ouvrais d'ailleurs celles des cabines téléphoniques, pour joindre un à un les amis aux yeux desquels j'avais disparu depuis des mois, voire des années. Je les retrouvais (celles ou ceux dont le numéro répondait encore), je retrouvais leur voix, leurs expressions, ils étaient tous et toutes contents de m'entendre. Au dos d'une facture qui traînait dans mon sac (je n'avais pas acheté d'agenda cette année), j'ai noté un dîner pour le surlendemain, et trois pour la semaine suivante. C'est toujours ça. Emmuré par Pimprenelle, j'avais imaginé (sans y penser vraiment puisque je savais que ça ne se ferait jamais) quelque chose de plus spectaculaire, de plus instantané, de plus enivrant. Bon, des dîners. Comment faire autrement, après tout ? Mais ce ne serait pas très palpitant.

Après plusieurs heures d'errance volontaire, à respirer et à réapprendre à me nourrir de ce qui m'entourait, je me suis aperçu que je me dirigeais instinctivement vers mon ancien quartier. C'était bon signe, je retrouvais mes automatismes. L'après-midi ne touchait pas à sa fin, mais sans hésiter, j'ai pris une chambre à l'hôtel Ibis de la place Clichy. Je suis monté déposer mes quelques affaires, afin de pouvoir me rendre libre au Soleil et au Saxo Bar, dans le monde que j'aimais (je me forçais un peu, je n'étais pas encore tout à fait prêt à revenir en arrière, à me fondre de nouveau à eux comme si rien ne s'était passé entretemps, et surtout je redoutais les questions à propos de Pimprenelle, mais il fallait faire le pas, aller de l'avant, tout serait plus simple ensuite). L'unique et étroite fenêtre de la chambre, au quatrième étage, donnait directement sur le cimetière Montmartre. C'était gai. Mais on n'est pas obligé de regarder par les fenêtres.

J'ai passé plus de huit heures entre le Soleil et le Saxo Bar. C'était bien. Les gens que j'appréciais trois ans plus tôt n'avaient pas bougé, quasiment tous aux mêmes places contre le comptoir, comme je les voyais quand je pensais à eux dans mon bureau, pendant que Pimprenelle s'activait ailleurs dans l'appartement bien fermé. J'ai pris plaisir à les reconnaître, à discuter avec eux, ils étaient dix ou quinze, j'ai bu beaucoup de bière. Il y avait du bruit et de la fumée. Nous avons parlé de ce qu'ils devenaient, de leurs aventures amoureuses, de leurs métiers, de ce que je devenais, de courses de chevaux, de bagarres nocturnes, du Proche-Orient (ça barde), du groupe de rock que quatre d'entre eux avaient formé, de Venise, de ruptures, je leur ai dit que ça n'allait plus avec Pimprenelle — ce qui les a surpris et consternés. Je buvais beaucoup, je fumais beaucoup, je parlais beaucoup, mais je ne sentais pas grand-chose d'autre, à l'intérieur, qu'un manque.

Je suis parti comme eux à la fermeture, à 2 heures, j'ai acheté un grec au Turc du coin, comme à l'époque, mais je l'ai mangé en remontant vers la place Clichy et l'hôtel, au lieu de descendre vers la rue Gauthey et mon appartement, mon ancien appartement. J'étais fatigué. J'avais passé une bonne soirée tourbillonnante, mais demain, et après-demain, ce serait pareil ? Que de la bière, des paroles et de la fumée, je ne pourrais pas, je n'étais plus comme avant. Je ne pouvais pas revenir en arrière vers Pimprenelle, je ne pouvais pas revenir en arrière vers mon passé au Soleil, je ne pouvais pas non plus, par conséquent, aller de l'avant. La boucle était bouclée, on ne peut pas mieux dire. Donc j'étais comme mort ou quoi ? Je ne savais plus. Et mon grec était froid.

27

L'ascenseur de l'Ibis ne venait pas, j'ai monté les quatre étages à pied. Dans l'escalier, je me voyais comme le pigeon qui s'envolait péniblement vers la corniche avec son sac, j'allais rester coincé là-haut, lourd, dans la petite chambre.

J'ai refermé la porte derrière moi et considéré dix secondes la pièce sordide dans laquelle je m'isolais. Je n'étais pas très à l'aise. Dans l'éclairage cru, c'était pire qu'en plein jour. J'ai posé mon sac par terre, ma veste et mon manteau sur l'unique chaise, et laissé mes chaussures près du lit. Je suis allé me laver les dents pour m'occuper. En revenant, j'ai fixé un moment l'écran noir de la télé. Je n'ai pas pu m'empêcher de regarder par la fenêtre.

Il faisait très sombre, mais j'apercevais tout de même les pierres tombales et les croix, à une trentaine de mètres de moi, en bas. La nuit, c'est encore plus troublant que la journée, car on perçoit moins de différence entre les morts et les vivants, qui dorment. Les morts semblent seulement dormir plus, remuer moins dans leur sommeil, grommeler moins, ils réduisent l'écart. Le silence et l'inactivité des vivants les font réapparaître à la surface, on les distingue mieux, comme le coucher du soleil avive la lueur d'une lampe allumée qu'on n'avait pas remarquée. Le nez contre la vitre, je suis resté longtemps à les observer, les centaines, les milliers de morts dans leurs tombes, depuis ma position en hauteur. Alignés sous mes yeux, ils se laissaient examiner, bien obligés. Je traversais la pierre ou le marbre et ne trouvais ni de la poussière ni des os, mais des corps allongés, des vieillards et des jeunes filles, des quadragénaires du XIXe siècle, des femmes de soldats de 14-18, des prostituées des années 50 et des hommes d'affaires d'hier. Tous morts. Et de ce grand charnier se dégageait un genre de rumeur sourde, une nuée de voix et de gestes, de regards, de peurs, de plaisirs, d'échecs et d'appels de toutes sortes, il me semblait percevoir tout ce qu'ils avaient fait durant leur existence : je voyais une femme qui donne une gifle, une autre qui se sert un verre de vin en souriant, un homme qui écrit sur un grand cahier, le dos rond, un autre qui s'entaille le pouce avec un canif et pousse un cri, un autre qui danse une valse, une femme qui court la nuit dans la rue, une autre qui soulève sa jupe, un garçon qui frappe à une porte, un marquis qui applaudit, une vieille dame qui allume une cigarette, une autre qui ouvre une lettre, une femme ensommeillée qui mange une tartine, un homme qui tombe de cheval, une fille qui s'épile les jambes, une autre qui nage dans l'océan, un homme qui se rctourne sur une passante, une serveuse qui renverse un café, une vendeuse qui vole une liasse de billets, un ouvrier qui se retient de justesse à son échafaudage, un homme qui hurle dans sa chambre, une femme qui pleure sur l'une de ces tombes, une autre qui descend d'un train, une autre qui tient son bébé dans ses bras, une autre qui lance un vase contre un mur, un homme qui fredonne dans sa voiture. Tous morts. Désespérément morts, leurs voix et leurs gestes enfouis avec eux, leurs sentiments, disparus dans le passé, dans le néant. Et moi, là-haut, derrière la vitre, vivant.

Je me suis assis sur le lit. J'étais vivant, et c'était évident : j'aimais Pimprenelle. Je pouvais argumenter autant que je voulais, lui trouver tous les défauts et tous les torts possibles, je l'aimais. Et je n'avais pas besoin de grand-chose d'autre que d'être vivant et de l'aimer. C'est simple. Même si je ne sais pas ce que ça veut dire, aimer quelqu'un, même si je ne comprends pas ce que ça veut dire. Il ne faut pas chercher : ma voix et mes gestes, c'était pour elle. Et pour Oscar. Ce n'était plus pour mes amis de comptoir ni pour les gens que j'appréciais un peu partout. Le reste du monde est agréable, bien sûr, mais ce n'est pas assez fort. Et puis tous ces hommes que j'enviais, indépendants, joyeux, fêtards, sans femme, finalement ils n'ont pas de femme. Moi si, une folle, forte, peut-être devenue méchante, je ne sais pas. Mais une fille qui était unique, extraordinaire, imprévisible et parfaite pour moi, insondable, et qui l'est peut-être encore. En tout cas, je ne pourrais pas faire les choses à moitié, en réfléchissant, vivre avec une femme parce que c'est mieux, ou pour le principe, histoire d'être deux, une femme bien juste parce que c'est bien d'être avec une femme bien, une femme tolérante parce que c'est plus pratique. Ce qui m'ennuyait, avec Pimprenelle, c'était d'avoir perdu ma vie de fou, d'avoir quitté le désordre et l'impunité pour une existence trop matrimoniale et cloîtrée, je détestais cet homme raisonnable qu'elle avait fait de moi, mais paradoxalement, maintenant, à partir de cette chambre d'hôtel au quatrième étage, la chose la moins raisonnable que je pourrais faire, ce serait de sortir et de retourner près d'elle. De laisser de côté l'ivresse et l'indifférence facile du Soleil, du Saxo Bar, des cabines téléphoniques et des appartements parisiens. Mais, comment trouver le courage de repartir dans l'enfer qu'elle me propose ? J'ai l'impression que je ne peux pas. Et ce serait complètement idiot. Mais je ne me sens plus l'envie d'autre chose. Je n'aurais peut-être pas dû, il y a si longtemps, boire ce verre de jus d'orange gorgé d'antiradicaux libres. Ils sont morts, mes radicaux libres.

J'ai allumé la télé, je me suis déshabillé, en pensant à elle. Sur l'écran, un type attendait le sanglier, caché derrière un arbre. Je me suis allongé en pensant, pour une fois, à sa vie depuis deux ans, et non à la mienne. Elle avait tout sacrifié pour Oscar, qu'elle avait mis au monde en souffrant, en hurlant, et aujourd'hui elle n'existait plus, mécaniquement, que pour lui et moi. Elle s'était changée en robot triste. Elle n'aurait pas dû, mais peu importe, elle l'avait fait. Et pas pour me nuire, pas contre moi. Ni pour elle, cela va de soi : c'était une jeune femme folle et libre, elle avait tout sacrifié, tout laissé de côté, à présent elle avait une mauvaise vie à la maison, difficile et monotone, obsédée. C'était de sa faute, ou de celle de sa mère, mais ce n'est pas la question. Elle était malheureuse.

Nu sur le lit (il faisait chaud et je n'avais pas envie d'ouvrir la fenêtre pour laisser entrer les morts), j'ai changé de chaîne. Il y avait la rediffusion d'un jeu de midi sur la Deux. *Pyramide*. Sans savoir pourquoi, j'ai mis les bouchons dans mes oreilles. J'avais besoin de me couper de l'extérieur, je suppose. Un silence ouaté et une sensation de mollesse m'ont aussitôt enveloppé, protégé. Les sons de la télé, les voix de l'animateur et des candidats, ne me parvenaient plus que très faiblement, dans le lointain. La chambre s'estompait autour de moi, et le cimetière, sur ma gauche, me paraissait à des milliers de kilomètres. J'entendais ma respiration, l'air qui passait dans le tube, qui gonflait mes poumons. Je regardais l'écran et ses petits personnages derrière leurs pupitres rouge, bleu, jaune. Je me sentais bien. Comme un cosmonaute. Vraiment, cette fois, avec l'espace infini autour. J'ai tapé doucement mes chevilles l'une contre l'autre, et le bruit des os qui s'entrechoquent a résonné dans tout mon squelette, dans tout mon corps : un bruit mat et humain, intime. J'ai décidé de revenir le lendemain près de Pimprenelle et Oscar. C'est mon fils. Je l'aime, je ne veux pas vivre sans lui. Et Pimprenelle, qui me paralyse, m'étouffe, m'insulte ? Je vais retourner l'affronter ? Ma vis cruciforme ?

Oui, d'une légère poussée, je vais m'élever au-dessus de ce lit, me redresser et me diriger lentement vers elle, comme un cosmonaute, ce n'est pas compliqué, je l'aime, je respire, j'entends mes articulations qui craquent, je vais pénétrer dans la maison et vivre avec Pimprenelle, dans la salle à manger, la cuisine, la chambre, le bureau, la salle de bain, le couloir, et quand je douterai, je cognerai mes chevilles l'une contre l'autre. Oscar tenait bien debout grâce à une bougie dans le vide. J'ai toutes les raisons de la détester, de lui en vouloir, de m'éloigner, mais voilà, je vais revenir vers elle, en cosmonaute, indestructible, flottant, je pars la retrouver, je ne sais pas pourquoi, c'est difficile à expliquer. Ou pas tant que ça. C'est ma femme.

DU MÊME AUTEUR

LE CHAMEAU SAUVAGE, Julliard, 1997 ; J'ai Lu, 1998.

NÉFERTITI DANS UN CHAMP DE CANNE À SUCRE, Julliard, 1999 ; Pocket, 2000.

LA GRANDE À BOUCHE MOLLE, Julliard, 2001.

Composition réalisée par JOUVE

IMPRIMÉ EN ESPAGNE PAR LIBERDUPLEX
Barcelone
Dépôt légal Éditeur : 41977 - 03/2004
Édition 01
LIBRAIRIE GÉNÉRALE FRANÇAISE - 43, quai de Grenelle - 75015 Paris.

ISBN : 2 - 253- 07266 - 4 30/3072/3